中华国学典故
知识大全

尔东 ◎ 编著

中国商业出版社

图书在版编目（CIP）数据

中华国学典故知识大全 / 尔东编著 . —北京：中国商业出版社，2017.4

ISBN 978-7-5044-9799-4

Ⅰ.①中… Ⅱ.①尔… Ⅲ.①国学—通俗读物 Ⅳ.① Z126-49

中国版本图书馆 CIP 数据核字 (2017) 第 069346 号

责任编辑：武文胜

中国商业出版社出版发行

010-63180647　www.c-cbook.com

(100053　北京广安门内报国寺 1 号)

新华书店经销

北京佳顺印务有限公司

★ ★ ★ ★ ★

710×1000 毫米　1/16　18 印张　275 千字

2017 年 8 月第 1 版　2017 年 8 月第 1 次印刷

定价：42.00 元

★ ★ ★ ★ ★

（如有印刷质量问题可更换）

出版说明

每个典故背后都有一个精彩的故事，都承载着一个文化基因。因此，学习汉语，传承文化，弘扬国学精神，离不开学习典故。而学习典故，也并不仅仅是记住个词语，或者听个故事，而需要发掘其背后蕴含的传统文化。

典故之所以成为典故，是因为它本身具有较强的文化传统传承功能。在日常生活中，我们常常会用到很多典故，虽然不一定知道其来源，但在交流中也不知不觉地完成了文化传统的传承。如果我们静下心来想一想典故本身的含义，探究一下其来源，就会发现其内涵远比自己交流使用时要丰富，当然也会发现运用典故自如的自己知识是多么渊博。

不用质疑，任何典故都来自传统文化，都来自传统国学之中。它们或者来自儒家经典，或者来自历史典籍，或者来自诸子百家传世之作，或者来自各代杰出文人的代表作品。这些典故在流传过程中悄然无息地展现着国学魅力，展示着中华传统文化，无论我们有没有感知到这一点，都是如此。

学习中国传统文化最高效的方式就是多多掌握典故——知道典故的意思、来源，发掘其背后隐藏的文化涵义，将学习典故提升到学习国学高度，在学习典故中感受国学魅力。

为此，我们编写《中华国学典故知识大全》，按照传统国学的分类法，将典故分类成四卷，其中，第一卷是来自经部的典故，第二卷是来自史部的典故，第三卷是来自子部的典故，第四卷是来自集部的典故。广大读者在轻松学习典故时，不仅可以学到很多国学知识，还可以感受到"经、史、子、集"各自独特的魅力。

目录

第一卷

《论语》篇

- 升堂入室 002
- 名正言顺 002
- 死而无悔 003
- 分崩离析 003
- 道听途说 003
- 后生可畏 004
- 不耻下问 004
- 患得患失 005
- 学而时习之 005
- 一言以蔽之 005
- 温良恭俭让 006
- 学而优则仕 006
- 鸣鼓而攻之 006
- 欲速则不达 007
- 朽木不可雕 007
- 敬鬼神而远之 007
- 三月不知肉味 008
- 杀鸡焉用牛刀 008
- 言必信,行必果 008
- 名不正,言不顺 008
- 听其言而观其行 009
- 老而不死是为贼 009
- 四海之内皆兄弟 010
- 是可忍,孰不可忍 010
- 道不同,不相为谋 010
- 朝闻道,夕死可矣 010
- 人而无信,不知其可 011
- 己所不欲,勿施于人 011
- 饱食终日,无所用心 011
- 磨而不磷,涅而不缁 011
- 人无远虑,必有近忧 012
- 食不厌精,脍不厌细 012
- 死生有命,富贵在天 013
- 一言兴邦,一言丧邦 013

《诗经》篇

- 长舌妇 ... 014
- 一日三秋 ... 014
- 万寿无疆 ... 015
- 无功受禄 ... 015
- 出口成章 ... 015
- 暴虎冯河 ... 016
- 小心翼翼 ... 016
- 人言可畏 ... 016
- 毕恭毕敬 ... 017
- 不可救药 ... 018

《左传》篇

- 东道主 ... 019
- 二五耦 ... 019
- 鹤乘轩 ... 019
- 狼子野心 ... 020
- 相待如宾 ... 020
- 举棋不定 ... 021
- 噬脐何及 ... 021
- 险阻艰难 ... 021
- 天夺之魄 ... 022
- 贪得无厌 ... 022
- 食言而肥 ... 023
- 鞭长莫及 ... 023
- 居安思危 ... 024
- 外强中干 ... 024
- 各自为政 ... 024
- 从善如流 ... 025
- 有恃无恐 ... 025
- 先声夺人 ... 026
- 退避三舍 ... 027
- 天经地义 ... 027
- 上下其手 ... 028
- 人心如面 ... 028
- 马首是瞻 ... 029
- 华而不实 ... 030
- 大义灭亲 ... 030
- 唇亡齿寒 ... 031
- 不自量力 ... 032
- 宾至如归 ... 032
- 一问三不知 ... 033
- 鞭长不及马腹 ... 033
- 三折肱为良医 ... 033
- 风马牛不相及 ... 034
- 冒天下之大不韪 ... 034
- 多行不义必自毙 ... 035
- 不以一眚掩大德 ... 035
- 贪天之功以为己力 ... 035
- 皮之不存,毛将安附 ... 036
- 人非圣贤,孰能无过 ... 036
- 匹夫无罪,怀璧其罪 ... 036
- 十年生聚,十年教训 ... 037
- 庆父不死,鲁难未已 ... 037
- 以小人之心,度君子之腹 ... 037

《孟子》《荀子》篇

- 始作俑者 ... 038

舍我其谁 ……………… 038	美轮美奂 ……………… 051
事半功倍 ……………… 039	半途而废 ……………… 052
嫂溺叔援 ……………… 039	嗟来之食 ……………… 052
一曝十寒 ……………… 039	苛政猛于虎 …………… 052
食前方丈 ……………… 040	失之毫厘，差之千里 … 053
脍炙人口 ……………… 040	文武之道，一张一弛 … 053
同流合污 ……………… 040	进人若将加诸膝，退人
出尔反尔 ……………… 041	若将坠诸渊 ………… 053
一毛不拔 ……………… 041	生灵涂炭 ……………… 054
水深火热 ……………… 042	同心同德 ……………… 054
负隅顽抗 ……………… 042	恶贯满盈 ……………… 055
当务之急 ……………… 043	爱屋及乌 ……………… 055
不远千里 ……………… 044	星星之火，可以燎原 … 056
拔苗助长 ……………… 044	
无敌于天下 …………… 045	

第二卷

大旱望云霓 …………… 045	
五十步笑百步 ………… 045	**《国语》《战国策》篇**
顾左右而言他 ………… 046	有名无实 ……………… 058
国人皆曰可杀 ………… 046	休戚相关 ……………… 058
二者必居其一 ………… 047	防民之口，甚于防川 … 059
彼一时，此一时 ……… 047	为虺弗摧，为蛇若何 … 060
拒人于千里之外 ……… 047	不遗余力 ……………… 060
三过其门而不入 ……… 048	狡兔三窟 ……………… 060
七年之病，求三年之艾 … 048	前倨后恭 ……………… 061
前车之鉴 ……………… 048	死不旋踵 ……………… 062
短绠汲深 ……………… 049	画蛇添足 ……………… 063
按兵不动 ……………… 049	悬梁刺股 ……………… 063
	围魏救赵 ……………… 064
《周易》《礼记》《尚书》篇	温人之周 ……………… 064
各得其所 ……………… 051	羽毛未丰 ……………… 065

同甘共苦 065
三人成虎 066
门庭若市 066
百发百中 067
安然无恙 068
安步当车 068
亡羊补牢 069
南辕北辙 070
惊弓之鸟 070
图穷匕首见 070
不可同日而语 071
宁为鸡口，无为牛后 072
鹬蚌相持，渔翁得利 073
两虎相斗，必有一伤 073
前事不忘，后事之师 074

《史记》篇

一杯羹 075
鸿门宴 075
破釜沉舟 076
暗度陈仓 076
指鹿为马 077
约法三章 078
异军突起 079
一败涂地 079
一寒如此 080
一饭千金 080
一字千金 081
一意孤行 081

一日千里 082
一钱不值 083
一诺千金 083
抱薪救火 084
鸿鹄之志 084
奉公守法 085
利令智昏 085
平步青云 086
日暮途穷 086
得意扬扬 087
孺子可教 087
空中楼阁 088
人弃我取 088
论功行赏 089
避面尹邢 089
鸡鸣狗盗 090
后来居上 090
负荆请罪 091
左提右挈 092
怒发冲冠 093
一决雌雄 093
两鼠斗穴 094
卧薪尝胆 094
韦编三绝 095
完璧归赵 095
天下无双 097
不寒而栗 097
门可罗雀 098
三令五申 098

毛遂自荐	099	见利忘义	114
家徒四壁	100	投鼠忌器	115
奇货可居	101	犬牙交错	115
夜郎自大	102	牛衣对泣	116
人人自危	102	千钧一发	116
养虎自遗患	102	公而忘私	116
一去不复返	103	市无二价	117
无立锥之地	103	捕风捉影	117
一饭三遗矢	103	贪生怕死	118
一饭三吐哺	104	束装盗金	118
拔赵帜易汉帜	104	不学无术	118
三寸不烂之舌	105	雄才大略	119
飞鸟尽，良弓藏	106	水滴石穿	119
乌头白，马生角	106	家喻户晓	120
无颜见江东父老	107	先发制人	120
楚虽三户，亡秦必楚	107	以身试法	121
项庄舞剑，意在沛公	108	一丘之貉	121
鸿鹄高飞，一举千里	109	汗流浃背	122
韩信将兵，多多益善	110	按图索骥	122
安于故俗，溺于旧闻	110	奋不顾身	123
运筹帷幄，决胜千里	110	大逆不道	123
白头如新，倾盖如故	111	不屈不挠	124
桃李不言，下自成蹊	111	不合时宜	125
千羊之皮，不如一狐之腋	112	民以食为天	125
		百闻不如一见	126

《汉书》篇

乞骸骨	113
下马威	113
天之骄子	114

《后汉书》篇

烂羊头	127
想当然	127

佼佼者	128
辽东豕	128
重蹈覆辙	128
不识时务	129
入室操戈	129
权宜之计	130
乘人之危	131
置之度外	131
噤若寒蝉	132
得不酬失	132
作舍道边	132
五里雾中	133
釜中游鱼	133
马革裹尸	134
投笔从戎	134
差强人意	135
专横跋扈	136
妄自尊大	136
披荆斩棘	137
力不从心	137
防微杜渐	138
车水马龙	138
使功不如使过	139
有志者事竟成	140
挟天子以令诸侯	140
画虎不成反类狗	141
糟糠之妻不下堂	141
盛名之下，其实难副	141
失之东隅，收之桑榆	142

《三国志》篇

开门揖盗	143
负重致远	143
竭尽全力	144
偃旗息鼓	145
乐不思蜀	145
手不释卷	146
蓝田生玉	147
七纵七擒	147
顾曲周郎	148
对症下药	149
一身是胆	149
如鱼得水	150
老生常谈	151
开诚布公	151
感恩图报	152
大器晚成	153
画饼充饥	153
秋风扫落叶	154
司马昭之心	154
生子当如孙仲谋	155
士别三日，刮目相待	155

《晋书》《宋书》《齐书》《南史》篇

大手笔	157
别无长物	157
风声鹤唳	158
明目张胆	158
楚囚对泣	159

人心所向 159
映雪囊萤 159
木人石心 160
如坐针毡 161
一举两得 161
闻鸡起舞 162
势如破竹 162
洛阳纸贵 163
口若悬河 164
草木皆兵 164
伯仁因我而死 165
掷地作金石声 165
妍皮不裹痴骨 166
行不由西州路 166
死诸葛走生仲达 166
不为五斗米折腰 167
乘兴而来,败兴而归 168
桂林一枝,昆山片玉 168
刻画无盐,唐突西施 169
乘风破浪 169
火树银花 169
三思而后行 170
三十六策,走是上计 170
恃才傲物 171
一衣带水 171
江郎才尽 171
百万买宅,千万买邻 172

《魏书》《北齐书》《隋书》《北史》《新唐书》《旧唐书》篇

乘龙快婿 173

矢在弦上,不得不发 173
快刀斩乱麻 174
宁为玉碎,不为瓦全 174
一箭双雕 174
分道扬镳 175
雕虫小技 176
松筠之节 176
霹雳手 176
一代楷模 177
当局者迷,旁观者清 177
南山可移,判不可摇 177
忘形交 178
熟羊脾 178
精明强干 178
呕心沥血 179
紫芝眉宇 179
庸人自扰 180

《旧五代史》《新五代史》《宋史》《元史》《明史》篇

机不可失,时不再来 181
眼中钉 181
儿皇帝 182
人死留名 182
浮屠七级,重在合尖 182
莫须有 183
程门立雪 183
大事不糊涂 184
运用之妙,存乎一心 184
笑骂由他笑骂,好官我自为之 184
过河拆桥 184

瓜蔓抄 185

《资治通鉴》《吴越春秋》篇
剖腹藏珠 186
口蜜腹剑 187
桃李遍天下 187
英雄无用武之地 188
不痴不聋，不做家翁 188
家有敝帚，享之千金 189
经师易遇，人师难遭 189
耳边风 190
同病相怜 190

第三卷

《老子》《庄子》《抱朴子》篇
安居乐业 192
天网恢恢，疏而不漏 193
将欲取之，必先予之 193
千里之行，始于足下 194
运斤成风 194
鼠肝虫臂 195
分庭抗礼 195
鹏程万里 196
朝三暮四 196
呆若木鸡 197
栩栩如生 197
望洋兴叹 198
邯郸学步 199

庖丁解牛 199
井底之蛙 200
东施效颦 201
螳螂捕蝉，黄雀在后 201

《孙子》《列子》《墨子》篇
以逸待劳 203
同舟共济 203
知己知彼 204
置之死地而后生 205
避其锐气，击其惰归 205
将在外，君命有所不受 207
钓鳌客 208
十浆五馈 208
方寸之地 208
千变万化 209
高山流水 209
人面兽心 210
杞人忧天 211
疑邻盗斧 212
余音绕梁，三日不绝 212
以卵击石 212
量体裁衣 213

《韩非子》《晏子春秋》《管子》篇
郢书燕说 214
一鸣惊人 214
老马识途 215
守株待兔 215

自相矛盾 216
滥竽充数 216
买椟还珠 217
郑人买履 218
远水不解近渴 218
画鬼容易画人难 219
道不拾遗，夜不闭户 219
千里之堤，溃于蚁穴 220
比肩接踵 220
二桃杀三士 220
智者千虑，必有一失 222
调虎离山 223
十年树木，百年树人 224

《吕氏春秋》《淮南子》篇

一窍不通 225
刻舟求剑 226
掩耳盗铃 226
天子无戏言 227
土崩瓦解 227
百川归海 228
一夫当关，万夫莫开 228
和氏之璧，随侯之珠 229

《世说新语》篇

捉刀人 230
阿堵物 230
东床坦腹 231
七步成诗 231

拾人牙慧 231
书空咄咄 232
一木难支 232
鹤立鸡群 232
一往情深 233
自惭形秽 234
望梅止渴 234
后起之秀 235
日近长安远 235
覆巢无完卵 236
盲人骑瞎马 236
蒹葭倚玉树 237
狗鼠不食汝余 237
铜山西崩，洛钟东应 237
簸之扬之，糠秕在前 238
小时了了，大未必佳 238
内举不失其子，外举不失其仇 238

第四卷

诗词篇

东方骑 240
蠹书虫 241
抱佛脚 241
风木叹 242
司空见惯 242
天涯海角 242
水落石出 243
巧取豪夺 243

捉将官里去 …………………… 244
河东狮子吼 …………………… 244
照葫芦画瓢 …………………… 245
不识庐山真面目 ……………… 246
山雨欲来风满楼 ……………… 246
别有天地非人间 ……………… 247
黑云压城城欲摧 ……………… 247
柳暗花明又一村 ……………… 247
宰相肚里好撑船 ……………… 248

散文杂记篇

一字师 ………………………… 249
应声虫 ………………………… 249
敲门砖 ………………………… 250
探玄珠 ………………………… 250
闭门羹 ………………………… 251
破天荒 ………………………… 251
名落孙山 ……………………… 251
气壮山河 ……………………… 252
上行下效 ……………………… 252
天衣无缝 ……………………… 252
天真烂漫 ……………………… 253
双管齐下 ……………………… 254
贵人多忘事 …………………… 254
小鹿触心头 …………………… 255
小巫见大巫 …………………… 255
一蟹不如一蟹 ………………… 256
一不做二不休 ………………… 256

一动不如一静 ………………… 257
醉翁之意不在酒 ……………… 257
不敢越雷池一步 ……………… 258
上梁不正下梁歪 ……………… 258

戏曲评话篇

半瓶醋 ………………………… 260
苦肉计 ………………………… 261
南柯一梦 ……………………… 261
三生有幸 ……………………… 262
天罗地网 ……………………… 263
礼轻人意重 …………………… 264
一马不跨两鞍 ………………… 265
赔了夫人又折兵 ……………… 265

古典小说篇

空城计 ………………………… 267
中山狼 ………………………… 267
贱骨头 ………………………… 268
弄巧成拙 ……………………… 268
万死不辞 ……………………… 269
顾前不顾后 …………………… 269
不打不相识 …………………… 270
有眼不识泰山 ………………… 271
挂羊头卖狗肉 ………………… 271
强龙不压地头蛇 ……………… 272
三天打鱼，两天晒网 ………… 272

第一卷

本卷典故均来自儒家经典，主要来自《论语》《诗经》《左传》《孟子》《荀子》《周易》《礼记》以及《尚书》中的典故。

《论语》篇

升堂入室

【释义】原来比喻学习所达到的境地有程度深浅差别,后来多用以赞扬人在学问或技能方面的造诣高深。

【典故】春秋·孔子《论语·先进》:"由也升堂矣,未入于室也。"

【故事】孔子的学生非常多,其中有个名叫子路的,他个性勇猛豪爽。

有一次,子路在弹奏瑟时,孔子听出琴声里充满豪放勇武的肃杀之气。孔子主张"仁"与"中庸之道",见子路所表现的与自己的主张不合,就说:"你的琴声太狂放,你一点都不像我的学生。"其他学生见孔子如此评论子路,从此再也不敬重子路了。

孔子得知此事后,意识到其他学生误会了他的意思,就为子路辩解:"子路的学问已达到登堂的水准,只不过尚未达到入室的境界,你们千万不能看轻他。"其他学生们听完孔子的话,又像以往那样尊敬子路了。

名正言顺

【释义】指做某事名义正当,道理上说得通。

【典故】春秋·孔子《论语·子路》:"名不正则言不顺,言不顺则事不成。"

【故事】鲁定公沉迷酒色,孔子大为不满,就带领学生们来到卫国。卫灵公言而无信,只给子路一人安排了官职。孔子只好带领其他学生离开卫国,另谋出路。卫出公继位后,派子路去请孔子到卫国辅政。孔子对子路说:"只有名义正当,说话合理,才能干成大事。"

死而无悔

【释义】 形容态度坚决。

【典故】 春秋·孔子《论语·述而》:"子曰:'暴虎冯河,死而无悔者,吾不与也。'"

【故事】 有一次,孔子外出讲学,子路佩剑跟随着保护孔子。子路说自己像箭,不必要费尽心思读书了。孔子说,读书有好处,可以使人变得有勇有谋。于是,子路问孔子,如果三军当统帅时,应该依靠什么样的人。孔子说,他不愿与那些空手打虎及徒步过河的有勇无谋的人一起去打仗,跟有勇有谋的人一起去打仗,即使是战死了,也没有什么遗憾的。

分崩离析

【释义】 形容内部发生祸乱。

【典故】 春秋·孔子《论语·季氏》:"今由与求也,相夫子,远人不服,而不能来也。邦分崩离析,而不能守也。"

【故事】 春秋时,鲁国大夫季康子住在费邑,他虽然只是个卿大夫,但权势极大,甚至超出时任国君鲁哀公。季康子为了扩大和巩固权力,想并吞附近的小国颛臾。

冉有和子路当时是季康子的谋臣。他们一起去求教孔子如何对待这件事。孔子批评冉有和子路不该不阻止季康子,他们都推卸责任。

于是,孔子对他们进行了更深层次的批评:"治理一个国家,不必去担忧土地和人口有多少;应该多去想想怎样使百姓安居乐业。百姓安定了,国家就会富强。这时,再施行政教来广泛招致远方的百姓,让他们安居乐业。你们辅佐季康子,使远方的百姓离心、不来归附,百姓有异心而不和,国家内部分裂。在自己国家处于分崩离析的情况下,你们还想武力吞并颛臾,我看,恐怕季康子的祸患不在颛臾,而在萧墙之内啊!"

道听途说

【释义】 在路上听到没有根据的言论或传闻,再去传给别人。

【典故】 春秋·孔子《论语·阳货》:"道听而途说,德之弃也。"

【故事】 春秋时,齐国有个叫毛空的人,喜欢听小道消息,然后再把小道消息津津有味地讲给别人。

有一次,毛空听到一只鸭和一块肉的事,觉得非常稀奇,就去讲给

孔子像

艾子听。毛空说:"有人养了一只特别能生蛋的鸭,那鸭一天能生一百多个蛋。"见艾子笑了,他又说:"那天,天上掉下了一块三十丈长、十丈宽的肉。"艾子笑着问:"有那样长的肉吗?"毛空急忙改口说:"噢,那就是二十丈长。"艾子仍不相信。他又改口:"一定是十丈长。"艾子笑着问:"那只鸭是谁家养的?那块肉掉在了哪里呢?"毛空支支吾吾说不出来,只好说:"我是在路上听人说的。"

后生可畏

【释义】赞扬少年聪明努力,有光明前途。

【典故】春秋·孔子《论语·子罕》中:"后生可畏,焉知来者之不如也!"

【故事】孔子在游历时,遇见三个小孩子,其中两个正玩耍,一个站在旁边。孔子好奇地问站在一边的孩子:"你怎么不和他们一起玩啊?"

小孩回答说:"打闹能害人性命,拉拉扯扯也会伤人身体。进一步讲,如果玩耍时撕破了衣服,那么也没什么好处啊。我不愿意和他们玩。你有什么奇怪的呢?"

过了一会儿,小孩用泥土堆成城堡,坐在里面不出来,也不给孔子让路。孔子问他为什么不避让。他回答说:"我只听说车子要绕城走的,没听过城要避车子的。"

孔子非常惊讶,没想到这么小的孩子说的话如此有道理。

那孩子又说:"我听人说,鱼生下来三天就会游泳;兔生下来三天就会跑;马生下来三天就可以跟母马行走……这都是自然的事,你有什么大惊小怪呢?"

孔子感叹说:"我如今才知道,年轻人是远远超乎我们想象的啊!"

不耻下问

【释义】形容虚心好学。

【典故】春秋·孔子《论语·公冶长》："敏而好学，不耻下问。"

【故事】有一次，孔子去鲁国祖庙参加祭祖典礼。他向人问这问那的，连细小的事都问。有人嘲笑他不懂礼仪，什么都问。孔子听到议论后，说："不懂的事，问个明白，这正是我追求知礼的表现啊！"

当时，卫国大夫孔圉虚心好学，为人正直，很有声望。孔圉死后，被授予谥号"文"，人们称之为孔文子。

孔子的学生子贡不服气，认为孔圉的德行不足以授予谥号"文"。子贡去问孔子："老师，孔圉凭什么可以被授谥号为'文'呢？"

孔子说："敏而好学，不耻下问，这就是他被授谥号为'文'的根本原因。"

患得患失

【释义】形容对个人得失看得很重。

【典故】春秋·孔子《论语·阳货》："其未得之也，患得之；既得之，患失之。苟患失之，无所不至矣！"

【故事】春秋时，孔子经常与学生们讨论做人的问题。他对学生们说：庸俗低级的人，不要与他共事，因为当他没得到权势或好处时，他会因为害怕得不到而不择手段去得到；当他得到时，却又害怕丢失，想方设法去保护自身利益。像这样利欲熏心的人，会处处为个人打算，什么坏事都可能干得出来的。

学而时习之

【释义】学过的知识要经常复习。

【典故】春秋·孔子《论语·学而》："子曰：'学而时习之，不亦说乎！'"

【故事】孔子的教学经验非常丰富。他常常与学生们一道研讨学问，给学生解决各种疑难问题，鼓励学生培养好的品德。为了帮助学生深入钻研学问，孔子传授他们学习方法——"学而时习之，温故而知新"。孔子教育学生的方法受到了广泛赞誉，但他却非常谦虚地说："学而不厌，诲人不倦。"

一言以蔽之

【释义】用一句话来概括。

【典故】春秋·孔子《论语·为政》："《诗》三百，一言以蔽之，曰：'思无邪。'"

【故事】《诗经》由孔子最终编撰而成，共计收录了三百零五篇诗歌，分为《风》《雅》《颂》三大类。孔子在谈到《诗经》时，对其进行总结和评论说："《诗经》三百多篇，用一句话来概括它，就是作者的思想是完全纯正的，没有邪恶的东西。"

温良恭俭让

【释义】原是儒家提倡待人接物的准则，现在也形容态度温和而缺乏斗争性。

【典故】春秋·孔子《论语·学而》："夫子温良恭俭让以得之。夫子之求之也，其诸异乎人之求之与？"

【故事】春秋时，子禹问子贡：为什么孔子每到一个国家都能打听到该国的政事。子贡回答说，因为他老人家用温和、善良、恭敬、俭朴、谦让的态度去对待别人。自然，别人都愿意将知道的事告诉他。这是他与众不同的品德。

学而优则仕

【释义】学习成绩优秀然后被提拔当官。

【典故】春秋·孔子《论语·子张》："子夏曰：'仕而优则学，学而优则仕。'"

【故事】春秋时，孔子带领学生们周游列国，到处碰壁。在郑国得病停留期间，他们在樊迟种的瓜地里谈论从政之事。子夏主张，君子应该去当官，学而优则仕，否则留着学问就没有什么用。孔子同意他的观点，只不过又补充了一点——仕而优则学。学而优则仕，成为古代大多数读书人的奋斗目标，而做到仕而优则学的人少之又少。

鸣鼓而攻之

【释义】比喻宣布罪状，谴责或声讨。

【典故】春秋·孔子《论语·先进》："非吾徒也，小子鸣鼓而攻之可也。"

【故事】春秋时，鲁国执政大臣季康子主张农田制度改革，承认私人拥有土地，想试行按亩征税。冉求是季康子的下属，也是孔子的学生。季康子命令冉求去征询孔子的意见。孔子反对改变王法，冉求支持季康子的改革，两人意见不统一。孔子生气了，将其当作叛徒，号召其他学生敲着鼓去进攻他。

欲速则不达

【释义】指过于性急图快，反而不能达到目的。

【典故】春秋·孔子《论语·子路》中有记载："无欲速，无见小利。欲速则不达，见小利则大事不成。"

【故事】春秋时，孔子年轻时当过赶马的车夫。从御术中的"起乘转合"中，他悟出了许多人生道理。"无欲速，无见小利。欲速则不达，见小利则大事不成"是其中之一。在周游列国途中，孔子给学生们讲述他悟出的那些道理。子路笑孔子政治上到处碰壁。孔子用欲速则不达来回答子路。

朽木不可雕

【释义】比喻人已经败坏到不可救药的地步。

【典故】春秋·孔子《论语·公冶长》有记载："宰予昼寝。子曰：'朽木不可雕也，粪土之墙不可污也。'"

【故事】孔子的学生宰予，善于言辞，说起话来娓娓动听。起初，孔子很喜欢他，以为他一定很有出息。可是，不久，宰予就暴露出懒惰的毛病。一天，孔子给学生讲课时，发现宰予没有来听课，就派学生去找。过了一会儿，去找的学生回来报告说，宰予在房里睡大觉。孔子听了，很伤感地说："腐烂的木头不能雕刻，粪土不能粉刷墙壁。最初，我听到别人的话，就相信他的行为跟他说的一样；现在，我听别人的话后，就要考察一下他的行为举动了。从宰予起，我改变了人生态度。"

敬鬼神而远之

【释义】敬之而不亲近之意。指对某些人所持的一种态度，既不愿理睬他，又怕得罪他，对他客客气气，绝不接近。

【典故】春秋·孔子《论语·雍也》："务民之义，敬鬼神而远之，可谓知矣。"

【故事】春秋时，孔子带领学生周游列国。他两度在卫国推销"仁政"都没获得重视，只好去陈国。经过宋郑两地的劫难后，继司马牛病后，孔子也相继得病，一度昏迷。子路让孔子向鬼神求祷一下，孔子一向敬鬼神而远之，坚持他"富贵在天，生死有命"的观点而不求祷。最终，孔子的病慢慢好起来了。

三月不知肉味

【释义】比喻集中注意力于某一事物而忘记了其他事情，也借用来形容几个月不吃肉。

【典故】春秋·孔子《论语·述而》："子在齐，闻《韶》，三月不知肉味。"

【故事】孔子年轻时在季府赶车。他曾偷偷去季府乐师师襄子那里去学琴，也能弹上几曲。后来，师襄子得罪了季武子，被赶出季府，不得不在外沿街卖艺乞讨。在街头，孔子遇到落魄的师襄子，诉说他当年在齐国听到《韶乐》时三月不知肉味。

杀鸡焉用牛刀

【释义】比喻办小事情用不着花大气力。

【典故】春秋·孔子《论语·阳货》："子之武城，闻弦歌之声。夫子莞尔而笑，曰：'割鸡焉用牛刀？'"

【故事】春秋时，孔子提倡以礼乐教化百姓。他的学生子游在武城做官时，积极推行礼乐。孔子到武城后，听到乐器弹奏和歌唱，笑着对子游说："割鸡焉用牛刀？"子游解释说："君子学礼乐就能爱人，百姓学礼乐便于管理。"孔子十分赞许子游推行礼乐的做法。

言必信，行必果

【释义】说了就一定守信用，做事一定办到。

【典故】春秋·孔子《论语·子路》："言必信，行必果。硁硁然小人哉。"

【故事】春秋时，孔子带领学生们周游列国。在陈国闲居无事时，孔子与学生们一起讨论修身。孔子认为，做"士"要做到"仁者不忧、知者不惑、勇者不惧"，而士可以分为三类："不辱君命，为国效力；孝悌兼备，乡邻模范；言信行果，千金一诺。"可见，在孔子眼里，讲信用是士最基本的要求。

名不正，言不顺

【释义】指名分不正或名实不符。

【典故】春秋·孔子《论语·子路》中："名不正，则言不顺；言不顺，则事不成。"

【故事】春秋时，孔子带领学生们周游列国。他们再次到卫国时，卫国政局发生了重大改变。卫出公赶走父

孔子讲学图

亲而即位。孔子认为，这是"名不正，言不顺"。卫国大夫孔悝拿出一堆金币，请孔子为卫出公正名，通过孔子的嘴说卫出公即位是名正言顺的。孔子严正地拒绝他的要求，坚决不承认卫出公即位名正言顺。

听其言而观其行

【释义】指不要只听言论，还要看实际行动。

【典故】春秋·孔子《论语·公冶长》："始吾于人也，听其言而信其行，今吾于人也，听其言而观其行。"

【故事】春秋时，孔子带领学生们周游列国。从陈国逃往蔡国后，孔子和学生们也没得到蔡国国君重用。他们常发"饱食终日，无所用心"的感慨。一天，孔子发现学生宰予中午还在睡大觉，气得说宰予是朽木不可雕。学生们赶紧来安慰孔子。孔子说，今后要听其言而观其行，好自为之。

老而不死是为贼

【释义】责骂老而无德行人的话。

【典故】春秋·孔子《论语·宪问》中："子曰：'幼而不孙弟，长而无述焉，老而不死是为贼。'"

【故事】春秋时，原壤母亲病故，原壤并不痛苦反而唱歌。孔子认为他不懂礼法。原壤双腿伸长坐在席上，等孔子到来。孔子责备他说："你少时不逊顺，对长辈缺少恭敬，长大也没有可以称道的事情，到年老还不死，你就会变成害人精。"

四海之内皆兄弟

【释义】 表示天下的人都像兄弟一样。

【典故】 春秋·孔子《论语·颜渊》中:"子夏曰:'……君子敬而无失,与人恭而有礼。四海之内皆兄弟也。君子何患乎无兄弟?'"

【故事】 司马牛有一次向孔子请教怎样做君子。孔子回答说:"君子不忧愁,不害怕。"司马牛不懂这话,又问:"不忧愁,不害怕,就叫作君子了吗?"孔子说:"君子经常反省自己;所以内心毫无愧疚,还有什么可忧愁、可害怕的呢?"司马牛告辞孔子后,见到他师兄子夏,忧愁地说:"人家都有兄弟,多快乐呀!唯独我没有。"子夏安慰他说:"我听说过:一个人的死与生,由命运安排,富贵由上天来安排。君子对工作谨慎认真,不出差错;和人交往态度恭谨而合乎礼节。普天之下到处都是兄弟,你何必担忧没有兄弟呢?"

是可忍,孰不可忍

【释义】 绝不能容忍。

【典故】 春秋·孔子《论语·八佾》:"孔子谓季氏,八佾舞于庭,是可忍也,孰不可忍也?"

【故事】 春秋末年,鲁国贵族季孙操纵朝政大权,把鲁昭公赶到齐国,把鲁哀公赶往卫国。季孙更为放肆,令人在家里表演八佾舞。而八佾舞是天子才有资格欣赏的舞蹈。这严重违背了周礼,僭越了礼制。得知此消息,孔子气愤地说:"八佾舞于庭,是可忍也,孰不可忍也?"

道不同,不相为谋

【释义】 比喻志趣不同的人不会在一起共事。

【典故】 春秋·孔子《论语·卫灵公》:"道不同,不相为谋。"

【故事】 春秋时,孔子带领学生周游列国。碰壁后,在冉求帮助下,他们回到了鲁国。把持鲁国政权的季康子嫌孔子太老,没有重用他。孔子认为,他与季康子是"道不同,不相为谋"。于是,孔子干脆闲居起来,专心著述,编辑整理《诗》《尚书》《礼》《乐》《春秋》等书籍。

朝闻道,夕死可矣

【释义】 形容对真理或某种信仰追求的迫切。

【典故】春秋·孔子《论语·里仁》："子曰：'朝闻道，夕死可矣。'"

【故事】春秋时，孔子在鲁国政坛受排挤后，带领学生们周游列国。在卫国、郑国、陈国、晋国等国碰壁后，孔子在蔡国闲居。孔子与学生们谈起自己的经历，说他从三十岁开始立志弘道，经历不惑之年到现在，感慨自己"朝闻道，夕死可矣"，还是要坚持将仁政推销出去。

人而无信，不知其可

【释义】指人不讲信用是不行的。

【典故】春秋·孔子《论语·为政》中："人而无信，不知其可也。"

【故事】春秋时，大思想家孔子经常教育人要讲信义。他说了一句著名的话："作为人，不讲信用，真不知道那将怎么办。那就好像高大的马车没有驾马的輗，小马车没有驾马的軏，凭什么才能行走呢？所以，为人必须做到言而有信，才能取信于人。"

己所不欲，勿施于人

【释义】自己不愿意的，就不要强加给别人。

【典故】春秋·孔子《论语·颜渊》中："己所不欲，勿施于人。在邦无怨，在家无怨。"

【故事】春秋时，孔子的学生仲弓问如何处世才能合乎仁道。孔子回答说："一个人待人接物要严肃认真，自己不喜欢的事就不要强加给别人，这样在朝廷里，不会遭到怨恨，在家里，也不会招致怨恨。"仲弓感谢说："我虽然很迟钝，但一定会牢记老师说的话。"

饱食终日，无所用心

【释义】整天吃饱饭，什么事也不关心。

【典故】春秋·孔子《论语·阳货》中："子曰：'饱食终日，无所用心，难矣哉！'"

【故事】春秋时，孔子经常教育其他学生向颜回学习，不要去追慕富贵与享受，要用心读书。孔子说："如果一个人一天到晚吃得饱饱的，没有事可干，不去用心思考问题，那就难以成才了。那些下棋的人，虽然悠闲，但也要用心，比起饱食终日无所用心的人，要强多了。"

磨而不磷，涅而不缁

【释义】比喻意志坚定的人不会受

环境的影响。

【典故】春秋·孔子《论语·阳货》："不曰坚乎，磨而不磷？不曰白乎，涅而不缁？"

【故事】春秋时，孔子在鲁国遭到排挤后，带领学生们周游列国。他先后在卫国、宋国等都没受到重视。在赴晋国途中，子路劝孔子不要去投奔赵鞅这种小人。孔子回答子路说，相信自己是君子，会"磨而不磷，涅而不缁"，不会玷污自己的名声。

人无远虑，必有近忧

【释义】人没有长远的考虑，一定会出现眼前的忧患。表示看事做事应该有远大的眼光，周密的考虑。

【典故】春秋·孔子《论语·卫灵公》中："子曰：'人无远虑，必有近忧。'"

【故事】三国时期，曹操出兵40万攻打东吴。孙权召集文武百官研究对策时，大将吕蒙建议在濡须口修筑船坞。孙权称赞他说："人无远虑，必有近忧，吕蒙有远见。"于是，东吴连夜修筑船坞。等魏军到时，东吴的船坞已修好。结果，魏军在这一战中损失惨重。

食不厌精，脍不厌细

【释义】形容食物要精制细做。

【典故】春秋·孔子《论语·乡党》中："斋必变食，居必迁坐。食不厌精，脍不厌细。"

【故事】春秋时，孔子被人们认为是"四体不勤，五谷不分"。但是，在吃穿住行方面，孔子十分讲究。他的饮食原则就是"食不厌精，脍不厌

孔子杏坛讲学图

细"。粮食陈旧或变味，鱼肉不新鲜，他都不吃。在酒席上吃饭时，吃肉的量不能超过米面的量，酒可以随便喝，但不能喝醉。

死生有命，富贵在天

【释义】指万事皆由天命注定。

【典故】春秋·孔子《论语·颜渊》中："子夏曰：'商闻之矣，死生有命，富贵在天。'"

【故事】西汉后期，平庸而贪色的汉成帝整天在后宫享乐。他痴迷班婕妤。班婕妤有文学才华和修养。汉成帝废许皇后立赵飞燕为皇后。为了消灭对手，赵飞燕诬陷班婕妤诅咒皇帝。班婕妤辩解死生有命，世上根本没有鬼神。汉成帝认为言之有理。

一言兴邦，一言丧邦

【释义】指在关键时刻，一句话可以关系到国家的兴或亡。

【典故】春秋·孔子《论语·子路》中："一言而可以兴邦，有诸？……一言而丧邦，有诸？"

【故事】春秋时，鲁定公问孔子："一句话可使国家昌盛吗？"孔子回答说："君主爱护臣子，关心他们，上下一心，国家就可以兴旺。"鲁定公又问："一句话可以使国家灭亡吗？"孔子回答说："君主说了一句话，如果下边的人不敢提反对意见，久而久之就会走向灭亡。"

《诗经》篇

长舌妇

【释义】爱扯闲话、搬弄是非的人。

【典故】《诗经·大雅·瞻卬》中："妇有长舌，维厉之阶。"

【故事】从前有个女人喜欢颠倒黑白，搬弄是非，无中生有。

她死后，下了地狱，依然喋喋不休，话很多。阎罗王受不了，命人把她的舌头割去。小鬼就去拉她的舌头，谁知道，她的舌头很长，比猪舌头还长。小鬼好不容易把她的舌头完全拉出来割去。

小鬼是好事鬼，准备下酒吃了那舌头。可是，那舌头实在太臭，只好丢去喂狗。谁知道狗看到那条舌头，转身就跑。

舌头很气恼，去找阎罗王评理。阎罗王说，既然这样，我把你还给你主人吧。于是，阎王命小鬼把那条舌头喂那个长舌妇吃下去了。

一日三秋

【释义】形容思念人的心情非常迫切。

【典故】《诗经·王风·采葛》："彼采葛兮，一日不见，如三月兮！彼采萧兮，一日不见，如三秋兮！彼采艾兮，一日不见，如三岁兮！"

【故事】《诗经》里有许多赞美爱情、描述男女间相恋的故事。其中，有一篇《采葛》是一首表达思念之情的诗，写一对男女分开之后，心中非常思念对方。

全诗的意思是：我日夜思念的那个人啊，你正在外面摘葛藤，我一天没有看到你，就如同三个月都没有见到你一样；我日夜思念的那个人啊，你正在外面摘萧草，我一天看不见你，就如同九个月没见到你一样；我日夜思念的那个人啊，你正在野外摘艾草，我一天不见你，就好像隔了三年没见到你一样。

万寿无疆

【释义】万年长寿，永远生存。用于祝人长寿。

【典故】《诗经·小雅·天保》："君曰卜尔，万寿无疆。"

【故事】《诗经》中有描写农奴生活图景的。虽然农奴们一年忙到头，但还是过着吃不饱穿不暖的生活。而他们的主人们每天都是过着莺歌燕舞的生活。每年，他们都要搞年终宴会，杀猪宰羊，登上父夜堂，端起酒杯互相祝福"万寿无疆"。

无功受禄

【释义】指没有功劳而得到优厚的待遇。

【典故】《诗经·魏风·伐檀序》："在位贪鄙，无功而受禄，君子不得进仕尔。"

【故事】战国时，各诸侯国经常互相攻伐，赵国凭借武力不断侵犯楚国。杜赫来见楚怀王，声言他能说服赵国与楚国和好。楚怀王非常高兴，准备把杜赫封五大夫，然后派他出使赵国。陈轸知道这件事后，对楚怀王说："如果杜赫不能完成与赵国和好的使命，您授给他五大夫爵位，他不是无功受禄了吗？"楚怀王认为陈轸说得有理，便问："你说该如何办？"陈轸说："您最好以十辆兵车护送杜赫去赵国，等他完成使命后，封为五大夫。"楚怀王采纳了陈轸的建议。杜赫见楚怀王绝口不提封爵，十分生气，拒绝出使赵国。陈轸对楚怀王说："杜赫不接受出使赵国的使命，这正表明他的目的是想骗取爵位。现在，他见您不给爵位，就干脆不去赵国了。"

出口成章

【释义】形容人文思敏捷，口才好。

【典故】《诗经·小雅·都人士》："彼都人士，狐裘黄黄，其容不改，出言成章。"

【故事】相传，舜生下来就与众不同。他的眼睛有两个瞳孔，看东西比一般人看得透、看得远、看得清楚。

他做起事来都合乎道义，说出话来出口成章。

暴虎冯河

【释义】 比喻有勇无谋的人。

【典故】《诗经·小雅·旻天》："不敢暴虎，不敢冯河。"

【故事】 子路年轻时就以勇力闻名，后来师从孔子。

子路不好读书。孔子劝他时，他说："南山的竹子，不用加工就是直的，砍下来做箭，可以射穿犀牛皮。学习有什么用！"孔子说："把它装上羽毛和箭镞，会射得更远。"子路不听。

有一次，子路问孔子："老师，您如果统帅三军，希望谁跟您在一起？"孔子说："暴虎冯河、自以为勇敢不怕死的人，我不喜欢。我要遇事善于冷静思考、千方百计争取成功的人。"

后来，子路在卫国做了官。公元480年，卫国发生内乱，死了许多人。孔子得知后，说："哎，子路这一次有难了！"果然，子路一个人奔回京城，坚决要求惩处作乱的人，被人杀死。

小心翼翼

【释义】 形容举动十分谨慎，一点不敢疏忽。

【典故】《诗经·大雅·大明》："维此文王，小心翼翼。昭事上帝，聿怀多福。"

【故事】 宋朝有个名叫贾黄中的人，五岁时跟着父亲读书。

由于父亲严格要求，贾黄中15岁就考中进士，做了校书郎。贾黄中为官清廉正直。他任宣州太守时，有一年闹灾荒，百姓饿死了不少。贾黄中用自家的米做饭，救活了几千人。他在金陵任职时，发现府库内藏有几十匣金银宝贝，价值连城，马上上报朝廷。为了此事，宋太宗还特别夸奖了他。

但是，贾黄中办事过分认真慎重，遇到大事往往优柔寡断，不能当机立断。后来，贾黄中被派往外地任职。在向宋太宗辞行时，宋太宗告诫贾黄中："做事恭谦，小心谨慎，不论是做君的，还是做臣的，都应该这样。但是，如果做得太过分了，就失去了大臣的身份。"

人言可畏

【释义】 流言蜚语是很可怕的。

【典故】《诗经·郑风·将仲子》："岂敢爱之，畏人之多言。仲可怀也，人之多言，亦可畏也。"

【故事】古时，有个名叫仲子的人爱上了一个姑娘，就偷偷地到她家幽会。姑娘也喜欢他，但父母不同意，害怕父母知道了这件事，就唱道："求你啊，别爬我家的门楼，不要把我种的杞树给弄折了。不是我舍不得树，而是我害怕父母知道了发脾气。我也在思念你啊，只是怕父母要骂我啊。"

姑娘害怕哥哥们知道这件事后也要责骂她，又接着唱："求你啊，别爬我家的墙，别把我种的桑树给弄折了。并非我舍不得树，而是我害怕哥哥们说话。我也在思念你啊，只是怕我哥哥骂我啊。"

姑娘还害怕别人知道这件事要非议她，再唱道："求你啊，别翻我家的后院，别把我种的檀树给弄折了。不是我舍不得树，而是我害怕人家说闲话。我也在思念你啊，只是怕人家风言风语议论我啊。"

毕恭毕敬

【释义】非常地恭敬，也形容十分端庄和有礼貌。

【典故】《诗经·小雅·小弁》："维桑与梓，必恭敬止。靡瞻匪父，靡依匪母。不属于毛，不罹于里。天之生我，我辰安在？"

【故事】周幽王是西周最后一个国君，昏庸暴虐，政治腐败。

公元前779年，褒国进献美女褒姒。周幽王十分宠爱她。褒姒不爱笑，周幽王用音乐歌舞、美味佳肴都不能逗她笑，后来竟然烽火戏诸侯来逗得她一笑。

褒姒生了个儿子叫伯服，周幽王

周幽王烽火戏诸侯

废掉申后，立褒姒为王后，又废掉太子宜臼，立伯服为太子。

宜臼遭到废黜后，住在外祖父申侯家里。他对自己的命运和国家的前途，满怀忧愁，心中十分痛苦，写了一首题目叫作《小弁》的诗，抒发自己的心情。诗的第三节说："看见屋边的桑树和梓树，一定要毕恭毕敬。我尊敬的是自己的父亲，我依恋的是自己的母亲。谁人不是父母的骨肉，谁人不是父母所生？上天生了我，可我的好日子到何处找寻？"

公元前771年，宜臼外祖父申侯联合犬戎攻入镐京。周幽王下令点燃烽烟，但诸侯受过骗，都不派救兵。犬戎攻下镐京，杀了周幽王，掳走了褒姒。西周灭亡。

不可救药

【释义】比喻人或事物坏到无法挽救的地步。

【典故】《诗经·大雅·板》中："匪我言耄，尔用忧谑。多将熇熇，不可救药。"

【故事】周厉王生活奢侈，残酷压迫和欺压人民。当时有位叫凡伯的忠臣常常冒死劝谏，希望周厉王能改邪归正，可他没有得到周厉王的重视，还被奸臣嘲笑了一番。

凡伯见国势衰弱，内心焦急，就写了一首诗警告那帮小人。诗的大意是说：不是我老了，才说不该说的话，而是你们把忧患当作儿戏。忧患还没到来时，还能够防止；一旦忧患越来越多，那就像让火焰熊熊燃烧一样，没有办法补救了。

果然，不久国人暴动，把周厉王赶到了很远的地方，再也没让他回来。

《左传》篇

东道主

【释义】泛指接待或宴客的主人。

【典故】春秋·鲁·左丘明《左传·僖公三十年》:"若舍郑以为东道主,行李之往来,共其乏困,君亦无所害。"

【故事】春秋时,晋国公子重耳重回国执政后,为了报复郑国,与秦国联合出兵讨伐郑国。郑文公派烛之武去劝秦穆公退兵。烛之武对秦穆公说,郑国与秦国不相连,让郑国作为秦国的东道主,招待路过郑国的使者,对秦国有好处,而秦国与晋国联合攻打郑国,即使占领了领土,秦国也因相隔太远,得不到什么利益,而只能对晋国更有利。秦穆公认为有道理,立即撤军,与郑国和好,让其成为东方钳制晋国的力量。

二五耦

【释义】比喻狼狈为奸。

【典故】春秋·鲁·左丘明《左传·庄公二十八年》:"二五耦。"

【故事】晋献公时期,晋国内部矛盾很尖锐,斗争十分激烈。晋献公宠幸梁五和东关嬖五。他们又跟晋献公的妾骊姬勾结起来,帮助骊姬的儿子夺取君位。当时的人称梁五和东关嬖五为"二五耦"。

鹤乘轩

【释义】比喻滥用官位,滥竽充数。

【典故】春秋·鲁·左丘明《左

传》有记载:"卫懿公好鹤,鹤有乘轩者。"

【故事】公元前668年,卫惠公儿子姬赤继位,即卫懿公。卫懿公不思富国强兵之道,整天喜欢养鹤,甚至还给鹤封官位、享官禄,专门把大夫才有资格乘坐的车子给鹤乘坐。如此不务正业,百姓怨声载道。北方狄国出兵攻打卫国时,卫国士兵根本不抵抗就逃散。结果,卫懿公被狄兵所杀。

狼子野心

【释义】比喻凶暴的人居心狠毒,习性难改。

【典故】《左传·宣公四年》有记载:"谚曰:狼子野心。是乃狼也,其可畜乎?"

【故事】春秋时,门子文和门子良兄弟在楚国做官,门子文当令尹,门子良当司马。门子文儿子叫门子扬;门子良儿子叫门子越。门子越出生时,门子文对门子良说:"这孩子壮得跟老虎和熊一样,哭起来却像豺狼哀号。现在,他的年龄虽然还很小,可是狼的孩子虽然很小,但凶猛的性格以及野心仍然很大,他将来长大恐怕不会是个温和的人。我看他是匹狼,你必须狠下心杀死他,否则我担心我们家族会因为他而灭亡。"哪有父母忍心杀害自己的小孩的?门子良说什么都不肯杀死自己的儿子。门子文见门子良不听劝告,便对家里的人说:"将来门子越如果当了大官,你们一定要尽早离开楚国,不然会有灾难。"

门子文死后,门子扬继承做令尹,门子越也做了司马。门子扬没听父亲的告诫,继续待在楚国做官。门子越当官后,野心膨胀,忌恨门子扬的官位比自己高,就暗中派苏贾杀了门子扬,自己当令尹。不久,他又将苏贾杀死。后来,门子越野心越来越大,领兵造反,结果遭到镇压。他的家族因此受到牵连。

这时,家族的人才知道门子越果然"狼子野心",十分后悔当初没有听门子文的劝告。

相待如宾

【释义】形容夫妻互相尊敬。

【典故】《左传·僖公三十三年》有记载:"初,臼季使,过冀,见冀缺耨,其妻馌之,敬,相待如宾。"

【故事】春秋时,晋国大夫胥臣奉命出使。路过冀地时,他发现一农民正在田间除草,农民妻子把午饭送到田头,恭恭敬敬双手捧给丈夫。丈夫庄重地接过，然后吃起来。他妻子站在一边等他吃完，又将餐具收回去了。胥臣被贫困中相敬如宾的夫妻所感动，就把那个农民推荐给了晋文公。

举棋不定

【释义】比喻犹豫不决，拿不定主意。

【典故】《左传·襄公二十五年》有记载："弈者举棋不定，不胜其耦。"

【故事】春秋时，卫献公骄横粗暴。公元前559年，卫国大夫孙文子和宁惠子发动军事政变，把卫献公赶下了台。卫献公带着母亲和弟弟逃到齐国，过上了流亡生活。

驱逐卫献公后，孙文子和宁惠子把持朝政，并新立卫殇公公孙剽为国君。但是，宁惠子临死之前领悟到驱逐国君是自己的耻辱，便叮嘱儿子宁悼子要把卫献公接回来。不久，开展复国活动的卫献公与宁悼子联系上了。

不少大夫反对卫献公复位。大夫右宰穀见了卫献公后，回来劝宁悼子说："他虽在外流亡十二年，但粗暴的脾气一点没有变，要让他回来，大家的死期就到了。"另一位大夫大叔仪也警告宁悼子说："做事情要前后一贯，你们宁家一会儿参与驱逐国君，一会儿又要接回来，这如同下棋，棋手下棋如果举棋不定就要失败，何况在对待国君的废立问题上，如此轻率，一定会有灭族之祸。"

宁悼子独断独行，以"先父遗命"为借口，不听劝告，一心要独揽大权。后来，他灭了孙氏，杀掉卫殇公，迎回了卫献公。但是，卫献公却利用大夫公孙免馀，除掉宁悼子，消灭宁氏势力，报了自己被宁氏驱逐之仇。

噬脐何及

【释义】比喻后悔也来不及。

【典故】《左传·庄公六年》有记载："若不早图，后君噬齐（脐），其及图之乎？"

【故事】春秋时，楚文王向邓国借道攻打申国。邓祁侯是楚文王舅舅。他准备亲自迎接楚文王。邓祁侯儿子要他提防楚文王，但他不听，同意楚文王借道去攻打申国。等楚文王灭了申国，在回师途中突然进攻邓国。邓祁侯后悔莫及，慌忙抵抗，但根本不是楚国对手。于是，邓国迅速被楚国吞并。

险阻艰难

【释义】前进道路上的困难、危险

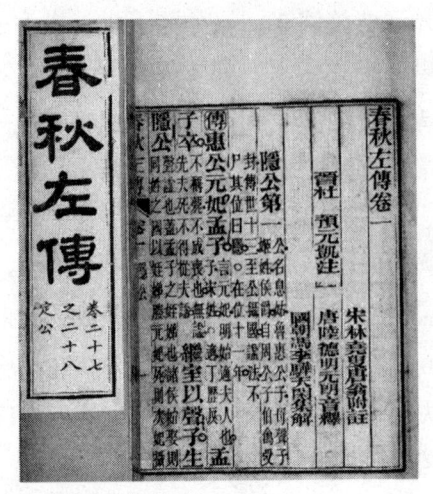

《春秋左传》书影

和障碍。

【典故】《左传·僖公二十八年》："险阻艰难备尝之矣。"

【故事】春秋时，晋文公重耳励精图治，领导晋国日益强大。随后，晋文公准备挑战当时的霸主楚成王，成为新的霸主。公元前632年，晋文公亲率晋军进攻曹国和卫国。楚成王派大将子玉率军前去救援曹国。楚成王告诫子玉：重耳在外流亡十九年，什么艰难险阻都经历过，你得小心对付。

天夺之魄

【释义】比喻人离死不远。

【典故】《左传·宣公十五年》中有记载："原叔必有大咎，天夺之魄矣。"

【故事】公元594年，赤狄酆舒执政，杀了国君潞子的夫人（晋景公姐姐）。这件事惹怒了晋国。晋国趁机出兵灭了赤狄，杀了酆舒。随后，晋国派赵同向周天子进献赤狄俘虏。赵同态度很傲慢，刘康公看后很不高兴，诅骂道："不及十年，原叔必有大咎，天夺之魄矣。"

贪得无厌

【释义】贪心永远没有满足时。

【典故】《左传·昭公二十八年》中记载："贪婪无厌，忿类无期。"

【故事】春秋末年，晋国内部六个掌握实权的上卿相互吞并土地，扩充实力。智伯瑶野心勃勃，处心积虑想扩展自己的地盘。他想吞并赵襄子，瓜分赵襄子的领地，联合韩康子和魏桓子将赵襄子围困在晋阳城。赵襄子派人私下去向韩康子和魏桓子动之以情，晓之以理。韩康子和魏桓子都知道智伯贪得无厌，吞并了赵襄子，下一步就是他们。于是，他们决定和赵襄子一起联合攻击智伯瑶。智伯瑶毫无防范，遭到内外夹击，很快灭亡。没多久，赵襄子、韩康子和魏桓子就分了晋国，分别成立赵国、韩国和魏国。

食言而肥

【释义】指不守信用，只图自己占便宜。

【典故】《左传·哀公二十五年》有记载："公曰：'是食言多矣，能无肥乎？'饮酒不乐，公与大夫始有恶。"

【故事】春秋时，鲁国有个叫孟武伯的大臣。孟武伯是个说话不算数的人。有一天，鲁哀公举行宴会，招待群臣。孟武伯也受邀参加了宴会。在宴席上，孟武伯不喜欢另一位大臣郑重，故意出他的洋相："郑重，你怎么越来越胖了？"鲁哀公听见了，顺势开玩笑说："一个人常常吃掉自己的诺言，当然会胖起来呀！"孟武伯听到此话，禁不住脸红起来。

鞭长莫及

【释义】比喻力量达不到。

【典故】《左传·宣公十五年》有记载："宋人使乐婴齐告急于晋。晋侯欲救之，伯宗曰：'不可。古人有言曰："虽鞭之长，不及马腹。"天方授楚，未可与争，虽晋之强，能违天乎！'"

【故事】公元前595年，楚庄王派申舟出使齐国。当时，楚国人到齐国去必须要经过宋国。楚庄王仗着国力强盛，要申舟不向宋国借路，不打招呼直接过去。申舟说："如果不借路，宋国人会杀我。"

"宋国要是杀了你，我就派兵攻打他们。"楚庄王说。

果然，不向宋国借路的做法激怒了宋国。宋国君臣认为宋国受到了楚国侮辱，直接杀了申舟。楚庄王得知消息，气得暴跳如雷，发兵攻打宋国，并把宋国都城团团围住。

双方相持了几个月，楚军还是没有取胜。第二年春天，宋国派大夫乐婴齐到晋国去求援。晋景公想要发兵，大夫伯宗说："大王，我们不能出兵，古人有话说：'鞭子虽然长，不能打到马肚子上。'现在楚国强盛，正受到上天保佑，我们不能和楚相争。晋国虽然强大，可是能违反天意吗？俗话说：'高高低低，都在心里。'江河湖泊中容纳有污泥浊水，山林草丛中暗藏有毒虫猛兽，洁白的美玉中隐藏有斑痕，晋国忍受一点耻辱，这也是很正常的事。您还是忍一忍吧。"

晋景公一听有道理，没有发兵，只是派大夫解扬去宋国，叫宋国不要投降，就说援兵已经出发，很快就要到了。

宋国人信以为真，苦苦坚守。楚

军攻打不下，最终同意宋国求和收兵。

居安思危

【释义】指要提高警惕，防止祸患。

【典故】春秋·左丘明《左传·襄公十一年》有记载："居安思危，思则有备，有备无患，敢以此规。"

【故事】宋国、齐国等国准备联合攻打郑国。郑国知道自己兵力不足，抵挡不住，就请晋国进行调解，希望宋国、齐国等打消进攻念头。其他国家害怕强大的晋国，不想得罪晋国，纷纷退兵。为了答谢晋国，郑国国君派人献给晋国许多美女与贵重珠宝。收到礼物后，晋悼公十分高兴，将一半的美女赏给解决这件事的大功臣魏绛。魏绛一口拒绝，劝晋悼公说："现在晋国虽然很强大，但我们绝对不能因此而大意，因为人在安全时，要想到未来可能会发生的危险，先做准备，以避免失败和灾祸发生。"晋悼公听完魏绛的话，从此对他更加敬重了。

外强中干

【释义】形容外表强大、实际上内部力量空虚。

【典故】《左传·僖公十五年》有记载："乱气狡愤，阴血周作，张脉偾兴，外强中干。"

【故事】秦国和晋国发生战争后，晋惠公要使用郑国赠送的马来驾车。大臣庆郑劝告晋惠公说："自古以来，打仗时都要用本国的好马，因为它土生土长，熟悉道路，听从使唤。用外国的马，不好驾驭，一旦遇到意外，就会乱踢乱叫。这种马外强中干，怎么能作战呢？"但是，晋惠公没有听。

战斗打响后，晋国的车马乱跑一气，很快陷入泥泞，进退不得。结果，晋军被秦军打得大败，晋惠公也被秦军活捉。

各自为政

【释义】比喻不考虑全局，各搞一套。

【典故】《左传·宣公二年》有记载："畴昔之羊，子为政；今日之事，我为政。"

【故事】郑国与宋国一直不合，经常发生战争。有一次，郑国又准备出兵攻打宋国。宋国派华元为将，率军迎战。在两军交战前，为了鼓舞士气，华元下令宰杀牛羊好好犒赏将士们。但是，在忙乱中，华元一时大意，忘了分给他的马夫一份。马夫心里越想越不是滋味，渐渐产生了怨恨。在两军交战时，马夫对华元说："分发羊肉的事，你说了算。但是，驾车的事，由我做主。"说完，他把战车赶到郑军阵地中。就这样，宋军主帅华元成为郑军的俘虏。宋军失去了主帅，乱了阵脚，被郑军打得大败。

从善如流

【释义】形容乐于接受别人提出的正确意见。

【典故】《左传·成公八年》有记载："君子曰：从善如流，宜哉。"

【故事】春秋时，诸侯林立，郑国夹在楚国和晋国两个大国之间。郑悼公时，郑国同以晋国为首的其他各国签订了盟约。结盟第二年，楚国就来攻伐郑国。晋国派栾书为将，率领大军前去援助郑国。两军在绕角遭遇。楚军不敢同晋军对敌，便撤退而回。但是，晋军并不撤走，准备趁机侵入楚国蔡地。楚国得知消息，立刻调动军队，准备迎击。

晋将赵同、赵括仗着兵力优势，欲挥军南下，占领蔡地，催请栾书赶快下令进攻。但是，中军佐知庄子、上军佐范文子和中军将韩献子三人却提出了不同意见。栾书仔细考虑了他们的意见，认为他们分析得有道理，决定停止攻蔡，撤军回晋。

当时，绝大多数将士都主张南侵攻蔡。栾书听从了少数人的意见撤军，导致一些人想不开。有个将领问栾书："圣人都听从多数人的意见，所以能成大事。现在，我们六军将佐十二人，除您以外的十一人中，只有三人不主张攻蔡。您为什么不听从多数而听从少数人的意见呢？"

栾书回答说："他们三人的意见都很正确，正确的意见，就是真正代表多数人的意见。我听从他们的正确意见，难道不对吗！"

有恃无恐

【释义】因有所依靠而无所顾忌，无所畏惧。

【典故】《左传·僖公二十六年》记载："齐侯曰：'室如悬罄，野无青草，何恃而不恐？'对曰：'恃先王之命。'"

【故事】霸主齐桓公死后，他儿子齐孝公继位。鲁僖公二十六年（公元前634年）夏天，鲁国遭受灾荒，齐孝公乘人之危，亲率大军，浩浩荡荡地讨伐鲁国。鲁僖公得知消息，意识到鲁军无法和齐军对抗，便派大夫展

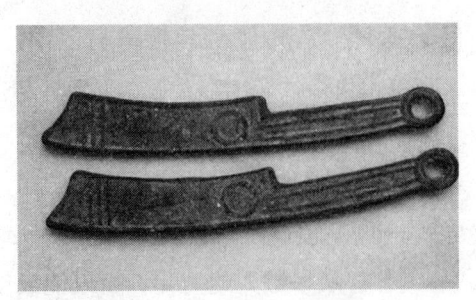

刀币　春秋

喜带着牛羊、酒食去犒劳齐军。当时,齐军还没进入鲁国国境,展喜日夜兼程,在齐鲁边界上遇到齐孝公。展喜对齐孝公说:"我们君王听说您亲自到我国,特地派我前来慰劳贵军。""鲁国人感到害怕了吗?"齐孝公傲慢地说。展喜不卑不亢地回答说:"那些没见识的人可能有些害怕,但我们国君和大臣们一点也不害怕。"

齐孝公轻蔑地说:"鲁国国库空虚,老百姓家中缺粮,地里没有庄稼,连青草也看不到,你们凭什么不感到害怕呢?"展喜胸有成竹,不慌不忙地说:"我们依仗的是周成王的遗命。当初,鲁国祖先周公和齐国祖先姜太公忠心耿耿、同心协力地辅助周成王,废寝忘食地治理国事,最终天下大治。周成王十分感激,让他们立下盟誓,告诫后代子子孙孙,要世代友好,不互相侵害,这都是有记载的。我们的祖先这样友好,您怎么会贸然废弃祖先盟约,进攻鲁国呢?我们依仗这一点,才不害怕。"齐孝公听后,就打消了进攻鲁国的念头,班师回国。

先声夺人

【释义】表示先造成声势,以破坏敌人的士气。

【典故】《左传·昭公二十一年》有记载:"濮曰:'《军志》有之,先人有夺人之心,后人有待其衰。'"

【故事】宋国司马华费逐有三个儿子:华驱、华多僚和华登。华多僚得国君宋元公信任,经常在宋元公面前说弟兄的坏话。华登被迫逃亡到国外后,他又在宋元公面前诬陷华驱,说他打算接纳逃亡的人。宋元公经不住华多僚一再挑拨,便派人通知华费逐,叫他驱逐华驱。华费逐知道这件事是华多僚干的,恨不得杀了他,但又只得执行宋元公的命令,叫华驱去打猎,然后打发他走。华驱了解到这是华多僚干的坏事,本想杀了他,但又怕父亲伤心,决定逃亡。

临行时,华驱计划与父亲告别,不料在朝廷上遇见了华多僚。他一时性起,杀死了华多僚,并召集逃亡的人,一起反叛宋国。

宋元公请齐国人乌枝鸣帮助守城。这年冬天,逃亡在外的华登带领吴军前来支援华驱攻打宋国。眼看吴军快要来到，大夫濮对乌枝鸣说："兵书《军志》上有这样的话：先向敌人进攻可以摧毁敌人的士气；后向敌人进攻要等待他们士气衰竭。为什么不趁吴军很疲劳还没有安定而进攻呢？如果敌人已经来到而且稳住，他们的人多，到那时我们就后悔不及了。"乌枝鸣听从濮的建议，很快宋齐联军击败吴军。濮也在混战之中斩杀了华登。

退避三舍

【释义】 比喻不与人相争或主动让步。

【典故】《左传·僖公二十三年》有记载："曰：'虽然，何以报我？'对曰：'若以君之灵，得反晋国，晋、楚治兵，遇于中原，其避君三舍；若不获命，其左执鞭弭，右属櫜鞬，以与君周旋。'"

【故事】 春秋时，晋献公听信谗言，杀了太子申生，又派人捉拿另外一个公子重耳。重耳闻讯，逃出晋国，在外流亡了十几年。

重耳来到楚国时，楚成王认为他日后必有大作为，就以国君之礼相迎，待他如上宾。

有一天，楚成王设宴招待重耳，两人饮酒叙话，气氛十分融洽。忽然，楚成王问重耳："公子若有一天回晋国当上国君，该怎么报答我呢？"重耳略一思索，说："美女待从、珍宝丝绸，您有的是，珍禽羽毛、象牙兽皮，更是楚地盛产。晋国哪有什么珍奇物品献给大王呢？"楚成王说："公子过谦了。话虽然这么说，可总该对我有所表示吧？"重耳笑了笑回说："要是托您的福，果真能回国当政的话，我愿与贵国友好。假如有一天，晋楚国之间发生战争，我一定命令军队先退避三舍（一舍等于三十里），如果还不能得到您的原谅，我再与您交战。"

四年后，重耳真的回到晋国当上国君，即晋文公。晋国在他治理下日益强大。

公元前633年，楚军和晋军在战场上相遇。为了兑现他许下的诺言，晋文公下令军队后退九十里，驻扎在城濮。楚军见晋军后退，以为对方害怕，马上追击。晋军利用楚军骄傲轻敌的弱点，集中兵力，大破楚军，赢得了城濮之战的胜利。

天经地义

【释义】 比喻正确的，不可改变的，也不容置疑的道理。

【典故】《左传·昭公二十五年》有记载："夫礼，天之经也，地之义也，民之行也。"

【故事】公元前520年，周景王死后，世子姬匄和长子姬猛为继位的事发生了争执。

晋顷公召集各诸侯国代表在黑壤盟，商讨如何让王室安宁。参加商讨的有晋国代表赵鞅，郑国代表游吉，宋国代表乐大心等。

会上，赵鞅向游吉请教什么叫"礼"。

游吉回答说："子产大夫在世时曾经说过，礼就是天之经、地之义，也就是老天规定的原则，大地施行的正理！它是百姓行动的依据，不能改变，也不容怀疑。"

赵鞅对游吉的回答很满意，表示要牢记这个道理。其他诸侯国的代表听了，也大都表示有理。于是，赵鞅提出，各诸侯国应全力支持周敬王姬匄，为他提供兵卒、粮草，并且帮助他把王室迁回王城。后来，晋国大夫率领各诸侯国军队，帮助周敬王姬匄恢复王位，结束了王位之争。

上下其手

【释义】比喻暗中勾结，随意玩弄手法，串通作弊。

【典故】《左传·襄公二十六年》记载："上其手，曰：'夫子为王子围，寡君之贵介弟也。'下其手，曰：'此子为穿封戍，方城外之县尹也。谁获子？'囚曰：'颉遇王子弱焉。'"

【故事】公元前547年，楚国出兵攻打郑国。当时，楚国强大，郑国弱小，郑国战败，郑王颉被楚将穿封戍俘虏。楚王弟公子围当时也在楚军中。他想冒认俘获郑颉的功劳，说郑王颉是由他俘获的。于是，穿封戍和公子围发生了争执，彼此都不肯让步。最终，他们请伯州犁做公证人，判定究竟是谁俘虏了郑王颉。

伯州犁命人带来郑王颉，向他说明原委，接着手伸二指，用上手指代表楚王弟公子围，用下手指代表楚将穿封戍，然后问他究竟是被谁俘获的。郑王颉因被穿封戍俘虏，很恨他，便指着上手指，表示是被公子围所俘虏。伯州犁便判定那是公子围的功劳。

人心如面

【释义】人的心思像人的面貌一样，各不相同。

【典故】《左传·襄公三十一年》

有记载:"子产曰:'人心之同,如其面焉;吾岂敢谓子面如吾面乎?'"

【故事】郑国大夫子皮打算派尹何去管理封地。尹何是子皮家的小臣,没有管理这么大地域的经验和能力,许多人觉得他难以胜任。

子皮便征求辅臣子产的意见。子产说:"尹何年纪轻,恐怕不行吧!"子皮不以为然地说:"尹何谨慎、敦厚,我很喜欢他,他也不会背叛我。他虽然缺乏经验,但可以让他学啊,学得时间久了,他也就懂得治理的道理了。"

子产利用很多比喻对其继续了一番劝诫。子皮听了子产这席话,醒悟过来了,说:"如果不是先生用这番话来提醒我,我还不知自己干了蠢事。记得从前我曾经说过,你治理郑国,我只治理我的家产,使我的身体有所寄托也就足够了。我向您请求从今以后,连我的家事也听从您的意见去做!"

子产听了连连摇头,说:"人心各不相同,就像人面各不相同一样,我怎么敢说您的面貌与我的面貌相同呢?我心里觉得您这样做很危险,所以据实相告。"

子皮觉得子产对国家非常忠诚,就把政事完全委托给他。后来,子产把郑国治理得富强起来。

马首是瞻

【释义】比喻服从指挥或者乐于追随。

【典故】《左传·襄公十四年》有记载:"荀偃令曰:'鸡鸣而驾,塞井夷灶,唯余马首是瞻。'"

【故事】晋悼公联合十二个诸侯国攻伐秦国,联军由晋国大将荀偃指挥。

荀偃以为十二国联军攻秦,秦军必定惊慌失措。不料,秦景公已得知联军心不齐,士气不振,所以毫不胆怯,不想求和。荀偃没有办法,只得准备打仗。他向全军将领发布命令:"明天早晨。鸡一叫就开始驾马套车出发。各军都要填平水井,拆掉炉灶。作战时,全军都要看我的马头来定行动方向。我奔向哪里,大家就跟着奔向哪里。"

下军将领认为荀偃这个指令太专横了,说:"晋国从未下过这样的命令,为什么要听他的?好,他马头向西,我偏要向东。"他的副手说:"你是我们的主官,我听你的。"于是,他们率领军队朝东而去。这样一来,全军顿时混乱起来。

荀偃见此,仰天叹道:"既然下的命令不能执行,就不会有取胜的希望,一交战肯定让秦军得到好处。"于是，他只好下令将全军撤回去。

华而不实

【释义】比喻外表好看而没有实际内容，也指表面上很有学问，实际腹中空空的人。

【典故】《左传·文公五年》中有记载："且华而不实，怨之所聚也。"

【故事】春秋时，晋国大夫阳处父出使魏国，回来时路过宁邑，住在一家客店里。店主见阳处父相貌堂堂，举止不凡，十分钦佩，悄悄地对妻子说："我早就想投奔一位品德高尚的人，可是多少年来，随时留心，都没找到合意的。今天，我看这个人不错，我决心跟他去了。"店主得到阳处父同意后，离别妻子，跟着他走了。

一路上，阳处父同店主东拉西扯，不知谈些什么。店主一边走一边听。刚刚走出宁邑县境，店主改变主意，和阳处父分手了。店主妻子见丈夫突然折回，心中不明，问："你好不容易遇到这么个人，怎么不跟他去呢？你不是决心很大吗？家里的事，你尽管放心好了。"

店主说："我看他长得一表人才，以为可以信赖，谁知听了他的言论却感到非常讨厌。我怕跟他一去，没有得到教育，反倒遭受祸害，所以改变了原来的主意。"

在店主心目中，阳处父就是华而不实的人。所以，店主毅然地离开了他。

大义灭亲

【释义】指为了维护正义，对犯罪的亲属不徇私情。

【典故】《左传·隐公四年》有记载："大义灭亲，其是之谓乎。"

【故事】卫国公子州吁杀死哥哥卫桓公，自立为国君。

州吁驱使百姓去打仗，激起了不满。他担心王位不稳，与心腹大臣石厚商量办法。

石厚去问父亲卫国大臣石碏怎样才能巩固州吁的统治地位。石碏对石厚说："诸侯即位，得到周天子认可，地位就能巩固。"石厚说："州吁是杀哥哥谋位的，如果周天子不认可，怎么办？"石碏说："陈桓公很受周天子信任，陈卫又是友好邻邦。"石厚抢着说："去请陈桓公帮忙？"石碏连连点头。

州吁和石厚备了许多礼物去请陈桓公帮忙，却被陈桓公扣留了。原来，这是石碏的安排。

卫国派人去陈国，把州吁处死了。卫国大臣们认为石厚是石碏的儿子，应该从宽。石碏就派家臣到陈国去把石厚杀了。史官认为石碏杀儿子是"大义灭亲"。

唇亡齿寒

【释义】 比喻双方关系密切，相互依存。

【典故】《左传·僖公五年》有记载："晋侯复假道于虞以伐虢。宫之奇谏曰：虢，虞之表也；虢亡，虞必从之……谚所谓'辅车相依，唇亡齿寒'者，其虞虢之谓也。"

【故事】 晋献公想扩充地盘，找借口说虢国经常侵犯晋国边境，要派兵灭虢国。但是，在晋国和虢国之间隔着一个虞国，讨伐虢国必须经过虞国。大夫荀息劝晋献公用价值连城的美玉和宝马去贿赂目光短浅、贪图小利的虞国公，向他提出借道。

虞国公见到珍贵礼物后心花怒放，当即满口答应借道虞国之事。虞国大夫宫之奇听说后，赶快阻止："不行，不行，虞国和虢国是唇齿相依的近邻。我们两个小国相互依存，有事可以相互帮助，万一虢国灭了，我们虞国也就难保了。俗话说'唇亡齿寒'，没有嘴唇，牙齿也保不住啊！借道给晋国万万使不得。"虞国公说："晋国是大国，特意送来美玉宝马和我们交朋友，难道我们借条道路让他们走走都不行吗？"宫之奇连声叹气，知道虞国离灭亡的日子不远了，于是带着一家老小离开了虞国。

果然，晋军借道虞国，消灭了虢国，回去时又把亲自迎接晋军的虞国公抓住，灭了虞国。

春秋战国时期的战车

不自量力

【释义】不能正确地估计自己的力量，或过高地估计自己。

【典故】《左传·隐公十一年》有记载："不度德，不量力，不亲亲，不征辞，不察有罪，犯王不匙而以伐人，其丧师也，不亦宜乎！"

【故事】公元前712年，息国向郑国发动了战争。息国的人力与物力比郑国要少得多，军力也要弱得多。战争以息国失败而告终。

事后，一些有见识的人分析出，息国快要灭亡了。他们分析的根据是，息国一不考虑自己的德行如何，二不估量自己的力量是否能取胜，三不同亲近的国家笼络好关系，四不把自己向郑国进攻的道理讲清楚，五不明辨失败的罪过和责任是谁。

果然，息国不久被楚国攻灭。

宾至如归

【释义】形容主人待客热情、周到，来客感到满意。

【典故】《左传·襄公三十一年》有记载："宾至如归，无宁灾患，不畏盗寇，而亦不患燥湿。"

【故事】子产是春秋时郑国大夫，曾当过多年国相，执掌郑国政权。

公元前542年，子产奉郑简公之命出访晋国，带了许多礼物。当时，正遇上鲁襄公逝世，晋平公借口为鲁国国丧致哀，没有迎接郑国使者。子产就命令随行的人员，把宾馆的围墙拆掉，然后赶进车马，安放物品。

晋平公得知消息，派大夫士文伯到宾馆责问子产。士文伯说："我国是诸侯盟主，来朝会的诸侯官员很多。为了防止盗贼，保障来宾安全，特意修建宾馆，筑起围墙。你们把围墙拆了，其他诸侯来宾的安全怎么办呢？你们拆围墙的意图是什么？"

子产回答说："郑国是小国，需要向大国进献贡品。这一次，我们带了贡品前来朝会，偏偏遇上你们国君没有空，既见不到，也不知道进见日期。我听说过去晋文公做盟主时，自己住的宫室低小，接待诸侯的宾馆却造得又高又大。宾客到达时，样样事有人照应，能很快献上礼品。他和宾客休戚与共，你不懂的，他给予教导，你有困难，他给予帮助。宾客来到这里就像回到自己家里一样。现在晋国铜鞮山的宫室有好几里地，而让诸侯宾客住的却是奴隶住的屋子。门口进不去车子，接见又没有确切日期。我们不能翻墙进去，如果不拆掉围墙，让礼物日晒夜露，就是我们的罪过了。如果让我们交了礼物，我们愿意修好围墙再回去。"

士文伯把情况报告晋平公，晋平公感到惭愧，马上接见子产，隆重宴请，给了丰厚的回赠，并下令重新建造宾馆。

一问三不知

【释义】指怎么问都说不知道。也有装糊涂、假装不知道的意思，有明哲保身意味。

【典故】《左传·哀公二十七年》有记载："君子之谋也，始终皆举之，而后入焉。今我三不知而入之，不亦难乎！"

【故事】公元前468年，晋国大将荀瑶率兵攻打郑国。为防止晋国过分强大，齐国派陈成子率军援助郑国。有个名叫荀寅的部将报告陈成子说："有一个从晋军来的人告诉我说，晋军打算出动一千辆战车的兵力来袭击我军军营，要把齐军全部消灭。"

陈成子听后，责骂他："出发前，国君命令我说：'不要追赶零星的士卒，不要害怕大批的人马。'晋军即使出动超过一千辆战车的兵力，我也不能避而不战。你方才竟然说出壮敌人威风灭自己志气的话。回国以后，我要把你的话报告国君。"

荀寅自知失言，感慨地说："君子之谋也，始终皆举之，而后入焉。今我三不知而入之，不亦难乎？"

鞭长不及马腹

【释义】比喻力所不能及。

【典故】先秦·左丘明《左传·宣公十五年》有记载："古人有言曰：'虽鞭之长，不及马腹。'"

【故事】春秋时，楚庄王仗着势力强大，不征得宋国同意就派大夫申舟经宋国出使齐国。宋国愤怒了，杀了申舟。楚庄王派兵攻打宋国。宋国向晋国求援，大夫伯宗向晋景公建议不要出兵，说"虽鞭之长，不及马腹"，晋国没有理由为了宋国而去得罪楚国。

三折肱为良医

【释义】比喻对某事阅历多，富有经验，自能造诣精深。

【典故】先秦·左丘明《左传·定公十三年》有记载："三折肱知为良医。"

【故事】春秋时，晋国大夫范氏和

青铜鼎　春秋

中行氏准备起兵攻打晋定公。很多人认为晋定公又要失败。有人认为，范氏起兵属于反叛行为，民众不会支持的，再说晋定公已经屡战屡败，只要好好总结经验，就像三折肱为良医一样，不会再次失败的。

风马牛不相及

【释义】比喻事物彼此毫不相干。

【典故】《左传·僖公四年》有记载："君处北海，寡人处南海，唯是风马牛不相及也。"

【故事】春秋初期，齐桓公成为霸主，声威大震，中原诸侯没有不屈从他的。但南方楚国国力不断增强，楚王不服齐桓公，想与他抗衡。

公元前656年，齐桓公率领齐国、鲁国、宋国、陈国等八国军队攻打蔡国。蔡侯连夜逃往楚国，请求楚国出兵援助。齐桓公看到蔡侯逃往楚国，就率军长驱直入，向楚国进发。

楚成王接到密报，一面调集军队准备迎战，一面派屈完到齐军军营进行谈判。

屈完能言善辩，对楚国非常忠诚。为了楚国的安危，他只身前往齐军军营去见管仲，责问他："齐国在北方，楚国在南方，两国相隔这么遥远，即使马牛走失也不会跑到对方境内。没有料想到你们的兵马竟然践踏我们的国土。"屈完铿锵有力的言辞把管仲问得理屈词穷，无言以对。

齐桓公见楚国没有屈服的意思，就把大军开进楚国领地内。楚成王又派屈完前去谈判，齐桓公得知楚国早已有所准备，用武力讨伐楚国，势必两败俱伤，只好同楚国讲和，双方言归于好，各自撤军。

冒天下之大不韪

【释义】去做普天下的人都认为不对的事情，现在指不顾舆论谴责而去干坏事。

【典故】《左传·隐公十一年》有记载："犯五不韪而以伐人，其丧师也，不亦宜乎？"

【故事】公元前712年，郑国与息国因为一些小事发生了矛盾。势力弱小的息国很不冷静，竟派兵攻打强大的郑国。息国战败后，强大的楚国趁机将楚国灭掉了。人们认为，息国是冒天下之大不韪，贸然出兵郑国，才导致国家灭亡的。

多行不义必自毙

【释义】坏事干多了，结果是自己找死。

【典故】《左传·隐公元年》有记载："多行不义，必自毙，子姑待之。"

【故事】春秋时，郑武公去世后，郑庄公即位，他弟弟共叔段不服。共叔段在自己封地里招兵买马，准备篡位。祭仲劝郑庄公兴兵除掉共叔段。郑庄公说："多行不义必自毙！"共叔段公开谋反时，郑庄公早已经悄悄做好了准备，亲自率军攻打共叔段，将其消灭了。

不以一眚掩大德

【释义】不因为一个人有个别的错误而抹杀他的大功绩。

【典故】《左传·僖公三十年》有记载："且吾不以一眚掩大德。"

【故事】春秋时，秦穆公不听蹇叔的劝告，派孟明视等三位大夫率军进攻郑国。由于计划败露，秦军只好临时改为进攻滑国。结果，秦军在路上遭到晋军袭击，全军覆没。晋襄公答应母后的请求，放了三位秦国大夫回国。秦穆公不以一眚掩大德，身着丧服，亲自到边境去迎接那三位打了败仗的大夫。

贪天之功以为己力

【释义】把自然成功的事作为自己的功劳，现在指攘夺他人的功劳。

【典故】春秋·左丘明《左传·僖公二十四年》有记载："窃人之财，犹谓之盗，况贪天之功以为己力乎。"

【故事】公子重耳流亡十九年后重新回晋国执政，即晋文公。随后，他对跟随他流亡的人论功行赏，大家都得到了相应的赏赐，但唯独把割大腿肉熬汤给他喝的介子推给忘了。介子推很有气节，称病回家隐居，侍奉老母，靠编草鞋为生。他认为那些受到奖赏的人是在贪上天的功劳，不屑与那些人为伍。后来，介子推带着母亲躲进了绵山。晋文公派人去绵山找，去找的人以为放火烧山就可以逼出介子推。结果，介子推母子在绵山被烧死了。晋文公非常后悔，下令每年那一天不准生火做饭，久而久之，就形成了寒食节。

皮之不存，毛将安附

【释义】比喻事物失去了借以生存的基础，就不能存在。

【典故】春秋·左丘明《左传·僖公十四年》有记载："皮之不存，毛将安附？"

【故事】晋国公子夷吾求秦王帮他回国登上王位，并答应给五座城池作为报酬。夷吾成为晋惠公后，违背诺言，并不给秦国城池。后来，秦国遇到饥荒，向晋国借粮。晋惠公也没答应。大臣虢射对晋惠公说："我们借粮也不能改善关系，就好比'皮之不存，毛将安附？'"

人非圣贤，孰能无过

【释义】旧时指一般人犯错误是难免的。

【典故】春秋·左丘明《左传·宣公二年》有记载："人谁无过，过而能改，善莫大焉。"

【故事】晋灵公生性残暴，时常借故杀人。有一天，厨师送上来的熊掌炖得不透，他残忍地当场把厨师处死。

正好，尸体被赵盾和士季看到。他们了解情况后，非常气愤，进宫去劝谏晋灵公。士季先去朝见，晋灵公从神色中看出他是为杀厨师这件事而来的，便假装没有看见他。直到士季往前走了三次，来到屋檐下，晋灵公才瞟了他一眼，轻描淡写地说："我已经知道所犯的错误了，今后一定改正。"士季听晋灵公这样说，也温和地说："谁没有过错呢？有了过错能改正，那就最好了。如果您能接受大臣正确的劝谏，就是一个好的国君。"

事实上，晋灵公并非是真正认识自己的过错，行为残暴依然故我。相国赵盾屡次劝谏，他不仅不听，反而十分讨厌，竟派刺客去暗杀赵盾。不料刺客不愿去杀害正直忠贞的赵盾，宁可自杀。

晋灵公便改变方法，假意请赵盾进宫赴宴，准备在席间杀他。结果，赵盾被卫士救出。他的阴谋又未能得逞。晋灵公最终被赵穿杀死。

匹夫无罪，怀璧其罪

【释义】指财宝能致祸，后来比喻有才能、有理想而受害。

【典故】《左传·桓公十年》有记载："初，虞叔有玉，虞公求旃。弗献。既而悔之，曰：'周谚有之：匹夫无罪，怀璧其罪。'吾焉用此，其贾害也。'乃献之。"

【故事】有个虞国农民得到一块宝玉。当时,虞国公正在搜罗奇珍异宝。农民不想贡献上去。有人劝他,说有谚语"匹夫无罪,怀璧其罪",如果不交上去就会招致杀身之祸。农民觉得有理,害怕给家人招致杀身之祸,赶忙把璧玉献给了虞国公。

十年生聚,十年教训

【释义】指军民同心同德,积聚力量,发愤图强,以洗刷耻辱。

【典故】《左传·哀公元年》有记载:"越十年生聚,而十年教训,二十年之外,吴其为沼乎!"

【故事】春秋时,吴越两国交战。吴王夫差活捉了越王勾践,让勾践到吴国为奴。勾践给吴王夫差进贡了美女西施,并亲自为奴隶。夫差一高兴,放勾践回去了。勾践卧薪尝胆,采用文种献上的"十年生聚,十年教训"策略,增加人口,聚积财物,同时积极发展农业与军事。最终,勾践趁着夫差将主力军派到中原争霸的机会,一举攻占吴国。

庆父不死,鲁难未已

【释义】比喻不清除制造内乱的罪魁祸首,就得不到安宁。

【典故】《左传·闵公元年》有记载:"不去庆父,鲁难未已。"

【故事】鲁国第十七代国王鲁庄公姬同的三个兄弟中,庆父十分专横,与姬同妻子哀姜勾搭成奸,先后害死鲁国国君姬斑及哀姜妹妹的儿子鲁闵公姬开。他野心越来越大,打算自己做国君。最后,庆父被他弟弟季友处死。季友拥立姬申为国君,鲁国才实现了平静。

以小人之心,度君子之腹

【释义】用卑劣的心意去猜测品行高尚的人。

【典故】《左传·昭公二十八年》有记载:"愿以小人之腹为君子之心,属厌而已。"

【故事】公元前514年,晋国魏舒继任执政大臣。他派魏戊去当梗阳县令。魏戊把一桩不好了断的官司上报给魏舒。官司的一方送了一个漂亮的女乐人给魏舒。大臣阎没和汝宽借吃饭之机,劝谏魏舒,说他们是以小人之心度君子之腹。

《孟子》《荀子》篇

始作俑者

【释义】比喻第一个做某项坏事的人或某种恶劣风气的创始人。

【典故】《孟子·梁惠王上》有记载:"仲尼曰:始作俑者,其无后乎!为其象人而用之也。"

【故事】有一次,孟子和梁惠王谈论治国之道。孟子问梁惠王:"用木棍打死人和用刀子杀死人,有什么不同吗?"

梁惠王说:"没有什么不同的。"

孟子又问:"用刀子杀死人和用政治害死人有什么不同?"

梁惠王说:"也没有什么不同。"

孟子又说:"现在大王的厨房里有肥肉,马厩里有壮马,但老百姓面有饥色,野外到处躺着饿死的人。这是当权者在带领着野兽来吃人啊!大王想想,野兽相食,尚且使人厌恶,那么当权者带着野兽来吃人,怎么能当好地方官呢?孔子曾经说过,首先开始用俑的人,是断子绝孙、没有后代的人!您看,用人形的土偶来殉葬尚且不可,又怎么可以让老百姓活活地饿死呢?"

舍我其谁

【释义】形容人敢于担当,遇有该做的事,决不退让。

【典故】《孟子·公孙丑》:"如欲平治天下,当今之世,舍我其谁也?"

【故事】战国时,孟子经常与学生谈论一些治理国家的问题。他把儒家学说加以发挥,认为君主要仁爱,以仁治天下就像运转一个小泥丸一样容易。学生问他为什么有些不愉快。孟子回答:"如欲平治天下,当今之世,舍我其谁也?"

事半功倍

【释义】指做事得法,因而费力小,收效大。

【典故】《孟子·公孙丑》中:"故事半古之人,功必倍之,惟此时为然。"

【故事】战国时,孟子与公孙丑谈论如何看待统一天下。孟子说,周文王施行仁政,使国家富强,最终消灭昏庸残暴的商纣王。如今拥有万辆兵车实力的齐国,如果能施行仁政,老百姓就会安居乐业,远方的人就会来归顺,出一半力气,就能得到成倍的收益。

嫂溺叔援

【释义】比喻视实际情况而变通做法。

【典故】战国·孟子《孟子·离娄上》:"男女授受不亲,礼与;嫂溺,援之以手者,权也。"

【故事】战国时,齐国雄辩家淳于髡问孟子:"男女之间传递东西,不能接触,这是礼的要求。嫂子掉到水里了,小叔子伸手去拉她,符不符合礼的要求?"孟子认为,男女之间传递东西不接触是礼的要求,嫂子掉进水里,小叔子用手去救也是礼的要求。淳于髡又问孟子:"天下的人都掉进水里,你为什么不去救?"孟子回答说应该用道去救,而不是用手去救。

一曝十寒

【释义】用来比喻修学做事没有恒心。

【典故】战国·孟子《孟子·告子上》中有记载:"虽有天下易生之物也,一日曝之,十日寒之,未有能生者也。"

【故事】孟子对齐王做事没有坚持性、轻信奸佞谗言很不满,便不客气

孟子像

地说:"大王也太不明智了,天下虽有生命力很强的生物,可您把它放在阳光下晒了一天,再放在阴寒的地方冻了十天,它哪里还活得成呢?我跟大王在一起的时间很短,大王即使有了一点从善的决心,但我一离开您,那些奸臣又来哄骗您,您又会听信他们的话,这叫我怎么办呢?"

按着,孟子给齐王打了个比喻:"下棋看起来是件小事,但你不专心致志,也同样学不好,下不赢。奕秋是天下最善下棋的人。他教了两个徒弟,一个专心致志,处处听奕秋指导;一个却老想着有大天鹅飞来,准备用箭射天鹅。两个徒弟是一个师父教的,一起学的,然而后者的成绩却差得很远。这不是他们智力上有多大差异,而是专心程度不一样啊!"

食前方丈

【释义】吃饭时,面前一丈见方的地方摆满了食物。形容吃得阔气。

【典故】《孟子·尽心下》中有记载:"食前方丈,侍妾数百人,我得志弗为也。"

【故事】战国时,孟子要求学生积极宣传自己的政治主张,要学生不要气馁,不要被对方的显赫威势所吓倒。

面对这些王公大臣高堂大屋、食前方丈、侍妾数百,只要能马上想到自己一旦得志,绝不像他们这样做,就不会心怯。

脍炙人口

【释义】比喻好的诗文受到人们的称赞和传诵。

【典故】《孟子·尽心下》中有记载:"脍炙,所同也;羊枣,所独也。"

【故事】曾参是个孝子。他父亲曾晳喜欢吃羊枣。曾晳死后,曾参竟不忍心再吃羊枣。此事被儒家传为美谈。

有一次,公孙丑就这件事问孟子:"脍炙(精美的肉食)和羊枣,哪样好吃呢?"

孟子说:"当然是脍炙好吃。"

公孙丑说:"那么,曾参父子一定都爱吃脍炙了。为什么父亲死后,曾参只戒羊枣,不戒脍炙呢?"

孟子回答说:"脍炙,是大家都爱吃的;羊枣是曾晳的特殊嗜好。所以,曾晳死后,曾参会继续吃脍炙而不吃羊枣。"

同流合污

【释义】多指跟着坏人一起做

坏事。

【典故】《孟子·尽心下》中有记载："同乎流俗，合乎污世。"

【故事】战国时，孟子同万章谈起孔子十分厌恶乡愿。万章不明白乡愿究竟指的什么人。孟子说乡愿就是乡里那些八面玲珑、惯于奉承讨好别人的老好人，那些好好先生"同乎流俗，合乎污世"，骨子里坏，让人厌恶。

出尔反尔

【释义】形容一个人言行前后矛盾，反复无常。

【典故】《孟子·梁惠王下》中有记载："曾子曰：'戒之戒之！出乎尔者，反乎尔者也。'"

【故事】有一年，邹国与鲁国发生战争。邹国吃了败仗，死伤了不少将士。邹穆公很不高兴，问孟子："在这次战争中，我手下的官吏被杀了三十三个。可是，士兵却没有一个为他们去拼命的。他们眼看长官被杀，而不去营救，实在可恨。杀了这些人吧，他们人太多，杀也杀不完；不杀吧，他们又十分可恨。我该怎么办才好？"

面对邹穆公提出的难题，孟子说："我记得有一年闹灾荒，年老体弱的百姓饿死在山沟荒野，壮年人外出逃荒的有千人之多，而您的粮仓满满的，国库也很充足，管钱粮的官员也不把这严重的灾情报告给您。他们高高在上，不关心百姓疾苦，残害百姓……您记得曾子说过的话吗？他说，要警惕呀！你怎样对待别人，别人也如何对待你。如今百姓有了一个报复的机会，就要用同样的手段来对待那些长官了……大王不要去责怪他们、惩罚他们。如果实行仁政，您的百姓就会爱护他们的长官，并且愿意为他们献出生命。"

一毛不拔

【释义】比喻非常吝啬自私。

【典故】《孟子·尽心上》中有记载："杨子取为我，拔一毛而利天下，不为也。墨子兼爱，摩顶放踵，利天下，为之。"

【故事】墨子是大思想家，墨家学派创始人，主张"兼爱"，反对战争。

差不多与墨子同一时期，有个叫杨朱的，反对墨子提倡的"兼爱"，主张"贵生""重己"，重视保存个人生命，反对他人侵夺自己，也反对自己侵夺他人。

有一次，墨子的学生离滑厘问杨

朱："如果拔您身上一根汗毛,能使天下人得到好处,您干不干?"

"天下人的问题,绝不是拔一根汗毛所能解决得了的!"

离滑厘又问:"假使能的话,您愿意吗?"

杨朱默不作答。

水深火热

【释义】比喻人民生活极端痛苦。

【典故】《孟子·梁惠王下》中:"如水益深,如火益热。"

【故事】战国时,燕王哙把君位让给相国子之,将军市被和公子平不服,起兵攻打子之。

燕国内乱后,齐国乘虚而入。齐宣王派大将匡章率兵十万攻打燕国。燕国百姓对内战不满,不愿出力抵抗齐军,"士卒不战,城门不闭",甚至有些燕国百姓给齐军送饭递水表示欢迎。匡章只用了五十天就攻下燕国国都。齐军攻占燕国后,并无撤回之意。匡章又不管束军队,士卒欺凌百姓,燕国人纷纷起来反抗。

齐宣王问正在齐国游说的孟子:"有人劝我不要吞并燕国,有人劝我吞并它,到底该怎么办?"孟子说:"如果吞并燕国,当地百姓反而很高兴,那就吞并它。古人有此先例,周武王便是。如果吞并燕国,当地百姓并不高兴,那就不要吞并它。古人也有先例,周文王便是……当初齐军攻入燕国,燕国人送饭递水表示欢迎,那是因为燕国百姓想摆脱苦日子;而今如果齐国吞并燕国,给燕国人带来亡国灾难,使他们陷入水深火热之中,那他们必然会转而盼望别国来解救了。"

负隅顽抗

【释义】比喻依仗某种条件顽固抵抗。

【典故】《孟子·尽心下》中:"则之野,有众逐虎。虎负嵎,莫之敢撄。"

【故事】战国时,有一年齐国发生饥荒,饿死了许多人。陈臻得知此消息,心情沉重地对孟子说:"老师,您听说了吗?齐国闹饥荒,人都快饿死了。大家都以为您会再次劝说齐王,请他打开棠地的粮仓救济百姓。我看,不能再这样做了吧!"

孟子回答说:"再这样做,我就成为冯妇了。"

随后,孟子给陈臻讲了有关冯妇的故事。

冯妇是晋国猎手,善于和老虎搏

斗。后来，他成为善人，不再打虎，也几乎被人忘掉。有一年，某座山里出现一只猛虎，常常伤害行人。几个年轻猎人联合起来去打虎，把老虎迫至山的深处。老虎背靠着山势弯曲险要的地方，向众人瞪眼吼叫，没人敢上前去捕捉。恰巧冯妇坐车路过。他下车，挽起袖子与老虎搏斗，打死了猛虎，为民除了害。

年轻的猎手们非常高兴，感谢冯妇，但一些读书人却讥笑他。

当务之急

【释义】指当前应该做的事情中最急需办的事。

【典故】《孟子·尽心上》有记载："孟子曰：'知者无不知也，当务之急，仁者无不爱也，急亲贤之为务。'"

【故事】有一次，有学生问孟子："现在要知道和要去干的事情很多，究竟应该先知道和干些什么呢？"

孟子说："有智慧的人无所不知，但要知道当前最急需要办的事，而不能面面俱到。比如，仁德是人们无所不爱的，但应先爱亲人和贤者。又比如，古代的圣主尧和舜，尚且不能认识所有的事物，因为他们必须急于处理当前最重要的事。尧舜的仁德也不是爱一切人，因为他们急于爱的是亲人和贤人。"

接着，孟子又说："父母死了，不去服三年的丧期，却对服三个月、五个月丧期的礼节很讲究；在长者面前用餐，没有礼貌地狼吞虎咽，咕嘟咕嘟地喝汤，却去讲什么不能用牙齿咬

孟母三迁

断干肉等，这就是舍本逐末，不知道当前最需要知道和干的是什么。"

不远千里

【释义】比喻不畏路途遥远。

【典故】《孟子·梁惠王上》有记载："孟子见梁惠王。王曰：'叟！不远千里而来，亦将有以利吾国乎？'"

【故事】梁惠王见孟子后，热情地说："您不远千里来到我们魏国，一定给我国带来巨大利益吧？"

孟子说："大王何必一开口就讲利益？有仁义就行了。如果君王时刻想着怎样有利于我的国家，大夫时刻想着怎样有利于我的封地，士和老百姓时刻想着怎样有利于自身，上上下下都追逐私利，那么就危险了。"

接着，孟子说："在拥有一万辆兵车实力的国家，谋杀其国君的必定是拥有一千辆兵车实力的大夫；在拥有一千辆兵车实力的国家，谋杀他们国君的，必定是拥有一百辆兵车实力的大夫。大国大夫能从拥有万辆兵车实力的国家获得兵车千辆，中等国家大夫能从拥有千辆兵车实力的国家获得兵车百辆。这些大夫的产业不能说不多，但是，他们仍永远不会满足。所以，您不能再宣扬私利了。"

梁惠王很受触动，焦急地问："那该怎么办呢？"

孟子说："从来没有讲仁的人会遗弃双亲，也没有讲义的人会不尊重君主。所以，大王只要讲仁义就够了，何必再讲利益呢？"

拔苗助长

【释义】比喻不顾事物发展的规律，强求速成，结果反而把事情弄糟。

【典故】《孟子·公孙丑上》中有记载："宋人有悯其苗之不长而揠之者，芒芒然归，谓其人曰：'今日病矣！予助苗长矣！'其子趋而往视之，苗则槁矣。"

【故事】孟子曾经给他的学生们讲了个故事：

宋国有个农民担心自己田里的禾苗长不高，就天天到田边去看。

一天、两天、三天，禾苗好像一点儿也没有长。他决定想办法帮助它们生长。

于是，一天，他急忙跑到田里把禾苗一棵棵地往上拔，从早上一直忙到太阳落山，弄得筋疲力尽才停止。

回到家里，他气喘吁吁地说："累死人啦！不过，力气总算没白费，我帮禾苗都长高了一大截。"

第二天，他跑到田里一看，禾苗全都死了。

无敌于天下

【释义】天下都没有对手。形容力量强大无比。

【典故】战国·孟子《孟子·公孙丑上》："无敌于天下者，天吏也。"

【故事】有学生向孟子请教如何才能使国家昌盛强大，无敌于天下。孟子说：首先是尊重、任用有德有才的贤人，带动士为国效力；其次为商人提供场地，不征赋税；边境卡哨对旅客不收税，对农田不征税，免除劳役等。

大旱望云霓

【释义】云霓：下雨的征兆。好像大旱时盼望寸水一样。比喻渴望解除困境。

【典故】《孟子·梁惠王下》中有记载："民望之，若大旱之望云霓也。"

【故事】齐国出兵讨伐燕国取得胜利后久久不撤军。燕国人向其他诸侯求救。其他诸侯商议要联合出兵援助燕国。眼看齐国就要被群殴，齐宣王便请教孟子对策。孟子说："当年商汤率仁义之师讨伐夏桀，百姓盼望商军就像大旱望云霓一样迫切。如今，诸侯担心您将来会像对待燕国那样去对待他们。"

五十步笑百步

【释义】比喻自己跟别人有同样的缺点错误，只是程度上轻一些，却毫无自知之明地去讥笑别人。

【典故】《孟子·梁惠王上》中有记载："填然鼓之，兵刃既接，弃甲曳兵而走，或百步而后止，或五十步而后止。以五十步笑百步，则何如？"

【故事】孟子到梁国，见了好战的梁惠王。梁惠王对孟子说："我费心尽力治国，又爱护百姓，却不见百姓增多，是什么原因呢？"

孟子回答说："让我拿打仗做个比喻吧！双方军队在战场上相遇，要进行一场厮杀。厮杀结果，打败的一方免不了会丢盔弃甲，飞奔逃命。假如一个兵士跑得慢，只跑了五十步，却去嘲笑跑了一百步的兵士是贪生怕死。"

孟子讲完故事，问梁惠王："这对不对？"

梁惠王立即说："当然不对！"

孟子说："你虽然爱百姓，可你喜

欢打仗，百姓就要遭殃。这与五十步笑百步是同样的道理。"

顾左右而言他

【释义】 形容无话对答，有意避开话题，用别的话搪塞过去。

【典故】《孟子·梁惠王下》中有记载："曰：'四境之内不治则如之何？'王顾左右而言他。"

【故事】 齐宣王喜欢穷兵黩武，聚敛财物。上大夫封悦请孟子去劝告齐宣王。

孟子对齐宣王说："有一个人要到楚国去，把老婆孩子委托给朋友照顾。他回来后，却发现老婆孩子一直在受冻挨饿，朋友根本没有给予照顾。您说，该怎么办？"

齐宣王毫不犹豫地说："跟他绝交！"

孟子又说："有个执行法纪、掌管刑罚的官，却连部下都管不了。您说，该怎么办？"

齐宣王又毫不犹豫地说："撤他的职！"

最后，孟子说："全国之内，政事败乱，百姓不能安居乐业。您说，该怎么办？"

齐宣王回头看着左右两旁站立的随从，跟他们说别的事去了。

国人皆曰可杀

【释义】 全国人民都认为他该死。形容民愤极大。

【典故】《孟子·梁惠王下》中有

孟子见梁惠王

记载:"左右皆曰可杀,勿听;国人皆曰可杀,然后察之;见可杀焉,然后杀之。"

【故事】战国时,孟子与齐宣王谈论选拔人才的问题。孟子认为,国君选拔人才应该不论对方地位的高低以及与国君关系的亲疏,关键在于看重人的才能和贤德。至于免职与开除违纪官员的问题,国君应征询国人的意见,如果国人认为必须杀掉他,国君就应该杀了他。

二者必居其一

【释义】只能在两者中选择其中的一种。

【典故】《孟子·公孙丑下》中有记载:"前日之不受是,今日之受非也;今日之受是,则前日之不受非也。夫子居一于此矣。"

【故事】战国时,孟子去齐国游说,向齐宣王提了很多建议,都没有被采纳。于是,孟子决定离开齐国。临走时,齐宣王送给孟子一百金。孟子推辞不受。到了宋国后,孟子却接受了宋国国君赠送的七十金。到了薛国,他也接受了薛国国君赠送的五十金。学生陈臻对此不解,这两种行为的对错,二者必居其一。孟子耐心地分析当时的具体情况后,陈臻认为有道理。

彼一时,此一时

【释义】表示时间不同,情况有了变化。

【典故】《孟子·公孙丑下》中有记载:"彼一时,此一时也。五百年必有王者兴,其间必有名世者。"

【故事】战国时,燕王哙把政权交给宰相子之,从而导致燕国发生内乱。齐国趁机出兵燕国,抢占土地。孟子极力主张出兵,要燕王给齐王称臣,从而推行仁政。但是,齐王却只看重燕国的土地与财富,根本不提推行仁政的事。孟子学生充虞十分不满齐宣王的行为。孟子感慨地说:"彼一时,此一时也。"

拒人于千里之外

【释义】形容态度傲慢,坚决拒绝别人,或毫无商量余地。

【典故】《孟子·告子下》中有记载:"拒人于千里之外。"

【故事】战国时,鲁平公准备任用孟子的学生乐正子主持国政。孟子喜出望外。公孙丑问孟子:乐正子真的很有本事吗？孟子对公孙丑说："论本事、见闻与知识等，乐正子都不如你。他的长处是对人很好，他不会拒人于千里之外，很多人聚集在他身边，能治理好国家。"

三过其门而不入

【释义】原是夏禹治水的故事，后比喻热心工作，因公忘私。

【典故】战国·孟子《孟子·离娄下》中有记载："禹、稷当平世，三过其门而不入，孔子贤之。"

【故事】在舜那个时代，经常洪水浩天。舜派鲧去治水，鲧采取围堵的方法，治水多年也没有成功。鲧因此被杀死。后来，舜又派鲧的儿子禹去治水。禹见先父用堰障法治水没有收到成效，就改用疏导法让水流入大海。于是，禹率能工巧匠开凿河道，疏导水流，治水十三年多次经过家门而没回家看看。最终，禹治水成功。

七年之病，求三年之艾

【释义】比喻凡事要平时准备，事到临头再想办法就来不及了。

【典故】战国·孟子《孟子·离娄上》："今之欲王者，犹七年之病，求三年之艾也。"

【故事】战国时，孟子对夏桀和殷纣亡国进行了分析。他认为，桀与纣失天下是因为他们丧失了百姓拥护，如果有君主推行仁政，就能统一天下。现今有人想一统天下就像得了七年的病去求蓄积三年以上的艾草灸治一样，不立志施行仁政，那么一辈子也不能统一天下。

前车之鉴

【释义】比喻先前的失败，可以作为以后的教训。

【典故】《荀子·成相》中有记载："前车已覆，后未知更何觉时！"

【故事】贾谊年轻时，所写文赋便远近闻名。汉文帝得知贾谊精通诸子百家的学问，便征召他入朝担任博士。此时，贾谊才二十岁。

有一次，贾谊上书给汉文帝谈到治国方略时，说："夏殷周之所以能有较为长久的统治，在于能够很好地调教其继任的太子。而秦朝之所以只有短短两代便灭亡，就在于他没有很好地教导其继任的太子胡亥。宦官赵高只教导胡亥如何处杀囚犯，所以胡亥学会了斩杀犯人、灭人宗族。而秦始皇死后，胡亥当上皇帝，更是草菅人命。那么，难道胡亥天生这样残暴吗？不是的。这完全是教导他的人所造成的恶果！俗语说：'前车之覆，后车之鉴，看到前面的车子倒下来，后面的车子就应该警戒！'秦朝灭亡的前车之覆，应该作为我们的后车之鉴呀！因此，要必须重视对于太子礼教呀！"

汉文帝看了上书，认为贾谊讲得很有道理，不久便把贾谊升为大夫。后来，汉文帝想继续提拔贾谊，但遭到绛侯周勃等人的反对。于是，汉文帝派贾谊出任长沙王太傅，后又调任梁王太傅。贾谊郁郁不得志，三十二岁时就死了。

短绠汲深

【释义】 比喻能力薄弱，难以担任艰巨的任务。

【典故】 《荀子·荣辱》中有记载："故曰：短绠不可以汲深井之泉，知不几者不可与及圣人之言。"

【故事】 颜渊将要向东到齐国去，孔子十分忧虑。子贡离开座席，上前问："学生冒昧地请问一下您，颜渊将要往东去齐国，您面呈忧色，这是什么原因呢？"

孔子说："你这一提问实在是好啊！当年，管仲有句话，我认为说得很好。布袋小的不可能包容大东西，水桶上的绳索短了不可能汲取深井里的水。对待具体问题要具体分析，颜渊难以做到。我担忧颜渊跟齐侯谈论尧、舜、黄帝治理国家的主张，且还进一步地推重燧人氏、神农氏的言论。齐侯必将要求自己而苦苦思索，却仍不能理解。他不理解，必定就会产生疑惑。而他一旦产生了疑惑，便会迁怒对方而杀害他。"

按兵不动

【释义】 比喻暂不开展工作，时机不成熟时贸然行动是要付出代价的。

【典故】 《荀子·王制》中有记载："偃然按兵不动。"

【故事】 春秋末，诸侯争霸，弱肉强食。位于晋国东部的卫国，因国力弱小，长期受晋国压迫，苦不堪言。

卫灵公毅然投靠与晋国同样强大的齐国，缔约结盟，以期望摆脱晋国的欺压。晋国执政卿赵鞅得到消息后，十分恼怒，集结大军，准备讨伐卫国。

大军出发前，赵鞅先派大夫史默出使卫国，暗中调查卫国内部的情况，并约好在一个月后回来报告。可是，一个月、两个月过去了，史默仍旧没有消息。赵鞅不知道究竟出了什么意外。

晋国内部也开始议论纷纷：史默已经被卫国杀害，不可能再回来了。卫国只不过是一个弱小的国家，不如干脆出兵，一举击破。赵鞅否决了这种意见。他认为，卫国之所以敢背叛晋国投靠齐国，一定已经做好十分充分的准备，贸然进攻，会使晋国损失巨大。在史默探听消息回来之前，决不能草率采取行动。

就这样等了半年之久，史默终于回来了。赵鞅问他："为什么耽搁这么长的时间呢？"

史默回答说："经过六个月的观察，我发现卫灵公很有才干，国内贤臣很多，人民拥戴，举国上下团结一心。如果我们要依靠武力使卫国屈服，是要付出巨大代价的。经过这半年，我还是寻找不到卫国的弱点，所以只好回来了。"

赵鞅听后，同意史默的看法，暂时打消了攻打卫国的念头，按兵不动，等待时机。

《周易》《礼记》《尚书》篇

各得其所

【释义】每个人或每件事都得到了适当的安排,大家都满意。

【典故】《周易·系辞下》:"交易而退,各得其所。"

【故事】一次,有人送给郑国大夫子产一条活鱼。子产命手下把鱼放回池塘里。那个手下特别喜欢吃鱼,就偷偷把鱼炖着吃了。他对子产说:"我已经将鱼放生了。刚把鱼放下水时,它还懒洋洋的,一动不动。过了一会儿,它才慢慢地游起来,然后游开了,消失在水里。"

子产听后,高兴地说:"鱼到了它应该到的地方。"

那个手下告别子产后,出来对人说:"谁说子产聪明?我今天骗了他,他还以为是真的呢。"

美轮美奂

【释义】形容房屋高大华丽。

【典故】《礼记·檀弓下》有记载:"晋献文子成室,晋大夫发焉。张老曰:'美哉轮焉,美哉奂焉。'"

【故事】晋文子赵武家有一座别院

八卦图

新落成。晋国大夫张老去祝贺时，大声说："美哉轮焉，美哉奂焉！歌于斯，哭于斯，聚国族于斯！"在场的人听到此话，都十分惊讶。谁知道，晋文子立即将他的话接上："武也得歌于斯，哭于斯，聚国族于斯，是全要领以从先大夫于九京也！"

半途而废

【释义】比喻做事有始无终。

【典故】《礼记·中庸》中有记载："君子遵道而行，半途而废，吾弗能已矣。"

【故事】在东汉时，河南郡有一位贤惠女子，大家不知她叫什么名字，只知道她是乐羊子的妻子。

一天，乐羊子在路上捡到一块金子，回家后把它交给妻子。妻子说："我听说有志向的人不喝盗泉的水，因为名字令人厌恶；也不吃别人施舍来吃的食物，宁可饿死。更何况拾取别人失去的东西，这样会玷污品行。"乐羊子听了妻子的话，非常惭愧，把那块金子扔了，又到远方去寻师求学。

一年后，乐羊子归来。妻子问他为何中途回家。乐羊子说："出门时间长了想家，没有其他缘故。"妻子听罢，操起一把刀走到织布机前说："这机上织的绢帛产自蚕茧，成于织机。一根丝一根丝地积累起来，才有一寸长；一寸寸地积累下去，才有一丈乃至一匹。今天如果我将它割断，就会前功尽弃，从前的时间也就白白浪费掉。读书也是这样，你积累学问，应该每天获得新的知识，从而使自己的品行日益完美。如果半途而归，和割断织丝有什么两样呢？"

乐羊子被妻子说的话深深感动，又去完成学业，一连七年没回过家。

嗟来之食

【释义】指带有侮辱性的施舍。

【典故】《礼记·檀弓下》中有记载："予唯不食嗟来之食，以至于斯也！"

【故事】春秋时，齐国发生严重的饥荒，很多人被活活地饿死。贵族钱敖想发点善心，在大路上摆上食物，准备施舍给饥饿的人群。有个难民经过时，他傲慢地喝道："喂，来吃吧！"谁知道，那难民宁愿饿死也不愿意吃他这嗟来之食。

苛政猛于虎

【释义】指残酷压迫剥削人民的政治比老虎还要可怕。

【典故】《礼记·檀弓下》有记载:"夫子曰:'何为不去也?'曰:'无苛政。'夫子曰:'小子识之,苛政猛于虎也。'"

【故事】孔子和学生经过泰山时,看到一位妇女在墓旁痛哭。孔子去询问那个妇女,才得知她丈夫与儿子都被老虎吃了。孔子叫她赶快走,否则也有被老虎吃掉的危险。那妇女说,她是因这儿没苛捐杂税才从外地逃到这儿的,情愿被老虎吃了也不愿意去别的地方。孔子感慨地对学生说:"你们看,苛政猛于虎也。"

失之毫厘,差之千里

【释义】指细微的失误,可导致巨大的差错。

【典故】《礼记·保傅》有记载:"《周易》曰:'正其本,万物理。失之毫厘,差之千里。'"

【故事】西汉时,赵充国奉汉宣帝之命去平定西域的叛乱。见叛军军心不齐,赵充国采用招抚策略,使得大部分叛军投诚了。可是,汉宣帝命他出兵。结果,赵充国出师不利。后来,他按皇命收集军粮,又造成了叛乱。赵充国感慨地说:"真是失之毫厘,差之千里啊!"

文武之道,一张一弛

【释义】宽严相结合,是周文王和周武王治理国家的方法。现在比喻生活的松紧和工作的劳逸要合理安排。

【典故】《礼记·杂记下》中有记载:"张而不弛,文武弗能也;弛而不张,文武弗为也。一张一弛,文武之道也。"

【故事】周朝时,民间有一个祭祀百神的"蜡"节。孔子带着子贡去看热闹。子贡担心百姓只顾玩乐而会有危险。孔子对子贡说:"百姓成年累月在田间劳作,让他们放松一下,有张有弛,这是周文王与周武王定下的规矩。这便于更好地生产。"

进人若将加诸膝,退人若将坠诸渊

【释义】加诸膝:放在膝盖上;坠诸渊:推进深渊。指不讲原则,感情用事,对别人的爱憎态度,全凭自己的好恶来决定。

【典故】西汉·戴圣《礼记·檀弓下》中有记载:"今之君子,进人若将加诸膝,退人若将坠诸渊。"

【故事】晋朝时,河内主簿向雄

与郡太守刘淮关系不好。后来，向雄当了黄门郎，刘淮当了侍中。两人相见如同路人一般，谁也不搭理谁。晋武帝下令他们讲和。向雄说他们已经恩断义绝，无法沟通，并说："古之君子，进人以礼，退人以礼；今之君子，进人若将加诸膝，退人若将坠诸渊。"

生灵涂炭

【释义】指人民陷在泥塘和火坑里，形容人民处于极端困苦的境地。

【典故】《尚书·仲虺之诰》中有记载："有夏昏德，民坠涂炭。"

【故事】后燕和后秦联合攻打前秦，前秦国都长安被包围。苻坚不得不退到五将山，等待有适当机会重新再来。后来，苻坚被后秦活捉处死。苻坚的儿子苻丕一直驻在邺城。前秦幽州刺史王永听说苻坚已经死了，就请苻丕到晋阳。在王永等人的拥护下，苻丕当了皇帝。苻丕当上皇帝以后，加封王永为左丞相。王永写了一篇公告，想号召前秦军去讨伐后秦和后燕。公告中说："自从先皇（苻坚）被害，国都长安沦陷后，国家就开始一蹶不振。老百姓好像生活在泥沼和炭火之中，十分痛苦。"各地官员接到这份召告以后，就要派出兵马到临晋会师，准备作战。可惜，后秦军实在太强大，王永无法获得胜利。不久，前秦就被后秦消灭。

同心同德

【释义】指为同一个心愿，同一目的而努力。

【典故】《尚书·泰誓》有记载："受有亿兆夷人，离心离德。予有乱臣十人，同心同德。"

【故事】商纣王宠信妲己，过着酒池肉林的生活，对反对者实施挖心或受火烙之刑。老百姓被逼得活不下去了。周武王讨伐商纣王时，在盟津会师各路诸侯，举行了誓师大会。周武王说："将士们，请听我说！善良的人做善事，只怕时间不够用。凶恶的人行起恶来，也怕时间不够用。现在商纣王荒淫无道，把大臣当成贼人，把朋友当成仇敌。说自己代表天，作恶多端却无所畏惧。老百姓只能祈求上天让自己远离他。从前夏桀很强大，但是倒行逆施，上天就派成汤来将他流放。今天他们虽然有千万人，但是离心离德，我们虽然只有十个人，但是同心同德，上天一定会看见百姓的心愿、一定会听到百姓的声音。请让我们为老百姓讨伐他，请让我们把成

武王伐纣，图为商军倒戈

汤的事业发扬光大。"

周军势如破竹，在牧野打败强大的商军。商纣王自杀，商朝灭亡。

恶贯满盈

【释义】形容罪大恶极已经到该受惩罚的时候了。

【典故】《尚书·泰誓上》："商罪贯盈，天命诛之。"

【故事】商纣王暴虐无道，激起老百姓极大愤慨，诸侯们也认为他不像治国之君。西伯侯姬昌主张实施仁政，反对暴政。纣王把他抓了起来。后来，姬昌的儿子姬发联合诸侯起兵，讨伐商纣王，大军渡过黄河，向商都进发，在牧野与商军打了一场大仗。

姬发领兵进攻纣王前，曾对全军发表誓言，列举了商纣的种种罪行，说商纣所做的坏事已经到头了，他罪大恶极，应该受到惩罚，号召大家齐心协力，为民除害。

结果，姬发所率的仁义之师深得老百姓拥护，迅速击败商纣王。商纣王被迫自焚而死，商朝也灭亡了。

爱屋及乌

【释义】比喻爱一个人而连带关心到跟他有关系的人或物。

【典故】《尚书大传·大战》有记载："爱人者，兼其屋上之乌。"

【故事】商朝灭亡后，周武王面临怎样处置商朝遗留下来的权臣贵族、官宦将士问题。因为这些人如果不能得到妥善安置，局面就难以迅速稳定下来。周武王心里没有谱，有些担忧，决定召见姜尚商议一下对策。姜尚到来后，周武王问他："我该怎样对待他们呢？"姜尚回答说："我听说，如果喜爱那个人，就连带喜爱他屋边树上的乌鸦；如果憎恨那个人，就连带夺来他的仆从家吏。全部杀尽敌对分子，让他们一个也不留，您看怎样？"

星星之火，可以燎原

【释义】一点点小火星可以烧掉大片原野。比喻开始时微小，但有远大发展前途的新事物。

【典故】《尚书·盘庚上》中有记载："若火之燎于原，不可向迩。"

【故事】明朝万历时，首辅大臣张居正起用名将戚继光练兵抗击倭寇侵略，起用潘季驯负责治理黄河的洪水。少数民族地区发生叛乱后，张居正认为是贪官与无赖所为，起义军的力量是星星之火可以燎原，就下令惩治贪官无赖。果然，他迅速平息了叛乱。

第二卷

本卷典故主要来自史部，具体有出自《国语》《战国策》《史记》《汉书》《后汉书》《三国志》《晋书》《宋书》《齐书》《南史》《魏书》《北齐书》《隋书》《北史》《新唐书》《旧唐书》《旧五代史》《新五代史》《宋史》《元史》《明史》《资治通鉴》以及《吴越春秋》的典故。

《国语》《战国策》篇

有名无实

【释义】表示空有虚名，而无实际内容。

【典故】《国语·晋语八》中有记载："宣子曰：'吾有卿之名，而无其实，无以从二三子。吾是以忧，子了我何故。'"

【故事】一天，晋国大夫叔向去拜访韩宣子。韩宣子是晋国六卿之一，职位很高。但是，他见了叔向后，不住地唉声叹气，感叹自己穷。不料，叔向便站起来拱手向他祝贺。韩宣子不解，问："我是有名无实的卿，无法跟大夫们相比。我正为此犯愁。你为什么要祝贺我呢？"叔向正色说："我因为你贫穷才道贺的啊！穷，不一定是坏事。你只要回忆一下栾武子三代的遭遇，就可以知道了！我看你像栾武子一样贫困，就想到你已经有了他那样的德行，才向你祝贺。不然，我只会担心，哪会再向你表示祝贺呢？"韩宣子听了叔向的话，顿时愁云消散，说："多谢你指教，要不我连自己将走向灭亡也不知道呢！"

休戚相关

【释义】形容彼此关系密切、喜忧相关、命运相连。

【典故】《国语·周语下》有记载："晋国有忧，未尝不戚，有庆，未尝不怡……为晋休戚，不背本也。"

【故事】晋悼公周子年轻时曾因受到族人晋厉公排挤，不能留在国内，只能客居到洛阳。周大夫单襄公很器重他，请他到家里，像贵宾一样地招待他。周子虽然年纪轻，但表现得十分持重。他站立时，稳稳当当，毫无轻浮的举动；看书时，全神贯注，目不斜视；听人讲话时，恭恭敬敬，非常有礼貌；自己说话时，总是忘不了忠孝仁义；待人接物时，总是十分友善和睦；他虽然身在周地，但听说晋国有什么灾难时却忧心忡忡，听说到晋国有什么喜庆的事时就非常高兴。单襄公认为他将来一定大有前途，希望他回晋国去做国君。因此，单襄公对周子更加关心爱护。

不久，晋国发生内乱。原来一直害怕失去权力而排挤王室公子的晋厉公被杀死了。晋国大夫派人到洛阳来，把周子接了回去，让他做了晋国国君。

防民之口，甚于防川

【释义】阻止人民进行批评的危害，比堵塞河川引起的水患还要严重。指不让人民说话，必有大害。

【典故】春秋·左丘明《国语·周语上》中有记载："防民之口，甚于防川，川壅而溃，伤人必多，民亦如之。是故为川者，决之使导；为民者，宣之使言。"

【故事】到周厉王即位后，周朝的各种社会矛盾进一步激化。

周厉王宠信荣夷公。荣夷公非常擅长搜刮财物，残酷欺压百姓。荣夷公利用他的特权，封山占水，霸占了一切湖泊、河流，垄断山林川泽的一切收益，禁止老百姓上山砍柴打猎、下河捕鱼，断绝了广大人民群众的生计；对外兴师动众，征伐邻邦，不断加重老百姓的负担。他的倒行逆施、横征暴敛，造成了广大人民的强烈不满，朝野上下，杀机四伏，人人自危，民怨沸腾。

都城镐京的百姓不满周厉王的暴虐措施，怨声载道。大臣召穆公听到百姓的议论越来越多，社会动荡不安，就进宫告诉厉王说："荣夷公的这种做法，让百姓忍受不了啦，您如果不趁早收回给荣夷公的特权，百姓就要暴动了，出了乱子就不好收拾了。"

周厉王下命令，禁止国人批评朝政。还从卫国找来一个巫师，要他专门刺探批评朝政的人，说："如果发现有人在背后诽谤我，你就立即报告，我会严惩这些刁民。"

在强大的压力下，老百姓不敢在公开场合里议论国事，就是在路上碰到熟人，也不敢交谈招呼，只交换了一个眼色，就匆匆地走开。

周厉王发现批评朝政的人渐渐少了下来，十分满意。有一次，召穆公去见周厉王，周厉王高兴地说："你看，现在老百姓都同意我的做法，没有人反对了。"召穆公叹了一口气，说："您这是强行封老百姓的嘴，哪里是老百姓真就没有自己的想法了啊！这怎么行呢？堵住人的嘴，不让人说话，比堵住河流还要危险哪！治水必须疏通河道，让水流到大海；治国家也是一样，必须引导百姓说话。硬堵住河流，等到决口伤害的人一定会更多；硬堵住人的嘴，堵塞河流的后患更为严重，是要闯大祸的呀！"

周厉王不以为然，暴政反而越来越厉害。过了三年，也就是公元前841年，老百姓发动暴动，围攻王宫，要杀周厉王。周厉王得知风声，慌忙逃命，到彘才停下来。

为虺弗摧，为蛇若何

【释义】比喻不乘胜将敌人歼灭，必有后患。

【典故】《国语·吴语》中有记载："夫越王好信以爱民，四方归之；年谷时熟，日长炎炎，及吾犹可以战也。为虺弗摧，为蛇将若何？"

【故事】公元前494年，吴王夫差率军在夫椒大败越王勾践，并攻破越国首都。越王勾践派大夫文种向吴国求和。夫差准备答应。伍子胥认为不能许和，说"为虺弗摧，为蛇将若何？"吴王不听他的建议，除恶未尽，最终在二十年后被勾践所消灭。

不遗余力

【释义】把所有的力量都使出来，一点也不保留。

【典故】《战国策·赵策三》中有记载："秦之攻我也，不遗余力矣，必以倦而归也。"

【故事】秦国起兵攻打赵国。赵国调集兵力迎战。秦军迫使赵国屈从求和。赵国决定派使者郑朱去谈判。大臣虞卿不主张让郑朱去秦国，认为这样做，反而抬高了秦国，疏远了其他邻国。赵王没采纳这个意见，仍派郑朱前往。结果，秦国更加猖狂。

秦军围困邯郸，逼迫赵国割让六个城。虞卿问赵王："大王，你听说秦军撤退时的军容吗？"赵王说："他们攻时不遗余力，退时疲劳不堪！"虞卿说："对呀！这样我们就不要轻易割让城了。"

狡兔三窟

【释义】比喻隐蔽的地方或方法多，做好了充分的准备。

【典故】《战国策·齐策四》有记载："狡兔有三窟,仅得免其死耳。"

【故事】孟尝君喜欢养士。在他家的士中,有个叫冯谖的。

有一次,冯谖替孟尝君到薛地讨债。他不但没跟当地百姓要债,反而还把债券全烧了。薛地百姓都以为是孟尝君的恩德,因而心里充满感激。

后来,孟尝君被齐王解除相国职位,前往薛地定居,受到薛地百姓热烈欢迎。孟尝君才知道冯谖的才能。直到这时,冯谖才对孟尝君说:"通常聪明的兔子都有三个洞穴,才能在紧急时逃过猎人的追捕,而免除一死。但是你却只有一个藏身之处,所以你还不能把枕头垫得高高地睡觉,我愿意再为你安排另外两个可以安心的藏身之处。"

冯谖去见梁惠王,对梁惠王说,如果梁惠王能请到孟尝君帮他治理国家,那么梁国一定能够变得更强盛。梁惠王派人邀请孟尝君到梁国,准备让他担任要职。梁国使者一连来了三次,冯谖都让孟尝君不要答应。

梁国派人请孟尝君去梁国的消息传到齐王那里。齐王赶紧派人请孟尝君回齐国当相国。冯谖要孟尝君向齐王提出希望能拥有齐国祖传祭器的要求,并且将它们放在薛地,同时兴建一座祠庙,以确保薛地安全。

祠庙建好后,冯谖对孟尝君说:"现在属于您的三个安身之地都建造好了,从此以后,您就可以垫高枕头,安心地睡大觉了。"

前倨后恭

【释义】用来指以人取貌或特别势

孟尝君养士

利的人待人接物的态度前后不一。

【典故】《战国策·秦策一》中有记载："苏秦曰：'嫂何前倨而后卑也。'"

【故事】战国时，秦国、燕国、赵国、齐国、楚国、韩国、魏国七国争雄。秦国国势最强，经常侵略东方六国。东方六国内部出现了亲秦、反秦两派：亲秦派主张同秦国和好相连，不给秦国发动战争的借口，叫连横；反秦派主张东方六国由南到北联合起来，对抗秦国，叫合纵。当时有许多谋士在各个国家推行自己的主张，鼓动连横或者合纵。而一旦他们的主张被采纳，他们就一日成名，身价百倍。苏秦是其典型代表。

苏秦先主张连横，但游说秦王遭拒绝。失败的他眼看旅费已经用完，衣服也都破旧了，只得垂头丧气，回到洛阳老家。

家里人见苏秦狼狈归来，父母懒得同他说话，妻子连看也不看他一眼。苏秦求嫂子给他弄点吃的，嫂子不但不给，还数落了他一顿。苏秦很难过，立志苦读。他日夜用功，悬梁刺股，研究兵法。

苏秦再次出山后，主张合纵。这次，他获得了巨大成功，先说服了燕国、赵国，后又逐步使燕国、赵国、齐国、楚国、韩国、魏国结成以楚国为首的同盟，联合对付秦国。不仅如此，苏秦还兼任了六国相。

有一次，苏秦因公路过洛阳，当地官员早就命人预先清扫街道，列队欢迎。苏秦父母拄着拐杖，早早到大路口等候。回到家里，妻子不敢正眼看他。嫂子更是毕恭毕敬，连连行礼。苏秦笑着说："嫂子，你怎么变化这么大呀。以前瞧不起我，现在却这样谦卑。"嫂子一边哆嗦，一边回答说："如今你做了大官，发了大财，我哪敢像从前一样。"

苏秦不禁感叹说："人贫穷了，连自己的父母都不以为然。人富贵了，连亲戚都害怕你，难怪人们看重权势利禄了！"

死不旋踵

【释义】比喻不畏艰险，坚决向前，也比喻极短时间内即死去。

【典故】《战国策·中山策》中有记载："当此之时，秦中士卒，以军中为家，将帅为父母，不约而亲，不谋而信，一心同功，死不旋踵。"

【故事】东汉时，司隶校尉李膺反对宦官干政。一些人仗着宦官的势力胡作非为，李膺毫不犹豫地对其进行打击。野王县令张朔是汉桓帝宠信宦官张让的弟弟,目无王法,横行霸道。李膺毫不畏惧,当着张让的面逮捕张朔,并将他斩首示众。张让在汉桓帝面前告李膺杀他弟弟,要求治李膺的罪。李膺理直气壮地说,就是杀他也不会旋转脚后跟后退,就是要杀尽大奸大恶。

画蛇添足

【释义】比喻有的人自作聪明,常做多余的事,反而弄巧成拙,把事情办糟了。

【典故】《战国策·齐二》有记载:"蛇固无足,子安能为之足?"

【故事】楚国有一家人,祭祖宗后,将祭祀用的一壶酒赏给手下人喝。参加的人很多,但只有一壶酒。大家都喝,都不痛快,唯让一个人喝才能痛快。

有人建议:每个人在地上画一条蛇,谁画得又快又好,这壶酒就归他喝。大家都认为这个办法好。于是,他们在地上画起蛇来。

有个人画得很快,一转眼就画好了。他端起酒壶要喝酒时,回头看看别人还都没有画好。他想显示自己的本领,便左手提着酒壶,右手拿了一根树枝,给蛇画起脚来,还扬扬得意地说:"你们画得好慢啊!我再给蛇画几只脚也不算晚!"

正在他一边画着脚一边说话时,另一个人已经画好了。那个人马上把酒壶从他手里夺过去,说:"你见过蛇么?蛇是没有脚的。你为什么要给它添上脚呢?第一个画好蛇的人不是你,而是我。"

那个人说罢就仰起头来把酒喝下去了。

悬梁刺股

【释义】形容刻苦学习。

【典故】西汉·刘向《战国策·秦策一》有记载:"读书欲睡,引锥自刺其股,血流至足。"东汉·班固《汉

悬梁刺股

书》："孙敬，字文宝，好学，晨夕不休。及至眠睡疲寝，以绳系头，悬屋梁。"

【故事】东汉时，有个人叫孙敬。他年轻时勤奋好学，经常关起门，独自一人不停读书，每天从早到晚读书，常常是废寝忘食。读书时间长，劳累了，他还不休息。时间久了，他疲倦得直打瞌睡。

他怕影响读书，就想出一个特别的办法。他找一根绳子，一头牢牢地绑在房梁上，另一头系在头发上。当他读书疲劳时打盹了，头一低，绳子就会牵住头发，这样会把头皮扯痛，马上就清醒了，能再继续读书。

围魏救赵

【释义】指袭击敌人后方的据点以迫使进攻之敌撤退的战术。

【典故】《战国策·齐策一》有记载："邯郸之难，赵求救于齐……段干纶曰：'臣之求利且不利者，非此也。夫救邯郸，军于其郊，是赵不拔而魏危也。故不如南攻襄陵以弊魏，邯郸拔而承魏之弊，是赵破而魏弱也。'"

【故事】公元前354年，魏军围赵国都城邯郸。双方战守年余，赵衰魏疲。

齐国应赵国的求救，派田忌为将，孙膑为军师，率兵八万救赵国。起初，田忌准备率军直趋邯郸。孙膑认为，要解开纷乱的丝线，不能用手强拉硬扯，要排解别人打架，不能直接参与去打。派兵解围，要避实就虚，击中要害。他向田忌建议，趁魏军精锐都集中在赵国，内部空虚，率军向魏国都城大梁进攻，占据交通要道，袭击空虚的地方。齐军向大梁进军，魏军必然放下赵国回师自救，齐军乘其疲惫，在预先选好的作战地区就能一举将其击败。

田忌采纳了这个建议。后来，齐军在桂陵大败魏军，解除了赵国之围。

温人之周

【释义】比喻对的事情要坚持到底。

【典故】西汉·刘向《战国策·东周策》有记载："温人之周，周不纳……君乃使吏出之。"

【故事】战国时，诸侯并起，周朝统治名存实亡。

有一次，魏国温城有个人要去周朝。周朝边境不准他入境，问他："你是他国人吗？"那人说："我是周朝人。"可是，问他在周朝的住处，却答不上来。于是，官吏把他拘留起来。

这时，周天子派人来问："你既然不是周朝人，却又不承认自己是他国人，这是为什么呢？"

那人说："我读过《诗经》，书上说：'普天之下，莫非王土；率土之滨，莫非王臣。'如今既然周天子君临天下，那么我就是天子的臣民，又怎么能说我是他国人呢？"

周天子听了，便把他放了。

羽毛未丰

【释义】比喻势力还小，常识或阅历尚浅。

【典故】《战国策·秦策一》有记载："秦王曰：'寡人闻之，毛羽不丰满者，不可以高飞。'"

【故事】战国时，苏秦年轻时曾师从智者鬼谷子学习辩术谋略。学习结束后，他周游列国，希望有朝一日，其治国谋略能获得君王们的重视。

秦国是西方大国，凭借有利的地理环境，发展农业，国力逐渐强盛。但在当时，秦国尚不能与其他大国抗衡。苏秦远游秦国，想说动秦王，与函谷关以东一些国家联合，同其他国家联盟较量。秦惠王并没有听取他的建议，说："我们秦国现在就像一只羽毛还没长全的小鸟，要想展翅高飞是不行的。你迢迢千里来到这里开导我，我很感激。至于称霸争帝的事，我希望在以后的适当时机，再聆听你的高见。"

苏秦在秦国耗费了所有资财，上书十多次，但仍未说动秦王，只得灰溜溜地离开秦国回家了。

同甘共苦

【释义】比喻有福一起享，有困难一起承担。

【典故】《战国策·燕策》有记载："燕王吊死问生，与百姓同其甘苦二十八年。"

【故事】战国时，燕国太子姬平继承王位，史称燕昭王。怎么治理才能富民强国，燕昭王感到束手无策。

一天，他听说郭隗善很有计谋，就赶紧派人去把他请来，问："你能否替我找到一个有本领的人，帮我强国复仇？"

郭隗说："只要你广泛选拔有本领的人，并且要亲自去访问他，那么，天下有本领的人就都会投奔到燕国来。"

"那么我去访问哪一个才好呢？"

郭隗回答说："先重用我这个本领

平平的人吧！天下本领高强的人看到我这样的人都被重用，那么，他们肯定会不顾路途遥远，前来投奔您的。"

燕昭王尊郭隗为老师，并赐给他一幢华丽住宅。

消息一传开，乐毅、邹衍、剧辛等有才能的人，纷纷从魏国、齐国、赵国等国来到燕国，为燕昭王效力。

燕昭王很高兴，都委以重任，关怀备至；无论谁家有婚丧嫁娶等事，他都亲自过问。他与百姓同享安乐，共度苦难二十八年，最终把燕国治理得国富民强。

三人成虎

【释义】有时谣言可以掩盖真相。

【典故】西汉·刘向《战国策·魏策二》有记载："'三人言市有虎，王信之乎？'王曰：'寡人信之矣。'"

【故事】魏国大臣庞葱将要陪魏太子到赵国去做人质。临行前，他对魏王说："现在有个一人来说街市上出现了老虎，大王相信吗？"魏王说："我不相信。"庞葱说："如果有第二个人说街市上出现了老虎，大王相信吗？"魏王说："我有些将信将疑。"庞葱又说："如果有第三个人说街市上出现了老虎，大王相信吗？"魏王道："我当然会相信。"庞葱就说："街市上不会有老虎，这是很明显的事，但经过三个人一说，好像真的有老虎了。现在邯郸离大梁，比这里的街市远了许多，议论我的人又不止三个。希望大王明察才好。"魏王道："一切我自己知道。"庞葱陪太子回国，魏王果然没有再召见他了。

门庭若市

【释义】形容来的人多。

诸子百家

【典故】《战国策·齐策》有记载："齐王乃下令：'群臣吏民，能面刺寡人之过者，受上赏；上书谏寡人者，受中赏；能谤讥于市朝，闻寡人之耳者，受下赏。'令初下，群臣进谏，门庭若市。"

【故事】一天早晨，邹忌穿好朝服，戴好帽子，对着镜子端详一番后，问妻子："我和城北的徐公比，谁长得英俊啊？""你英俊极了，徐公怎么比得上你呢？"妻子说。

徐公是齐国出名的美男子。邹忌听了妻子的话，并不太敢相信自己真的比徐公英俊，又去问爱妾。爱妾说："徐公怎能比得上你呢！"

第二天，邹忌家中来了客人。邹忌又问了客人。客人说："徐公哪有你俊美呢！"

过了几天，正巧徐公到邹忌家拜访。邹忌乘机仔细地打量徐公，拿他和自己比较。他发现自己确实没有徐公英俊。

于是，他对齐威王说："我本来不如徐公英俊，但妻、妾、客人都说我比他英俊，这是因为妻偏护我，妾畏惧我，客人有事求我，所以他们都恭维我，不说真话。而我们齐国地方这么大，宫中上下，谁不偏护您，满朝文武，谁不畏惧您，全国百姓，谁不希望得到您的关怀，看来恭维您的人一定更多，您一定被蒙蔽得非常严重了！"

邹忌又劝谏说："现在齐国地方千里，城池众多，大王接触的人也比我多得多，所受的蒙蔽也一定更多。大王如能开诚布公地征求意见，一定对国家有益。"

齐威王觉得很有道理，立刻下令说："无论是谁，能当面指出我过失的，给上赏；上奏章规劝我的，给中赏；在朝廷或街市中议论我的过失，并传到我耳中的，给下赏！"

命令一下，群臣前去进谏的，一时川流不息，朝廷门口每天像市场一样热闹。

百发百中

【释义】比喻料事和打算极有把握。

【典故】《战国策·西周策》有记载："楚有养由基者，善射，去柳叶百步而射之，百发百中之。左右观者数千人，皆曰善射。"

【故事】有一次，晋厉公攻伐郑国。楚共王出兵援助郑国，和晋军在鄢陵遭遇。在战斗中，晋将魏锜射伤了楚共王的眼睛。楚共王恨之入骨，就给养由基两支箭，要他代为报仇。

养由基只用了一支箭就把魏锜射死，而带着另一支箭向楚共王复命。

当时，还有个叫潘党的人善射。潘党每次射箭都能射中靶心。养由基说：“这不算本事，如果能在百步之外射中杨柳叶子，才算本事。”潘党不服，选定杨柳树上三片叶子，标明号数，叫养由基退到百步之外，射给他看看。养由基连射三箭，果然，第一箭中一号叶心，第二箭中二号叶心，第三箭中三号叶心，非常准确。潘党见此，不得不甘拜下风。

安然无恙

【释义】平安无事，没有遭受损害或发生意外。

【典故】《战国策·齐策》有记载："岁亦无恙耶？民亦无恙耶？王亦无恙耶？"

【故事】公元前266年，赵惠文王去世，他儿子太子丹继位，是为赵孝成王。由于赵孝成王年幼，国家大事由他母亲赵威后处理。赵威后贤明而有见识。她刚刚主持国事时，秦国加紧进攻赵国。赵国危急，向齐国求救，齐国要赵威后把她小儿子长安君送到齐国做人质才出兵。赵威后舍不得小儿子离开，但听了大臣触龙的意见，还是把长安君送到了齐国。齐国出兵帮助赵国打退了秦军。

有一次，齐王派使者带着信到赵国问候赵威后。赵威后还没有拆信就问使者："齐国收成不错吧？老百姓平安吗？齐王身体健康吗？"

齐国使者听了很不高兴，说："我受齐王派遣来问候您，您不先问齐王，却先问收成和百姓，难道可以把低贱的放在前面，把尊贵的放在后面吗？"

赵威后微微一笑，说："不是的。如果没有收成，怎么会有百姓？如果没有百姓，怎么会有君主？难道问候时可以舍弃根本而只问枝节吗？"

齐国使者听了，一时说不出话来。

安步当车

【释义】表示慢慢地走，当作坐车。

【典故】《战国策·齐策四》有记载："曰：'蜀愿得归，晚食为当肉，安步以当车，无罪以当贵，清静贞正以自虞。'"

【故事】战国时，齐国有位高士叫颜斶。齐宣王慕名召他进宫。颜斶随随便便走进宫内，来到殿前阶梯处，见齐宣王正等待他拜见，就停住脚步。齐宣王很奇怪，就呼喊："颜斶，过来!"不料,颜蜀一步不动,呼喊齐宣王:"大王,过来!"左右大臣见颜蜀目无君主口出狂言,都指责颜蜀。颜蜀说:"我如果走到大王面前去,说明我羡慕他的权势;如果大王走过来,说明他礼贤下士。与其让我羡慕大王权势,还不如让大王礼贤下士的好。"齐宣王生气地说:"到底是君王尊贵,还是士人尊贵?"颜蜀说士人尊贵,并举例进行了说明。齐宣王无言以对,满脸不高兴。大臣们也忙来解围,企图驳倒颜蜀。颜蜀驳倒了众大臣。齐宣王也觉得他说的有道理,觉得自己理亏,道歉后表示愿意留他做官。

颜蜀却辞谢说:"玉,原来产于山中,如果一经匠人加工,就会破坏;虽然仍然宝贵,但毕竟失去了本来的面貌。士人生在穷乡僻壤,如果选拔上来,就会享有利禄;不是说他不能高贵显达,但他外来的风貌和内心世界会遭到破坏。所以,我情愿希望大王让我回去,每天晚点吃饭,也像吃肉那样香,安稳而慢慢地走路,足以当作乘车;平安度日,并不比权贵差。清静无为,纯正自守,乐在其中。命我讲话的是大王您,而尽忠宣言的是颜蜀我。"

说罢,颜蜀向齐宣王拜了两拜,就告辞而去。

亡羊补牢

【释义】 比喻出了问题以后想办法补救,可以防止继续受损失。

【典故】《战国策·楚策四》中有记载:"见兔而顾犬,未为晚也;亡羊而补牢,未为迟也。"

【故事】 楚国有个大臣名庄辛。有一天,他对楚襄王说:"您在宫里面时,左边是州侯,右边是夏侯;出去时,鄢陵君和寿跟君又随时跟着您。您和这四个人专门讲究奢侈淫乐,不管国家大事,郢会有危险了!"

楚襄王听了,很不高兴,骂道:"你老糊涂了?故意惑乱人心吗?"

庄辛不慌不忙地说:"我实在感觉事情一定要到那个地步的,不敢故意说楚国有什么不幸。如果您一直宠信他们,楚国一定要灭亡的。您不信我的话,请允许我到赵国躲一躲,看事情会怎样。"

庄辛到赵国才五个月,秦国就派兵侵楚。楚襄王被迫流亡到阳城。他这才觉得庄辛的话有道理,赶紧派人把庄辛找回来,问他有什么办法扭转局势。庄辛很诚恳地说:"我听说过,看见兔子想起猎犬,这还不晚;羊跑掉了才补羊圈,也还不迟……"

南辕北辙

【释义】想往南而车子却向北行。比喻行动和目的正好相反。

【典故】《战国策·魏策四》有记载:"犹至楚而北行也。"

【故事】战国时,魏安釐王决定攻打赵国都城邯郸。大臣们都反对他。季梁给他讲一个故事:太行山有个人驾车准备到楚国去,但他坚持往北走,这样越走越远。争霸不是靠打仗,而是靠赢得民心,靠打仗就像南辕北辙一样。听了这个故事,魏安釐王决定暂时休兵。

惊弓之鸟

【释义】比喻受过惊吓的人碰到一点动静就非常害怕。

【典故】《战国策·楚策四》有记载:"黩武之众易动,惊弓之鸟难安。"

【故事】战国时,有个杰出的射手叫作更嬴。他的射箭本领举世无双。有一天,他和魏王并肩站在一起,天空中忽然飞过一群鸿雁。更嬴对魏王说:"我可以用空弓就把飞鸟给打下来。"魏王不相信。

这时,一只孤雁很低很慢地飞过,鸣声凄惨。更嬴见了,就张着空弓,扣着弦,砰的一声,直入云霄。那孤雁果然应声落地。

魏王惊叹之余,问究竟是怎么回事。更嬴说:"那孤雁飞得低且慢,因为它已经受过伤;它的鸣叫声悲而哀,因为它离了群。身伤心碎使它心跳加速,两翼无力使它体重失去平衡,正如人们吃饭时,突然听见雷声,筷子应声落地一样自然而平常。"

图穷匕首见

【释义】比喻事情发展到最后,真相或本意显露了出来。

荆轲刺秦王 石刻

【典故】《战国策·燕策三》有记载："秦王谓轲曰：'起，取舞阳所持图。'轲既取图奉之。发图，图穷而匕首见。"

【故事】战国末，燕国太子丹物色荆轲与秦舞阳去行刺秦王嬴政。他把樊於期的人头及燕国地图让荆轲带去进献给秦王。秦王十分高兴，召见了荆轲和秦舞阳。荆轲展开燕国地图给秦王看时，露出锋利的匕首，立即抓住匕首行刺秦王。由于第一下没有刺中，秦王受惊之余，拔剑抵抗。很快，卫兵乘机上前杀了荆轲。

不可同日而语

【释义】不能在同一时间里来谈论，形容两者差距很大，不能相提并论。

【典故】《战国策·赵策二》有记载："夫破人之与破于人也，臣人之与臣于人也，岂可同日而言之哉。"

【故事】战国中后期，各诸侯国之间战争不断，在这种情况下，产生了合纵和连横两种不同的政治派别。所谓合纵，就是弱国联合进攻强国；所谓连横，就是随从强国去进攻其他弱国。苏秦是当时有名的纵横家，他先到秦国去游说秦惠王，结果没有成功。于是，他又去赵国游说。由于赵国的相国不喜欢苏秦，他又没有成功。后来他来到燕国，得到了一些资助。接着，他第二次来到赵国游说，这一次，赵国的国君赵肃侯亲自接待了他。

苏秦向赵肃侯分析了赵国和各国的关系，说："如果赵国与齐、秦两国为敌，那么老百姓就得不到安宁；如果依靠齐国去攻打秦国，那么老百姓还是得不到安宁。现在，如果大王您和秦国和好，那么秦国就一定会利用这种优势，来削弱韩、魏两国；如果和齐国友好，那么齐国也一定会利用这种优势去削弱楚国和魏国。如果魏、韩两国弱了，就要割地，这就会使楚国削弱。那样的话，大王就会孤立无援。"

赵肃侯认为苏秦的话很有道理，不住地点头称是。接着，苏秦又分析了赵国的实力和面临的形势，说："其实，在山东境内所有的国家，没有哪一个比赵国强大的。赵国的疆土纵横两千里，军队有几十万人，战车上千辆，战马上万匹，粮食可支用好几年。西、南、东三面有山有水，北面是弱小的燕国，也不值得害怕。现在各国中秦国最忌恨赵国，但为什么它不敢进攻赵国呢？那是因为它害怕韩、魏两国在后边暗算它。既然如此,韩、魏就要算是赵国南边的屏障了。可是如果秦国真要攻打韩、魏两国,它们必然会向秦国投降。如果秦国解除了韩、魏联合对付自己的顾虑,那么战祸必然会降临到赵国。这就是我替大王忧虑的原因啊。"

赵肃侯听了这话,心里感到非常害怕,忙急着问苏秦赵国应该怎么办。苏秦趁机说道:"我曾经研究过天下的地图,发现各诸侯国的土地合起来是秦国的五倍,估计各诸侯国的士兵数量是秦国的十倍,假设六国结成为一个整体,同心协力向西攻打秦国,那么还怕不能打败秦国吗?如今各诸侯国反而向西侍奉秦国,向秦国称臣。请想一想,打败别人和被别人打败,让别人向自己称臣和自己向别人称臣,是很不一样的,怎么可以放在同一时间里来谈论呢?"

苏秦提出了一些合纵的具体方法和策略。赵肃侯听完说:"我还年轻,即位时间又短,没有听到过使国家长治久安的策略。如今听了您的话,茅塞顿开。您有意使天下得以生存,各诸侯国得以安宁,我愿意诚恳地倾国相从。"

于是,赵肃侯给了苏秦许多赏赐,用来让他游说各诸侯国加入合纵联盟。

宁为鸡口,无为牛后

【释义】比喻宁居小者之首,不为大者之后。

【典故】西汉·刘向《战国策·韩策一》中有记载:"臣闻鄙语曰:'宁为鸡口,无为牛后。'今大王西面交臂而臣事秦,何以异于牛后?"

【故事】苏秦为楚国游说合纵抗秦晋见韩昭侯。他对韩昭侯说:"韩国有地方千里,甲兵数十万,天下的强弓劲弩都出自韩国……以韩国的强大和大王的贤明,还打算服从于秦国,自称东部藩属,使国家蒙受着羞辱,被天下人所耻笑,没有比这更为严重的。如果大王归顺秦国,秦国一定要求宜阳、成皋两地。今年答应了,明年又要求增加割地。给他吧,已没有土地可给;不给吧,岂不是前功尽弃,以后还会受到它更大的侵害。大王土地有限,秦国的贪欲没有止境。以有限的土地,怎能满足没有止境的欲望。这就是所说的自己去买积怨和祸害呀。不经过争战人家就把土地割走了。我听说有句俗话叫作:'宁为鸡口,无为牛后。'现在大王归顺秦国,和做牛屁股有什么不同呢?有大王的贤明,又有强大的军队,却得到个牛屁股的名声，我实在替大王感到羞耻。"

韩昭侯听后万分愤慨，振臂按剑，仰天长叹道："即使我死了，也不能归顺秦国。"

鹬蚌相持，渔翁得利

【释义】比喻双方争执不下，两败俱伤，让第三者占了便宜。

【典故】西汉·刘向《战国策·燕策》："蚌方出曝……蚌合而拑其喙。鹬曰：'今日不雨，明日不雨，即有死蚌。'蚌亦曰：'今日不雨，明日不雨，即有死鹬。'两者不肯相舍，渔者得而并禽。"

【故事】赵国准备攻打燕国，燕王派苏代去赵国游说赵王不要发起争战。苏代给赵王讲了一个故事："一只河蚌张开自己的两片壳，懒洋洋地晒着太阳。一只鹬鸟飞过来了，伸出长长的嘴巴，伸进了河蚌里面，啄食它的肉。河蚌急了，双壳一合，就把鹬鸟的嘴紧紧地夹住了。鹬鸟对河蚌说：'要是今天不下雨，明天还不下雨，你就会干死！'河蚌针锋相对，对鹬鸟说：'我要是今天不放你，明天还不放你，就会把你活活饿死！'它们两个各不相让，谁都不肯妥协。一个打鱼的老人走过来了，毫不费力地就把它们俩全捉走了。"讲完故事后，苏代告诉赵王：如果燕赵发生战争，秦国就像渔翁那样轻易吞并燕赵。赵王见苏代说得有道理，遂放弃了发动战争的打算。

两虎相斗，必有一伤

【释义】比喻两个强者互相搏斗，必然有一方要遭受严重损害。

【典故】西汉·刘向《战国策·秦策二》中有记载："虎者，戾虫；人者，甘饵。今两虎争人而斗，小者必死，大者必伤。"

【故事】卞庄子想刺杀老虎，童仆阻止他，说："两只老虎正要吃一头牛，它们一定会因为肉味甘美而互相争抢起来的。它们争抢了，就必定会打起来。等它们打完，强者受伤，弱者死亡。如果此时你再刺杀伤虎，就可以一次行动杀死两只老虎了。"卞庄

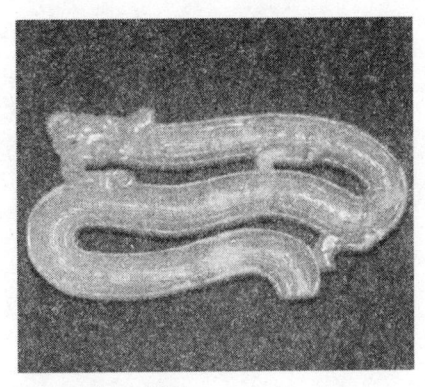

龙形玉佩　战国

子也认为有道理,便站立着等待机会。

过了一会儿,两只老虎果然争斗起来。强者受了伤,弱者死亡。卞庄子趁机杀了受伤的虎,获得一次行动杀两虎的功绩。

前事不忘,后事之师

【释义】记取从前的经验教训,作为以后工作的借鉴。

【典故】《战国策·赵策一》中有记载:"前世之不忘,后事之师。"

【故事】战国初,晋国大臣智伯瑶掌握了大权。智伯瑶派人向赵襄子、魏桓子、韩康子索要土地。赵襄子拒绝,智伯瑶联合赵襄子、魏桓子出兵围困赵襄子。赵襄子派谋士张孟谈去游说赵襄子和魏桓子共同反智伯瑶。最终,他们三家联合,一举消灭了智伯瑶。赵襄子要封赏张孟谈。张孟谈不接受,对赵襄子说:"前事不忘,后事之师。"

《史记》篇

一杯羹

【释义】多指可分享的部分利益。

【典故】《史记·项羽本纪》记载："吾与项羽俱北面受命怀王,曰:约为兄弟。吾翁即若翁,必欲烹而翁,即幸分我一杯羹。"

【故事】秦末,楚汉相争。楚王项羽抓到了汉王刘邦的父亲,派人对刘邦说:"如果你不投降,就杀了你父亲炖成肉羹吃。"

刘邦不为所动,回话说:"你我结拜兄弟,我父亲也是你父亲,如果你杀了我父亲,也就是杀了你父亲,请分一杯羹给我吃。"

项羽无可奈何,打消了杀害刘邦父亲的念头。

鸿门宴

【释义】指不怀好意的宴请或加害客人的宴会。

【典故】《史记·项羽本纪》有记载:"沛公旦日从百余骑来见项王。至鸿门,谢曰:……"

【故事】刘邦趁项羽与秦军主力在巨鹿鏖战之机,率军攻进了关中。随后,项羽率领大军入关,进驻鸿门。

鸿门宴

项羽不想刘邦在关中称王,想一举消灭他。

刘邦得知消息,意识到势力弱小,无法与项羽抗衡,就先与项羽叔父项伯搞好关系,然后随项伯一起赶往鸿门,向项羽谢罪。

项羽设宴相待。宴会上,谋士范增一再暗示项羽,在宴席上除掉刘邦,以绝后患。项羽心软,不忍心加害刘邦,也不愿意做那种事。

范增叫来项庄,令他借舞剑之机杀死刘邦。项伯见势不妙,也拔剑起舞,掩护刘邦。刘邦借口上厕所,逃之夭夭。

破釜沉舟

【释义】比喻不留退路,非打胜仗不可,下决心不顾一切地干到底。

【典故】《史记·项羽本纪》中有记载:"项羽已杀卿子冠军,威震楚国,名闻诸侯。乃遣当阳君、蒲将军将卒二万渡河,救钜鹿。战少利,陈馀复请兵。项羽乃悉引兵渡河,皆沉船,破釜甑,烧庐舍,持三日粮,以示士卒必死,无一还心。"

【故事】陈胜、吴广起事后,项羽也参加了反秦的武装斗争。在进军途中,赵王的军队被秦国的三十万人马包围在赵国的巨鹿,赵王连夜向楚怀王求救。楚怀王派宋义为上将军,项羽为次将,带领二十万人马去救赵国。宋义听说秦军势力强大,走到半路就停了下来,不再前进。项羽怒杀宋义,带着部队渡过漳河,解救巨鹿。他让士兵们饱饱地吃了一顿饭,每人再带三天干粮,然后传下命令:把渡河的船凿穿沉入河里,把做饭用的锅砸个粉碎,把附近的房屋统统烧毁,表示有进无退、一定要夺取胜利的坚定决心。楚军士兵见主帅的决心这么大,就谁也不打算再活着回去,在战斗中以一当十,以十当百,同秦军展开特殊搏斗,把秦军打得大败。

暗度陈仓

【释义】比喻暗中进行某些别人不知道的活动。多指男女私通。

【典故】《史记·高祖本纪》有记载:"正月,项羽自立为西楚霸王……八月,汉王用韩信之计,从故道还,袭雍王章邯。邯迎击汉陈仓,雍兵败,还走;止战好畤,又复败,走废丘。汉王遂定雍地……"

【故事】秦朝被推翻后,项羽主持各诸侯分地称王。刘邦被封为汉王。但是,项羽对刘邦很不放心。

早些时候,曾经约定:谁先攻下秦都咸阳,谁就在关中为王。刘邦率先进入咸阳。项羽不愿意让刘邦当关中王,也不愿意他回到家乡一带去,便把巴、蜀和汉中三个郡分给刘邦,封为汉王,以汉中的南郑为都城。

此外,项羽把关中划作三部分,分给秦朝的降将章邯、司马欣和董翳,以便阻塞刘邦向东发展,想把刘邦关进偏僻的山里去。

项羽自封为西楚霸王,封地九郡,占领长江中下游和淮河流域一带广大肥沃之地,以彭城为都城。

刘邦有独霸天下的野心,被封为汉王不服气。而其他将领对于自己所分得的更小地盘也都不满。慑于项羽的威势,大家都不敢违抗,只得听从支配,各就各位。

刘邦不得不领兵前往南郑,去做汉王。去汉中时,刘邦接受张良的计策,把一路走过的几百里栈道全部烧毁。栈道是在险峻悬崖上用木材架设的通道。烧毁栈道一方面为了便于防御,一方面为了迷惑项羽,使他以为刘邦真的不打算出来,从而松懈戒备。

到南郑后,刘邦启用了韩信,策划了向东发展、夺取天下的军事部署。没多久,韩信就派出几百名官兵去修复栈道。守着关中西部的章邯得知此消息,根本不以为意,认为即使汉王要出兵,也不是一时半会儿的事,但章邯没多久就得知汉军已攻入关中,陈仓被占,守将被杀。章邯慌忙领兵抵抗,已经来不及,被逼自杀。随后,驻守关中东部的司马欣和北部的董翳相继投降。就这样,刘邦一下子全部占领了关中地区。

原来,韩信表面上派兵修复栈道,装作要从栈道出击的姿态,实际上却和刘邦统率主力部队,暗中抄小路袭击陈仓,趁章邯不备取得了胜利。

指鹿为马

【释义】比喻故意颠倒黑白,混淆是非。

【典故】《史记·秦始皇本纪》有记载:"赵高欲为乱,恐群臣不听,乃先设验,持鹿献于二世,曰:'马也。'二世笑曰:'丞相误邪?谓鹿为马。'问左右,左右或默,或言马以阿顺赵高。"

【故事】秦二世时,丞相赵高野心勃勃,日夜盘算着要篡夺皇位。朝中大臣有多少人能听他摆布,有多少人反对他,他心中没底。于是,他想了一个办法试一试。

一天上朝时,赵高让人牵来一只

指鹿为马

鹿，对秦二世说："陛下，我献给您一匹好马。"

秦二世一看是一只鹿，笑着对赵高说："丞相搞错了，这是一只鹿，怎么说是马呢？"

赵高面不改色心不跳地说："请陛下看清楚，这的确是一匹千里马。"

秦二世又看了看那只鹿，将信将疑地说："马的头上怎么会长角呢？"

赵高一转身，用手指着众大臣，大声说："陛下如果不信我的话，可以问问众位大臣。"

大臣们有的说是鹿，有的说是马。

事后，赵高通过各种手段打击那些说是鹿的大臣，笼络那些说是马的大臣。

约法三章

【释义】比喻以语言或文字规定出几条共同遵守的条款。

【典故】《史记·高祖本纪》有记载："……与父老约法三章耳：杀人者死，伤人及盗抵罪。余悉除去秦法。"

【故事】公元前206年，刘邦率大军攻入关中，到达离咸阳只有几十里的霸上。子婴在仅当了四十六天秦王后，向刘邦投降。刘邦进咸阳后，本想住在豪华的王宫里，但心腹樊哙和张良告诫他收揽人心要紧。刘邦接受他们的意见，下令封闭王宫，并留下少数士兵保护王宫和藏有大量财宝的库房，随即还军霸上。

为了取得民心，刘邦把关中各县父老、豪杰召集起来，郑重地向他们宣布道："秦朝的严刑苛法，把众位害苦了，应该全部废除。现在我和众位约定，不论是谁，都要遵守三条法律。这三条是：杀人者要处死，伤人者要抵罪，盗窃者也要判罪！"父老、豪杰们都表示拥护约法三章。

接着,刘邦又派出大批人员,到各县各乡去宣传约法三章。百姓们听了,都热烈拥护,纷纷取了牛羊酒食来慰劳刘邦的军队。

异军突起

【释义】比喻与众不同的新派别一下子崛起,独树一帜。

【典故】《史记·项羽本纪》中有记载:"少年欲立婴便为王,弄军苍头特起。"

【故事】秦朝末年,秦二世荒淫无道,天下百姓怨声载道,陈胜、吴广率先揭竿而起,各地纷纷响应。

东阳县狱吏陈婴一向很有威信,百姓都很尊敬他。东阳县的年轻人见各地起义浪潮风起云涌,也杀了东阳县令,聚集了几千人,宣布起义。他们一致推陈婴做首领。老百姓听说陈婴做起义军首领,纷纷前来投军。没多少时间,东阳的起义军便有两万多人。

大家又想拥戴陈婴为王,并独树一帜;所有士兵一律用青色头巾裹头,显示是一支新起的与众不同的军队。陈婴母亲对他说:"自我嫁到陈家,从没听到你家的祖先有什么大贵的人。现在,你的名气一下子这么大,不是什么好兆头。你不如率众归顺于什么人,将来起义成功,还可获得封侯。万一起义失败,也没有人会责怪你。"

陈婴便不敢称王,对部下说:"项梁是楚将项燕的儿子,很有名声。将来带兵灭亡秦国的,一定是项梁。我决定率兵归附他。"正好项梁率兵过江,陈婴便归顺了他。

一败涂地

【释义】形容彻底失败,无法收拾局面。

【典故】《史记·高祖本纪》有记载:"天下方扰,诸侯并起,今置将不善,一败涂地。吾非敢自爱,恐能薄,不能完父兄子弟,此大事,愿更相推择可者。"

【故事】秦朝时,沛县县令派泗水亭长刘邦押送一批老百姓到骊山服役。走到半路上,那些人接二连三地逃走了。刘邦想:这样下去,不等到骊山,就一定会逃光,自己免不了要被治罪。他想来想去,索性把没有逃跑的都释放了,和一些不想走的人躲在芒、阳二县交界的山泽中。

大泽乡起义后,沛县令想归附陈胜,部属萧何和曹参说:"您是秦朝县令,现在背叛秦朝,恐有些人不服,最好把刘邦召回来，挟制那些不服的人，那就好办了。"沛县令便叫樊哙去请刘邦。

当刘邦回来时，沛县令见他率有近百人，恐他不服从自己指挥，又懊悔起来，下令紧关城门，不让刘邦进城。刘邦在城外写了一封信，绑在箭上，射给城里的父老，叫沛县父老们齐心杀县令，共同抗秦，以保全身家。

父老们果真杀掉县令，打开城门，迎接刘邦进沛县，并请他做县令。刘邦谦虚地说："天下形势很紧张，假若县令的人选安排不当，当一败涂地。请你们另外选择别人吧！"

但最后，刘邦还是当了县令，号称沛公。

一寒如此

【释义】形容贫困潦倒到极点。

【典故】《史记·范雎蔡泽列传》有记载："须贾意哀之，留与坐饮食，曰：'范叔一寒如此哉！'乃取一绨袍以赐之。"

【故事】范雎是魏国人，想为魏王效力，可惜没有钱，没人引荐，只好先在魏国中大夫须贾那里做事。有一次，范雎跟随须贾出使齐国，几个月了也没完成任务。不过，齐襄王很佩服范雎的口才，送给范雎十斤黄金和酒。范雎没有接受。须贾知道后很生气，以为范雎出卖了魏国。回国后，须贾告诉了魏国宰相。宰相命人鞭打范雎，打断了肋骨、打落了牙齿。范雎装死，被扔进厕所。在朋友帮助下，范雎逃到秦国，改名为张禄。

通过他人引荐，范雎见到秦昭王。秦昭王很欣赏他，封他为秦国宰相。后来，魏国听说秦国要攻打魏国，就派须贾出使秦国，去讲和。一天晚上，范雎穿着旧衣服去宾馆见须贾。须贾见范雎还活着，很吃惊，又见他如此穷困，可怜他，拿了一件丝绸袍子送给范雎。

须贾到秦相府后，才知道张禄就是范雎，赶快下拜请求原谅。范雎虽然恨须贾，但念在赐袍的份儿上，最终原谅了他。

一饭千金

【释义】比喻厚厚地报答对自己有恩的人。

【典故】《史记·淮阴侯列传》有记载："信钓于城下，诸漂母漂，有一母见信饥，饭信，竟漂数十日。"又："信至国，如所从食漂母，赐千金。"

【故事】韩信在未得志时，境况很

困苦。那时，他时常在城下钓鱼，希望碰到好运气，解决生存问题。但是，韩信钓鱼技术不好，时常要饿肚子。有个经常在河边清洗丝棉絮的漂母很同情韩信，经常救济他，给他饭吃。韩信在艰难困苦中，得到那位仅能勉强糊口的漂母的恩惠，非常感激她，便对她说，将来必定要重重地报答她。

漂母听了韩信的话，很不高兴，表示并不希望韩信将来报答她。后来，韩信立下不少功劳，被封为楚王。他想起曾受过漂母的恩惠，便命人送酒菜给她，还送给她一千两黄金作为答谢。

一字千金

【释义】形容说的话或写的字价值很高。

【典故】《史记·吕不韦列传》有记载："布咸阳市门，悬千金其上，延诸侯游士宾客有能增损一字者予千金。"

【故事】战国末期，吕不韦不惜散尽千金，支持在赵国做人质的秦国王子异人。后来，异人当秦王，为报答吕不韦，封吕不韦为丞相。吕不韦知道自己政治资望太浅，人们可能在私下议论，就想方设法提升自己的声望。有人建议他编写一部书。吕不韦认为这个办法很好，命令门客组织人撰写。

吕不韦有三千门客，很快写出二十六卷，一百六十篇文章，冠名《吕氏春秋》。书写成后，吕不韦命令把全文抄出，贴在咸阳城门上，并发出布告："谁能把书中的文字，增加一个或减少一个，甚至改动一个，赏黄金千两。"

布告贴出许久，人们畏惧吕不韦的权势，无人来自讨没趣。

一意孤行

【释义】指顽固按照自己的想法，独断独行，不采纳他人的意见。

【典故】《史记·酷吏列传》有记载："公卿相造请禹，禹终不报谢，务在绝知友宾客之请，孤行一意而已。"

【故事】西汉有个人叫赵禹，是太尉周亚夫的属官。一个偶然的机会，汉武帝发现赵禹写的文章文笔犀利，寓意深刻，认为在当时很少有人及得上他。于是，赵禹很快当上御史，后又升至太中大夫，让同太中大夫张汤一起负责制定国家法律。

为了用严密的法律条文来约束办事的官吏，他们根据汉武帝的旨意，对原有法律条文重新进行了补充和修订。

许多官员都希望赵禹能手下留情，把法律条文修订得有个回旋的余地，便纷纷请他和张汤一起做客赴宴，但赵禹从来不答谢回请。不仅如此，赵禹和张汤经过周密地考虑和研究，决定制定"知罪不举发"和"官吏犯罪上下连坐"等律法，用来限制在职官吏，不让他们胡作非为。

公卿们带了重礼来到赵禹家，谁知赵禹见了公卿，只是天南海北地闲聊。丝毫不理会公卿们请他修改律法的暗示，过了一会儿，公卿们见实在说不下去了，便起身告辞。谁知临走前，赵禹硬是把他们带来的重礼退还。

有人问赵禹："难道不考虑周围的人因此对你有什么看法吗？"赵禹回答说："我这样断绝好友或宾客的请托，就是为了自己能独立地决定、处理事情，按自己的意志办事，而不受别人的干扰。"

一日千里

【释义】形容人进步很快或事态发展极其迅速。

【典故】《史记·刺客列传》有记载："臣闻骐骥盛壮之时，一日而驰千里；至其衰老；驽马先之。"

【故事】战国时，燕国太子丹在赵国做人质时，与同在赵国、尚未做秦王的嬴政关系不错。

后来，嬴政回国做了秦王，太子丹也到秦国做人质。嬴政不但没顾念旧情加以特别照顾，反而处处冷待刁难他。太子丹见此，便找了个机会逃回燕国。回国后，太子丹一直耿耿于怀，想报复嬴政。由于国家小，力量薄弱，他难以实现自己的复仇愿望。

不久，秦国出兵攻打齐国、楚国、韩国、魏国、赵国等国家，渐渐逼近燕国。燕国国君害怕极了，太子丹也忧愁万分。太子丹向鞠武求教能阻挡秦国侵吞的好办法。鞠武推荐了机智有谋略的田光。

秦俑

请来田光，太子丹非常恭敬地招待了他，并说："希望先生能替我们想个办法，抵挡秦国的侵吞。"

一钱不值

【释义】比喻毫无价值。

【典故】《史记·魏其武安侯列传》有记载："夫无所发怒，乃骂临汝侯曰：'生平毁程不识不值一钱，今日长者为寿，乃效女儿咕嗫耳语。'"

【故事】灌夫性情刚直，讲究信义，说出的话一定做到。他常侮慢地位比他高的官员，而对地位比他低的，越是贫贱，他越敬重。很多有才能而无地位的人都喜欢接近他。

灌夫喜欢喝酒，且常因喝醉了使性子。有一天，丞相田汾结婚，他喝了不少酒。他走到田汾的面前敬酒，田汾说："我不能喝满杯。"灌夫见他不肯痛快喝酒，便语带讽刺地说："你虽是一个贵人，但也应喝完我敬的这杯酒。"田汾还是没有干杯。

灌夫讨了一顿没趣，就走到临汝侯灌贤面前敬酒。灌贤正对程不识的耳朵说话，没有对他表示出欢迎的样子。灌夫心里本来有气，见这情形，再也忍不住，骂灌贤："我一向就说程不识不值一钱，今天在这里你竟和他学妇人的样子咬耳根子……"

一诺千金

【释义】比喻说话算数，讲信用。

【典故】《史记·季布栾布列传》有记载："得黄金百斤，不如得季布一诺。"

【故事】季布性情耿直，为人侠义好助，只要是他答应过的事，无论有多大困难，都会设法办到。

楚汉相争时，季布是项羽部下，曾几次献策，使刘邦的军队吃了败仗。刘邦当皇帝后，想起这事就气恨不已，下令通缉季布。由于季布人缘好，又因汝阴侯夏侯婴说情，刘邦撤销了对季布的通缉令，还封季布做了郎中，不久又改做河东太守。

季布同乡曹邱生专爱结交有权势的官员，借以炫耀和抬高自己，季布一向看不起他。听说季布又做了大官，曹邱生就马上去见季布。

季布听说曹邱生要来，就虎着脸，准备让他下不了台。曹邱生一进厅堂，又是打躬，又是作揖，与季布拉家常叙旧。他对季布说："我听到楚地到处流传着'得黄金千两，不如得季布一诺'。您怎么能有这样好的名声传扬在梁楚两地的呢？我们既是同乡，我又到处宣扬您的好名声,您为什么不愿见到我呢?"季布听了曹邱生这番话,心里顿时高兴起来,留下他住几个月,作为贵客招待。临走,还送给他一笔厚礼。

抱薪救火

【释义】比喻用错误的方法去消除灾祸,结果使灾祸反而扩大。

【典故】《史记·魏世家》有记载:"且夫以地事秦,譬犹抱薪救火,薪不尽,火不灭。"

【故事】战国末年,秦国不断吞并邻近的国家,好扩大自己的领土。秦国曾三次进攻魏国,占领魏国许多土地,魏国军民也伤亡惨重。

有一回,秦国又派兵攻打魏国,魏国请韩国和赵国援助,可惜兵力太弱,最后还是被打败。大将段干子提议把南阳割让给秦国求和,苏代持反对意见。苏代说:"秦国想并吞魏国,只割让土地是无法满足秦国的野心,就像抱着柴火去救火,柴没烧完,火是不会灭的。"

魏王不听苏代劝阻,把南阳割让给秦国求和。果然,秦国根本不满足,仍然继续攻打魏国,掠夺魏国更多城池,直至把魏国灭掉。

鸿鹄之志

【释义】比喻远大志向。

【典故】《史记·陈涉世家》中有记载:"陈涉少时,尝与人佣耕,辍耕之垄上,怅恨久之,曰:'苟富贵,无相忘。'佣者笑而应曰:'若为庸耕,何富贵也?'陈涉太息曰:'嗟乎,燕雀安知鸿鹄之志哉!'"

【故事】陈胜年轻时,由于家庭贫困,曾经做人家的雇农,替别人耕地。

有一次,陈胜把农具往田埂上一扔,愤愤不平地坐在那里发呆。忽然,他对一起耕种的人说:"如果谁日后富贵了,可不要忘记了在一起耕种的穷哥们儿。"

听陈胜这些话,有些人想想自己受贫穷、受压迫剥削的地位,笑着说:"你给人家当雇农,怎么会有机会富贵呢?"

陈胜长叹一声说:"燕雀安知鸿鹄之志啊!"

公元前209年7月,两个军官监押九百名贫民到渔阳去戍边。陈胜和吴广也在被征发之列。然而,军队行进期间,突然遇上大雨,道路被淹,无法行军。秦朝的法令很严酷,被征发的民夫如果误了期,就要被杀头。

大家急得像热锅上的蚂蚁似的，不知道怎么办才好。

陈胜和吴广趁机鼓动武装起义。于是，他们把押解他们的官员杀了，"斩木为兵，揭竿为旗"，正式宣布起义。

起义军打下了陈县后，陈胜召集陈县父老商量。大家说："将军替天下百姓报仇，征伐暴虐的秦国。这样大的功劳，应该称王。"陈胜就被拥戴称王，国号"张楚"。

奉公守法

【释义】形容办事守规矩。

【典故】《史记·廉颇蔺相如列传》有记载："以君之贵，奉公如法则上下平，上下平则国强。"

【故事】赵奢最初是负责征收田赋的小官僚，办事公平而且非常严格。有一次，相国平原君家不缴租税，赵奢就杀了平原君家的九个管事人。平原君很生气，下令要杀赵奢。赵奢不但不害怕，还义正词严地说："虽然您在赵国权势显赫，但您的管家却拒绝缴纳赋税，这样会损害国家的法律，会严重影响国家的威信。如果大家都这样，赵国就会慢慢衰落下去，早晚会被其他国家消灭。以您这样崇高的地位，如果能带头遵守法令，那么赵国就会强大起来，您也会更受大家尊重。"平原君认为赵奢说得很对，没有杀他，还把他推荐给赵王，让他担任高官。

利令智昏

【释义】因贪图私利而失去理智，把什么都忘了。

【典故】《史记·平原君虞卿列传》有记载："鄙谚曰：'利令智昏。'平原君负冯亭邪说，使赵陷长平四十余万众，邯郸几亡。"

【故事】秦国派大将白起攻打韩国，占领韩国的野王城。上党邻近野王城，上党的地方官员见野王城轻易被秦军攻下了，担心上党城也守不住，就写信给赵王，表示愿意归顺，希望得到赵国庇护。

赵国君臣们对要不要接受上党归顺意见不一，争论激烈。平原君赵胜说："上党这么大块的地方，我们不用出一兵一卒，就可以得到，为什么不要呢？"平阳君反对说："就是因为不花力气得到好处，轻易要了，恐怕会招来大祸。"赵王不想失去这块到嘴的肥肉，便支持平原君，并派他去接收上党，把它划为赵国领地。

秦王认为赵国存心捣乱，命令白起率大军攻打赵国。结果，赵国四十万大军在长平被秦军歼灭，邯郸也被围困。不得已，平原君带毛遂去楚国，说服楚王联赵抗秦。最终，楚国出兵才解除了邯郸之围。

平步青云

【释义】指人一下子轻易登上很高的官位。

【典故】《史记·范雎蔡泽列传》有记载："须贾顿首言死罪，曰：'贾不意君能自致于青云之上。'"

【故事】范雎想说服魏王重用他，却没有适当机会。有一次，范雎跟随须贾到齐国去。齐王非常欣赏他的口才，送了许多金钱和礼物给他。须贾十分忌妒，回国后禀报相国，说范雎私通齐国。相国叫人把范雎抓起来猛打。范雎装死才侥幸捡了一条命。

范雎躲到好朋友郑安平家里。后来，郑安平把范雎介绍给秦王。秦王让范雎做了秦国相国。范雎主张攻打魏国，魏王很害怕，派须贾去秦国求和。须贾来到秦国相国府时，发现范雎竟然是秦国相国，便叩头说："我没料到您靠自己的能力，平步青云，如今做到相国职位。我犯了死罪，请把

我送走吧，我再也不参加各国的事，如今我的生死全在您的手上了。"

日暮途穷

【释义】比喻到了末日或衰亡的境地，也比喻到了无路可走的地步。

【典故】《史记·伍子胥列传》有记载："吾日暮途远，吾故倒行而逆施之。"

【故事】楚平王的太子建有两个老师，一个叫伍奢，一个叫费无忌。费无忌替楚平王迎接秦国女子做妃子，因而受到楚平王宠爱。费无忌怕太子继位后会对他不利，便诬告太子。楚平王轻信谗言，把太子调到边关去。费无忌担心太子找机会报复，又将伍奢囚禁，并派人杀害太子。

不仅如此，心狠的费无忌又想杀掉伍奢的两个儿子。结果，伍奢和大儿子被杀，小儿子伍员侥幸逃走。楚平王听信费无忌的谎言，认为伍员是叛徒，下令追捕他。

为了逃命，伍员一夜之间头发胡子全白了。后来，他逃到吴国，帮助吴王攻打楚。经过五次战争，吴军打到楚国都城。这时，楚平王已死。为了报杀父兄之仇，伍员便挖出楚平王的尸体，亲自鞭尸。伍员的老朋友知

道之后责备他。伍员对老朋友说:"我像一个走路的人,此时天色已晚,但路却很远,所以会做些违背常理的事。"

得意扬扬

【释义】形容十分得意的样子或称心如意、沾沾自喜的样子。

【典故】《史记·管晏列传》有记载:"意气扬扬,甚自得也。"

【故事】晏婴政绩卓著。专门为他驾车的车夫也备觉荣耀。晏婴每次出行,马壮车美,车夫坐在华丽的车篷前赶马驾车,总觉得路人很羡慕他。

车夫妻子对他的表现很不安,亲眼看到车夫驾车时的表情后,等车夫回家,就提出离婚。

车夫犹如晴天霹雳,愕然地问:"好端端的,你为何要离开我?"妻子说:"晏子个头不高,但肩负国相重任,名扬天下。他坐在车上,神情稳重深沉,没有一点自满的样子。你呢,虽然身材高大,不过是驾车人而已,却那么意气扬扬,不可一世。你如此妄自尊大,我怎能继续跟你过下去啊!"车夫听到此话,羞愧不已,当即表示愿意改正。

从此,车夫行为检点,对人态度谦虚。车夫转变突然,晏婴感到奇怪,问出原委后,非常赞赏车夫勇于改过。后来,晏婴还举荐车夫担任大夫。

孺子可教

【释义】形容年轻人有出息,可以造就。

【典故】《史记·留侯世家》有记载:"父去里所,复返,曰:'孺子可教矣。'"

【故事】张良原是韩国公子,后来因行刺秦始皇未遂,逃到下邳隐匿,才改名为张良。

有一天,张良来到下邳圯水桥上散步,在桥上遇到一个老人。老人的一只鞋掉到桥下,直接喊张良:"喂!小伙子!替我去把鞋捡起来!"

张良心中很不高兴,但见对方年纪大,就下桥把鞋捡了起来。那老人见了,又对张良说:"来!给我穿上!"张良更不高兴,但转念想到鞋都拾起来,又何必计较,便恭敬地替老人穿上鞋。

老人站起身,一句感谢的话也没说,转身走了。张良愣愣地望着老人的背影。那老人走了一段路后,返身回来,说:"你这小伙子很有出息,值得我指教。五天后的早上,请到桥上

张良纳履图

来见我。"张良听了,连忙答应。

此后,老人连着几次试探张良的诚意后,传授给他一部《太公兵法》。老人对他说:"你要下苦功钻研这部书。钻研透了,以后可以做帝王的老师。"后来,张良研读《太公兵法》卓有成效,成为刘邦最重要的谋士。

空中楼阁

【释义】比喻虚幻的事物或脱离实际的空想。

【典故】《史记·天官书》:"海旁蜃气象楼台,广野气成宫阙然。"

【故事】从前,有个傻财主生性愚钝,尽做傻事。有一天,他到邻村一位财主家做客,见那个财主家有一栋三层楼十分漂亮。回家后,他找来工匠,要盖一座一模一样的楼。工匠开始打地基时,傻财主对他们说:"你们不要盖一、二层,只盖第三层就行。"

人弃我取

【释义】原指商人廉价收买滞销物品,待涨价卖出获利。表示自己志趣、见地与他人不同。

【典故】《史记·货殖列传》中记载:"李克务尽地力,而白圭乐观时变,故人弃我取,人取我与。"

【故事】魏文侯任用李悝为相国,厉行改革,加强统治。李悝实行保护农民利益和发展农业的"平籴"法。所谓"平籴",就是国家在丰收年份用平价买进粮食,到荒年时以平价卖出,使粮价保持稳定。

"平籴"法使一个名叫白圭的商人受到启发。经过反复思考,他想出一种适应时节变化的经商致富办法——"人弃我取,人取我与",即别人不要的我要下来，别人要的我就给予。

按照这个办法，在丰收季节，农民收的粮食多，大家都不要，价钱也就便宜下来，他就大量买粮食。这时，粮价虽然很低，但蚕丝、漆等因不是收丝或割漆季节，没有大量上市，价钱自然很高，他赶紧把那些货物卖出去。

到收丝时节，蚕丝大量上市，价钱贱下来，而粮价却高了起来。他就收进蚕丝，卖出粮食。在买进卖出之间，他牟利致富了。

论功行赏

【释义】按功劳的大小给予奖赏。

【典故】《史记·萧相国世家》有记载："汉五年，既灭项羽，定天下。论功行封。"

【故事】秦末，楚汉相争，刘邦最终消灭项羽，夺得了天下。

刘邦当上皇帝后，对功臣们进行奖赏。在评定谁的功劳最大、奖赏最多时，很多人各抒己见，都想自己夺得首功。

刘邦认为，萧何的功劳最大，自然获得的奖赏应当最多，就封萧何为赞侯，并赐予最多的封户。有人为曹参鸣不平，说曹参身受七十处创伤，攻城夺地，功劳最多，应该排在第一位。

关内侯鄂千秋把刘邦要说而没说的话说了出来，他说："驻守比攻城略地更重要。汉军与楚军相持五年，大王有几次都是只身逃走，失掉军队。如果没有萧何常常派遣军队补充前线、运送粮草，就不会有汉军的最后胜利。而曹参南征北战、功绩卓著不假，但即使没有曹参，汉室的胜利也都是早晚的事，不影响最终的结果。所以萧何比曹参的功劳要大，应该是萧何第一，曹参第二。"最终大臣们纷纷赞成。

避面尹邢

【释义】比喻因忌妒而避不见面。

【典故】《史记·外戚世家》中有记载："汉武帝同时宠幸尹夫人与邢夫人，诏二人不得相见。尹夫人向武帝请求见邢夫人。相见后，尹夫人'乃低头俯而泣，自痛其不如也'。"

【故事】西汉时，汉武帝同时宠幸尹夫人和邢夫人，对她们照顾有加。为了避免她们互相倾轧，汉武帝下诏书命令她们不得见面。后来，尹夫人心里好奇邢夫人到底长得怎么样，就请求汉武帝让她见一见邢夫人。汉武帝考虑再三，同意了她的要求。相见后，尹夫人却低头痛哭，自叹不如邢夫人。

鸡鸣狗盗

【释义】比喻卑下的技能或具有这种技能的人。

【典故】《史记·孟尝君列传》中有记载："齐孟尝君出使秦被昭王扣留，孟一食客装狗钻入秦营偷出狐白裘献给昭王妾以说情放孟。孟逃至函谷关时昭王又令追捕。另一食客装鸡叫引众鸡齐鸣骗开城门，孟得以逃回齐。"

【故事】战国时，孟尝君喜欢招纳各种人做门客，号称宾客三千。他对宾客来者不拒，有才能的让他们各尽其能，没有才能的也提供食宿。

有一次，孟尝君率领众宾客出使秦国。秦昭王将他留下，想让他当相国。孟尝君不敢得罪秦昭王，只好留下来。不久，大臣们劝秦王说："留下孟尝君对秦国不利，他出身齐国王族，在齐国有封地，有家人，怎么会真心为秦国办事呢？"秦昭王觉得有理，便改变主意，把孟尝君和他手下人软禁起来，只等找个借口杀掉。

孟尝君派人去求秦昭王最受宠爱的妃子。那个妃子答应帮助，但条件是拿齐国那一件天下无双的狐白裘做报酬。孟尝君犯难了，因为那件狐白裘已经献给了秦昭王。这时，孟尝君手下一个善于偷盗的门人自告奋勇去完成这件事。

妃子见到狐白裘，便想方设法说服秦昭王放弃了杀孟尝君的念头，并协助他们回齐国。孟尝君率领手下人连夜偷偷骑马向东快奔。到当时秦国东大门函谷关时，正是半夜。按照当时的法律，函谷关每天鸡叫才开门，否则任何人都不能开门出关。孟尝君知道，他们属于偷跑，在秦国境内多待一分钟，就意味着多一份危险。

这时，孟尝君手下有个善于模仿鸡叫的人发出几声"喔喔喔"的雄鸡啼鸣。紧接着，关内外到处都是鸡叫声。守关的士兵虽然觉得奇怪，但也只得起来打开关门，放他们出去。

天亮后，秦昭王得知孟尝君一行已经逃走，立刻派出人马追赶。追到函谷关时，发现孟尝君等人已经出关多时。孟尝君靠着鸡鸣狗盗之士的帮助逃回了齐国。

后来居上

【释义】指后起的可以胜过先前

的，用以称赞后起之秀超过前辈。

【典故】《史记·汲郑列传》记载："汲黯对汉武帝说：'陛下用群臣，如积薪耳，后来者居上。'"

【故事】汲黯以刚直正义、敢讲真话而受人尊重。他为人和做官都不拘小节，讲求实效。汉武帝把他从东海太守调到朝廷当主爵都尉——一种主管地方吏任免的官职。

有一次，汉武帝说要实行儒家的仁义之政，为老百姓办好事。没等汉武帝把话说完，汲黯就说："陛下内心里那么贪婪多欲，表面上却要装得实行仁政，这是何苦呢？"一句话把汉武帝噎了回去。

汉武帝登时脸色大变，宣布退朝，满朝文武都为汲黯捏着一把汗，担心他会因此招来大祸。汉武帝回宫后，对身边的人说，汲黯这个人也未免太粗太直了。汲黯没因此受到惩罚，但从此后再也没有提升官职。

汲黯当主爵都尉时，公孙弘、张汤都是不起眼的小官。后来，公孙弘当上丞相，张汤做了御史大夫，只有汲黯还蹲在原地没动窝。

有一天，汲黯对汉武帝说："陛下使用群臣，跟码劈柴一样，是后来者居上啊！"

汉武帝听出他在发牢骚，就转脸对左右说："人不能不学习啊！你们听汲黯说话，越来越离谱了！"

负荆请罪

【释义】表示向别人道歉、承认错误。

【典故】《史记·廉颇蔺相如列传》有记载："廉颇闻之，肉袒负荆，因宾客至蔺相如门谢罪。"

【故事】秦国常常欺侮赵国。有一次，赵王派宦官缪贤的舍人蔺相如到秦国去交涉。蔺相如见了秦王，凭着机智和勇敢，给赵国争得不少面子。秦王见赵国有这样的人才，就不敢再小看赵国。赵王见蔺相如这么能干，就封他为上卿。

蔺相如一下子从舍人当上了上卿。赵国大将军廉颇不服气，认为他为赵国拼命打仗，功劳远胜蔺相如，蔺相如光凭一张嘴，地位不应该比他高。廉颇放出狠话："我要是碰着蔺相如，要当面给他点儿难堪，看他能把我怎么样！"

廉颇的话传到了蔺相如耳朵里。蔺相如就千方百计躲着廉颇。有一次，他们在大街上相遇，蔺相如立即命令马车夫把车子赶到小巷子里，等廉颇过去了再走。蔺相如手下的人很不满，

负荆请罪

对蔺相如说:"您的地位比廉将军高,他骂您,您反而躲着他,让着他,他越发不把您放在眼里啦!这么下去,我们可受不了。"

蔺相如心平气和地对他们说:"我见了秦王都不怕,难道还怕廉将军吗?要知道,秦国现在不敢来打赵国,就是因为国内文官武将一条心。我们两人好比是两只老虎,两只老虎要是打起架来,不免有一只要受伤,甚至死掉,这就给秦国造成了进攻赵国的好机会。你们想想,国家的事儿要紧,还是私人的面子要紧?"

蔺相如的话传到了廉颇耳朵里后,廉颇惭愧极了,亲自背着荆条去蔺相如家请罪。蔺相如连忙出来迎接廉颇,把荆条扔在地上,扶起廉颇迎进家里。从此,他们成为好朋友。他们一文一武,同心协力为国家办事,秦国因此更不敢欺侮赵国了。

左提右挈

【释义】形容互相扶持。

【典故】《史记·张耳陈余列传》有记载:"夫以一赵尚易燕,况以两贤王左提右挈,而责杀王之罪,灭燕易矣。"

【故事】秦末农民起义军将领武臣率兵攻克邯郸后,自立为赵王。武臣派部将韩广率军北上夺取燕地。韩广占领燕地后,也自立为燕王。武臣闻报大怒,立即带领左右校尉张耳、陈馀前去伐燕。

武臣率少数随从深入燕地了解敌情时,被燕军发现。经过一场激战,终因寡不敌众，武臣等人被燕军俘获。

为救武臣，张耳、陈馀派人前去游说韩广。赵使欺骗韩广说："张耳、陈馀愿意您杀掉武臣。这样，他俩便可平分赵国，自立为王。但是，如果两个赵王左提右挈，要消灭燕国就太容易了。"

韩广一听，就放武臣回去了。

怒发冲冠

【释义】比喻极度愤怒。

【典故】《史记·廉颇蔺相如列传》有记载："王授璧，相如因持璧却立，倚柱，怒发上冲冠……"

【故事】赵惠文王得到稀世璧玉和氏璧。秦昭王知道后，便企图仗势把和氏璧据为己有，就写信给赵王，表示愿用十五座城交换。

赵王怕秦王有诈，不想把和氏璧送去，又怕他派兵来犯。同大臣们商量了半天，也没有个结果。这时，有人向赵王推荐有勇有谋的蔺相如出使秦国。

蔺相如带和氏璧出使秦国。秦王没按照正式礼仪在朝廷上接见他，而是非常傲慢地在行宫里召见蔺相如。秦王接过璧后，非常高兴，看了又看，又递给左右大臣和姬妾们传看，根本没有交付城池的意思。

蔺相如将和氏璧骗回，马上退后几步，靠近柱子站住，怒发冲冠，激昂地说："赵王和大臣们商量后，都认为秦国贪得无厌，想用空话骗取和氏璧，因而本不打算把璧送给秦国；因听了我的意见，斋戒了五天，才派我送来。今天我到这里，大王没有在朝廷上接见我，拿到璧后竟又递给姬妾们传观，当面戏弄我，所以我把璧取了回来。大王如果威逼我，我情愿把自己的头与璧一起在柱子上撞个粉碎！"

秦王只得道歉，并答应斋戒五天后受璧。蔺相如预料秦王不会交城，私下让人把璧送归赵国。秦王得知后，无可奈何，只好按照礼仪送蔺相如回国。

一决雌雄

【释义】决一胜负，比个高下。

【典故】《史记·项羽本纪》有记载："愿与汉王挑战，决雌雄。"

【故事】秦末汉初，项羽与刘邦为争夺天下，战争频繁，相持日久，不分胜负，苦了士兵和百姓。

项羽对刘邦说："天下多年来之所以战争频繁、混乱不堪，只是因为我们两人互相争斗的缘故。我很想与你面对面地挑战，一决胜负，以免天下百姓互相残杀，白白受苦。"

刘邦笑着拒绝说："我宁可与你斗智，不愿与你直接斗勇。"

项羽不听，命令军中壮士出阵挑战。汉军阵中有擅长骑射的楼烦族士兵。楚军三次挑战的壮士，都被楼烦族士兵射死。项羽大怒，于是他亲自披甲执戟出阵挑战。楼烦族士兵又想射箭，项羽怒目圆睁，大喝一声，声如巨雷，楼烦族士兵吓得眼睛不敢正视，手无发箭之力，赶忙回马入阵，躲进军营不敢出来。

刘邦派人暗地一打听，原来是项羽亲自出阵，吓退了汉军射手。刘邦听后大惊失色。不久，刘邦中箭，不得不率军撤退到成皋。

两鼠斗穴

【释义】比喻敌对双方在地势险狭的地方相遇，只有勇往直前的才能获胜。

【典故】《史记·廉颇蔺相如列传》有记载："其道远险狭，譬之犹两鼠斗于穴中，将勇者胜。"

【故事】秦国出兵攻伐韩国，屯兵在阏与。赵王找来廉颇，问是不是应该派兵去救韩国。廉颇认为，道远险狭，难救韩国。赵王又找来乐乘，问同样的问题，乐乘与廉颇的看法是一致的。赵王想派兵救韩国，见两个大将都不赞同派兵救助韩国，就找来另一个大将赵奢。赵王说了情况后，赵奢说："其道远险狭，譬之犹两鼠斗于穴中，将勇者胜。"赵王很高兴，便派赵奢率兵去救助韩国。

卧薪尝胆

【释义】形容人刻苦自励、发奋图强。

【典故】《史记·越王勾践世家》有记载："越王勾践反国，乃苦身焦思，置胆于坐，坐卧即仰胆，饮食亦尝胆也。"

【故事】春秋时，吴国和越国经常发生战争。越国被吴国打败后，越王勾践被吴王夫差俘虏。后来，吴王夫差释放了勾践，让他回到越国国都会稽。勾践在坐卧的地方吊了个苦胆，夜里躺在柴草上，面对苦胆。每天吃饭时，他都尝尝苦胆。他总扪心自责："你忘了会稽大败之辱吗？"就这样，勾践发愤图强，经过十年发展生产，积聚力量，又经过十年练兵，最终在公元前473年一举打败吴王夫差，灭掉了吴国。

韦编三绝

【释义】形容读书刻苦勤奋。

【典故】《史记·孔子世家》有记载："读《易》，韦编三绝。"

【故事】孔子是春秋末期的思想家、政治家、儒家学派的创始人，多才多艺，学识渊博。

孔子的学问都是通过刻苦钻研得来的。他幼年丧父，家境贫寒，没能受到良好教育，只能通过自学来获得知识。他从十五岁开始发愤读书，因为没有人教，在学习上碰到难题就多方请教。他不耻下问，请教过做官的人，也请教过普通老百姓，请教过白发苍苍的老人，也请教过儿童。

孔子那个时代，书籍是刻在竹签上的，称为竹简。竹简有一定的长度和宽度，一根竹签只能写一行字，多则几十个，少则八九个。写成一部书要许多竹简，书的内容全部写上去以后，要用牢固的牛皮绳子把这些竹片按顺序编联起来。

孔子到晚年才开始学《易经》。《易经》很难读懂，孔子下了很大功夫读。为了深入研究《易经》，为了给学生们讲解好《易经》，孔子不知翻阅了多少遍《易经》，以致多次把串联竹简的牛皮带子给磨断了。

即使读到了这样的地步，孔子还谦虚地说："假如我能多活几年，我就可以理解些《易经》的文字与内容了。"

完璧归赵

【释义】比喻把原物完好地归还物品主人。

【典故】西汉·司马迁《史记·廉颇蔺相如列传》："城入赵而璧留秦；城不入，臣请完璧归赵。"

【故事】战国时候，赵王得到了一块叫和氏璧的宝玉。秦王知道了这件事，他就写了封信，派人去见赵王，说秦国愿意用十五座城来换那块宝玉。赵王看了信，心里明白，秦王只是讹诈。但是，秦国势力强大，赵国势力弱小，如果不答应秦国的要求，怕秦国兴兵来进攻；答应吧，又怕上当。赵王和大臣们商量来商量去，也想不出什么好办法来。蔺相如知道了，自告奋勇地对赵王说："大王，让我带着和氏璧去见秦王吧，到那里我见机行事。如果秦王不肯用十五座城来交换，我一定把和氏璧完整地带回来。"赵王知道蔺相如是个又勇敢又机智的人，就同意他去了。

蔺相如带着和氏璧到了秦国,秦王在王宫里接见了他。蔺相如双手把和氏璧献给秦王。秦王接过来左看右看,爱不释手。看完了,他把和氏璧又传给大臣们一个一个地看,然后又交给后宫的美女们去看。蔺相如站在旁边冷眼旁观,等了很久,也不见秦王提起割让十五座城的事,知道秦王根本没有用城换宝玉的诚意。这是他早已预料到的事。他对秦王说:"大王,这块和氏璧看着虽然挺好,可是有一点小毛病,让我指给大王看。"秦王信以为真,就赶紧叫人把和氏璧从后宫拿来交给蔺相如,让蔺相如指出和氏璧的缺点。

蔺相如接过和氏璧,往后退了几步,身子靠在柱子上,大义凛然地对秦王说:"当初大王差人送信给赵王,说情愿拿十五座城来换赵国的和氏璧。赵国大臣都说,千万别相信秦国骗人的话,我可不这么想。我对我们的国君说,老百姓还讲信义呢,何况秦国的大王哩!我们的国王听了我的劝告,这才派我把和氏璧送来。和氏璧大王已经看了,还传给下面的人看了,这么久都不提起换十五座城的事情。这样看来,大王确实没有用城换璧的真心。现在和氏璧在我的手里,如果大王硬要逼迫我,我情愿把自己的脑袋跟这块和氏璧一块儿撞碎在这根柱子上!"说着,蔺相如举起和氏璧,对着柱子,就要撞过去。

秦王急了,怕蔺相如真的把和氏璧摔碎,连忙向蔺相如赔不是,说:"大夫不要着急,我说的话怎么能不算数哩!"说着叫人把地图拿来,假惺惺地指着地图说:"从这儿到那儿,一共十五座城,都划给赵国。"蔺相如知道,这是秦王耍鬼把戏,他不可能用十五座城池换取和氏璧。他就对秦王说:"这块和氏璧是无价之宝。我送它到秦国来时,赵王斋戒了五天,还在朝廷上举行了隆重的送宝玉的仪式。现在大王要接受这块和氏璧,也应该斋戒五天,在朝廷上举行接受宝玉的仪式,我才能把宝玉献上。"秦王说:"好!就这么办吧!"他就派人送蔺相如到宾馆去休息。

蔺相如拿着那块和氏璧到了公馆后,把一个手下人打扮成一个买卖人的样儿,用布把和氏璧包着,藏在身上,偷偷地从小道跑回到赵国去了。五天之后,蔺相如到了王宫,义正词严地告诉秦王说:"和氏璧我已经派人送回赵国了。如果大王真有诚心用城来换的话,请您先让出十五座城,我们赵王绝对不食言,一定会马上派人

完璧归赵

把和氏璧送来。"秦王无可奈何,只好放蔺相如回到赵国去。

天下无双

【释义】天下没有第二个,独一无二。

【典故】《史记·信陵君列传》有记载:"始吾闻夫人弟公子天下无双。"

【故事】黄香是中国历史上最有名的一个孝子。他是湖北江夏人,母亲早死了,父亲是个小官员,父子二人相依为命,日子过得很清苦。黄香知书达理,对父亲十分孝敬。炎热的夏天,他为了让父亲睡得舒服些,就用扇子把床上、枕上的席子扇凉。到了寒冷的冬天,为了让父亲睡得暖和些,他先钻进被窝,把被子温热一点,再请父亲睡下。黄香长大以后,做了官。他当魏郡太守时,遇到洪灾,当地老百姓的房屋被洪水冲垮,无家可归,没吃没穿。黄香就拿出自己的俸禄和家产,分给受灾的老百姓,帮助他们渡过了难关。黄香有孝心,为官清廉,爱护老百姓,深受老百姓的爱戴。当时在京城里流传着这样一句民谣:"天下无双,江夏黄香。"

不寒而栗

【释义】形容非常害怕、恐惧。

【典故】《史记·酷吏列传》有记载:"是日皆报杀四百余人,其后郡中不寒而栗,猾民佐吏为治。"

【故事】汉武帝时,义纵因受太后恩宠,当了上党郡某县令。上任以后,他公务办得很出色,敢作敢为,不论是有钱有势的豪绅,还是平民，只要犯了法，他都秉公审办。汉武帝很赞赏他，调他做河内郡都尉。一到任，义纵立即把祸害一方的豪门大族满门抄斩。一时间，河内郡治安和社会风气大有好转，有人不慎把东西失落在道路上，也没有人抢走据为己有。

义纵调到南阳任太守时，一个作恶多端的豪强地主宁成正在南阳居住。为了讨好义纵，宁成每次迎送都装得很谦恭。义纵对他的恶行早有所闻，到南阳后立即展开调查，很快就查清他的罪行，把他关押起来。

汉武帝又任命义纵做定襄太守。义纵到任以后，把押在狱中的二百多名重犯，以及为重犯开脱罪责进行贿赂的二百多名门客亲属，严加追究，拘捕治罪。一天之内被处死的就有四百多名。

从此以后，定襄的人一听到义纵两个字就"不寒而栗"。

门可罗雀

【释义】形容为官者休官失势后，门庭冷落车马稀少；或形容事业由盛而衰，宾客稀少之况。

【典故】《史记·汲郑列传》有记载："始翟公为廷尉，宾客阗门；及废，门外可设雀罗。"

【故事】汲黯是汉武帝时的一位名臣。他当官时，每天拜访他的客人很多。后来，他辞去官职，回家静养。

清晨他打扫庭院时，中午他打开大门时，总能看见门前许多麻雀在寻觅食物，嬉戏跳跃。他感慨地说："从前我当官，宾客盈门。现在不当官，我可以张网捉鸟了。"

不久，汉武帝又下诏请他回去做官。过去常来的客人又纷纷来拜访他了。

汲黯经过一场贫贱富贵交替，看清了世态炎凉。于是，他在大门上贴上一张纸条。那班客人看到门上的字，只好红着脸悻悻地走了。

三令五申

【释义】反复多次向人告诫。

【典故】《史记·孙子吴起列传》："约束既布，乃设铁钺，即三令五申之。"

【故事】孙武是春秋时期一位著名军事学家，他携带自己写的《孙子兵法》去见吴王阖庐。吴王看过之后说："你的十三篇兵法，我都看过了，可以试试吗？"孙武说可以。吴王召集了一百八十名宫女，请孙武按照兵法进行训练。

孙武将这些宫女分为两队，挑选两个宫姬为队长，并叫她们每个人都拿着长戟。孙武先把队伍整理好，然后告诉她们说："向前就看我心胸，向左就看我左手，向右就看我右手，向后就看我背后。"众女兵说："明白了。"于是孙武让人搬出铁钺（古时杀人用的刑具），三番五次向她们申戒。说完便击鼓发出向右转的号令。宫女们觉得很有趣，嘻嘻哈哈地笑个不停，没有按孙武的命令行动。

孙武见状说："解释不明，交代不清，这是我的过错。我再解释一遍。"于是又将刚才一番话详尽地再向她们解释一次，然后又发出向左转的号令。众女兵仍然只是笑着，不肯执行命令。孙武大怒，说："解释不明，交代不清，是将官的过错。既然交代清楚而不听令，就是队长和士兵的过错了。三令五申，仍然不听号令，就必须接受惩罚！"

他大声命令，把两个队长推出斩首。吴王舍不得自己的爱姬，急忙派人向孙武讲情，可是孙武说："我既受命为将军，将在军中，君命有所不受！"下令将两女队长斩首，重新挑选两位排头的为队长。孙武再次下令训练时，宫女们规规矩矩，无论是向前向后，向左向右，甚至跪下起立等复杂的动作都认真操练，再不敢儿戏了。

毛遂自荐

【释义】比喻自告奋勇，自己推荐自己担任某项工作。

【典故】《史记·平原君虞卿列传》有记载："赵孝成王九年，门下有毛遂者，前，自赞于平原君曰：'遂闻君将合从于楚，约与食客门下二十人偕，不外索。合少一人，愿君即以遂备员而行矣。'"

【故事】秦军在长平一线大胜赵军。秦将白起率兵乘胜追击，包围了赵国都城邯郸。

赵国形势万分危急。平原君赵胜奉赵王之命，去楚国求兵解围。平原君把门客召集起来，挑选二十个文武全才的一起去。经过挑选，最后还缺一个人。一个叫毛遂的人向平原君自我推荐说："听说您将要到楚国去签订合纵盟约，约定与门客二十人一同前往，现在还少一个人。希望您让我毛遂凑足个数吧！"

平原君见毛遂投靠门下三年也没什么突出表现，就对他说："贤能的人处在世界上，就好比锥子处在囊

毛遂自荐

中,它的尖梢立即就要显现出来。现在,你处在我门下已经三年了,左右的人们对你没有称道,我也没听到赞语,这是因为你没有什么才能的缘故。所以,你不能一道前往,请留下!"

毛遂说:"我不过今天才请求进到囊中罢了。如果我早就处在囊中的话,就会像锥子那样,整个锋芒都会露出来,不仅是尖梢露出来而已。"平原君无话可说,只好带着毛遂一道前往楚国。

到楚国后,楚王虚与委蛇,迟迟不肯谈出兵的事。毛遂急中生智,勇敢闯上了宫殿,把出兵援赵有利楚国的道理做了精辟的分析。楚王心悦诚服,答应马上出兵。

不几天,楚国、魏国等国联合出兵援赵。秦军撤退了。平原君回赵后,待毛遂为上宾。他很感慨地说:"毛先生一至楚,楚王就不敢小看赵国。"

家徒四壁

【释义】形容十分贫困,一无所有。

【典故】《史记·司马相如列传》有记载:"文君夜亡奔相如,相如乃与驰归成都,家居徒四壁立。"

【故事】司马相如是汉朝有名的才子,但他家境很不好。

有一天,大财主卓王孙邀请司马相如到家里吃饭,顺便让他表演琴艺。卓王孙的女儿叫卓文君,对音乐感兴趣,那时候刚死了丈夫,住在娘家。司马相如在宴会上弹琴时,得知卓文君也在场，就用音乐表达爱意。

宴会结束后，当天晚上，卓文君就离家出走，到司马相如住的旅舍。随后，两个人一起回到成都。回到司马相如的家，屋子里除了四面墙壁外，根本没有任何东西。

他们生活得十分贫困，靠着朋友帮忙，才在卓王孙家的附近开了一间酒店。没多久，邻居们都知道，卓王孙的女儿居然在街上卖酒！

为了面子，卓王孙不得已，只好送给卓文君一百名仆人和一百两黄金，让他们购买田产、房屋。

奇货可居

【释义】指把少有的货物囤积起来，等待高价出售。也比喻拿某种专长或独占的东西作为资本，等待时机，以捞取名利地位。

【典故】《史记·吕不韦列传》有记载："吕不韦贾邯郸，见而怜之，曰：'此奇货可居。'"

【故事】战国时，大商人吕不韦到赵国邯郸做生意。一个偶然的机会，他认识了在赵国做人质的秦昭王的孙子异人。

当时，秦、赵两国经常交战，赵国有意降低异人的生活标准。异人非常贫苦，天冷时连御寒的衣服都没有。吕不韦得知其境遇，自言自语说："此奇货可居也。"于是，他决定在异人身上进行投资。

吕不韦回到住所，问父亲："种地能获多少利？"

父亲说："十倍。"

吕不韦又问："贩运珠宝呢？"

父亲又答说："百倍。"

吕不韦接着问："那么把一个失意的人扶植成国君，掌管天下钱财，会获利多少呢？"

他父亲吃惊地摇摇头，说："那可没办法计算了。"

吕不韦听了父亲的话，坚定了做这笔大生意的信心。于是，吕不韦拿出一大笔钱买通监视异人的赵国官员结识异人，说出了自己的想法。异人感激不尽。随后，吕不韦对他进行包装，并出大笔钱为他进行活动。

由于吕不韦成功的包装，异人不仅被赎回秦国，还从众兄弟中脱颖而出当上了安国君的世子。秦昭王死后，安国君即位，史称孝文王，立异人为太子。秦孝文王在位不久即死去，太子异人即位为王，即秦庄襄王。

秦庄襄王非常感激吕不韦拥立之恩，拜吕不韦为丞相，封文信侯，并把河南洛阳一带十二个县作为封地，以十万户的租税作为俸禄。

夜郎自大

【释义】比喻骄傲无知的肤浅自负或自大行为。

【典故】《史记·西南夷列传》有记载："滇王与汉使者言曰：'汉孰与我大？'及夜郎侯亦然。以道不通，故各以为一州主，不知汉广大。"

【故事】汉朝时，西南方有个小国家叫夜郎。夜郎国土很小，百姓也少，物产少得可怜。但是，由于夜郎是邻近地区最大国家，夜郎国国王就以为夜郎是全天下最大的国家。

有一次，汉朝派使者来到夜郎时，途经滇国，滇王问使者："汉朝和我的国家比起来哪个大？"使者一听吓了一跳，没想到这个小国家，竟然无知得自以为能与汉朝相比。

使者没想到后来到了夜郎国，骄傲又无知的夜郎王因为不知道自己统治的国家只和汉朝的一个县差不多大，竟然不知天高地厚地问使者："汉朝和我的国家，哪个大？"

人人自危

【释义】每个人都感到自己不安全，有危险。

【典故】《史记·李斯列传》有记载："法令诛罚，日益深刻，群臣人人自危，欲畔者众。"

【故事】秦始皇带小儿子胡亥去会稽游巡时，在途中病故。赵高与李斯合谋篡改诏书，赐死公子扶苏，让胡亥继位为秦二世。赵高任郎中令。他鼓动秦二世实行严刑酷法，把功臣及皇兄皇妹们全部杀绝，弄得朝野上下一片恐怖，人人自危。

养虎自遗患

【释义】比喻纵容敌人，自留后患。

【典故】《史记·项羽本纪》有记载："汉欲西归，张良、陈平说曰：'汉有天下太半，而诸侯皆附之。楚兵罢食尽，此天亡楚之时也，不如因其机而遂取之。今释弗击，此所谓"养虎自遗患"也。'

【故事】秦朝被推翻后，楚军与汉军订立和约，以鸿沟为界，西边归汉，东边归楚，宣布停战。项羽领兵东归，刘邦也准备率兵西归。张良和陈平劝刘邦："目前，汉军势力日益强大，诸侯也支持，可抓住时机消灭楚军，不能养虎遗患。"

一去不复返

【释义】一去就不再回来了。

【典故】《史记·刺客列传》有记载:"风萧萧兮易水寒,壮士一去兮不复还。"

【故事】公元前227年,秦国打败赵国,迫近燕国。燕国太子丹招募勇士荆轲和秦舞阳去刺杀秦王。荆轲和秦舞阳带上秦王仇人樊於期的人头及督亢的地图,以去秦国献地求和的名义,寻机刺杀秦王。太子丹把他送到易水河边,高渐离为荆轲奏乐。荆轲高唱:"风萧萧兮易水寒,壮士一去兮不复还。"

无立锥之地

【释义】没有立锥子的地方。比喻连极小的地方也没有。后常形容贫穷。

【典故】《史记·留侯世家》有记载:"今秦失德弃义,侵伐诸侯社稷,灭六国之后,使无立锥之地。"

【故事】楚汉相争时,刘邦被项羽打败后,向谋士郦食其讨教。郦食其给刘邦出主意,分封六国那些无立锥之地的王族后裔讨取民心,那样便可以战胜项羽。张良坚决反对郦食其这种做法,认为汉王尚未得到天下就分封他们,他们稍微有实力就会各自为政,没人帮汉王打天下了。最终,刘邦听取了张良的意见。

一饭三遗矢

【释义】一顿饭的工夫上了三次厕所。形容年老体弱或年老无用。

【典故】《史记·廉颇蔺相如列传》有记载:"赵以数困于秦兵,赵王思复得廉颇,廉颇亦思复用于赵。赵王使使者视廉颇尚可用否,廉颇之仇郭开多与使者金,令毁之。赵使者既见廉颇,廉颇为之一饭斗米,肉十斤,披甲上马,以示尚可用。赵使还报王曰:'廉将军虽老,尚善饭,然与臣坐,顷之三遗矢矣。'赵王以为老,遂不召。"

【故事】廉颇是赵国著名将领。赵惠文王时,他屡次打败秦国进兵,赵惠文王拜他为上卿。到赵孝成王时,他因战胜燕国,被任命为相国,封为信平君。

赵孝成王死后,赵悼襄王听信大臣郭开的谗言,派乐乘取代廉颇为将,廉颇一时愤愤不平,把乐乘赶了回去。事后,他怕赵王治罪,逃到魏国去了。过了八九年,秦国派兵进攻赵国邯郸。

赵军连连败退，赵王和群臣商量对策时，群臣说："当年只有廉颇能抵挡住秦兵，现在他在魏国，大王如能派人召他回国，领兵作战，一定能打败秦军。"

郭开怕廉颇回朝后受到重用，建议赵王先派人去探视一下，如果廉颇还没有老，再召他回来。赵王听了，便派内侍唐玖带礼物到魏国去探视廉颇。

唐玖临行前，郭开把他请到自己家中，设宴为他饯行，并送他四百两黄金，对唐玖说："廉颇和我有仇，你到魏国见到他，如他确实老了，那就不必说什么；如果他还很健壮，希望你回朝禀报说他已老而无用了，那样大王就不会召他回来了。"

唐玖接受郭开的贿赂，到魏国看望廉颇时，廉颇也有意回赵国，向其展示自己老当益壮，宝刀未老。唐玖当面对廉颇恭维一番，回到邯郸却向赵王说："廉将军年纪虽然老了，但饭量还很好，体魄也很健壮，武艺也不比从前差。只是他跟我坐了没多少时间，竟上了三次厕所。"

赵王听了，摇头叹息说："看来廉颇真的老了，召他回来也没什么用了。"从此，赵王便不再提召廉颇回来的事。

一饭三吐哺

【释义】比喻求贤殷切。

【典故】《史记·鲁周公世家》中："我文王之子，武王之弟，成王之叔父，我于天下亦不贱矣。然我一沐三握发，一饭三吐哺，起以待士，犹恐失天下之贤人。子之鲁，慎勿以国骄人。"

【故事】西周时，周成王继承父亲的遗志，分封诸侯。他封伯禽为鲁侯。周公向伯禽祝贺，说："你以前是鲁国的名士。到任后，你不要忘记你是文王的儿子，武王的弟弟，现今成王的叔叔。你要一沐三握发，一饭三吐哺，爱惜人才，不能失掉任何一个贤人，不能让鲁国人变得焦躁傲慢起来。"

拔赵帜易汉帜

【释义】用以比喻偷换取胜或战胜、胜利之典。

【典故】据《史记·淮阴侯列传》有记载："信所出奇兵二千骑，共候赵空壁逐利，则驰入赵壁，皆拔赵旗，立汉赤帜二千。赵军已不胜，不能得信等，欲还归壁，壁皆汉赤帜，而大惊,以为汉皆已得赵王将矣,兵遂乱,遁走,赵将虽斩之,不能禁也。"

【故事】西汉初年,韩信率领汉军去攻打赵军。将到达井陉口时,韩信先挑选两千轻骑兵,每人拿着一面红色的旗帜,抄小路埋伏在赵营附近。接着,韩信背水列阵,引诱赵军全军出击。赵军倾巢而出后,汉军佯败而退。先前埋伏的两千士兵趁机冲进赵军营中,挂上汉军红旗。赵军追击一段后,汉军转身激战。赵军作战不利,准备撤回军营时,发现军营已经被汉军占领。赵军已经彻底失败,很快溃散。汉军趁机发起反攻,大败赵军。

三寸不烂之舌

【释义】比喻能说会辩的口才。

【典故】《史记·平原君虞卿列传》中有记载:"毛先生以三寸不烂之舌,强于百万之师。"

【故事】战国时期,秦军包围了赵国都城邯郸。赵王派平原君到楚国去请求援兵,同时缔结联合抗秦的盟约。平原君决定带二十个文武双全的勇士同去,这时,一个名叫毛遂的门客推荐自己。之前的毛遂貌不惊人,语不出众,并不为平原君所重视,但还是带他同去楚国。

到了楚国,平原君与楚平王从早晨一直谈到中午,也谈不出结果。其他门客都很焦急,却想不出帮助主人的办法。毛遂便自告奋勇上殿去看看情况。

毛遂按着剑从容不迫地走上了台阶。楚王觉得他位卑言轻,要他退下去,他却紧握剑柄,大步走到楚王面前说:"大王敢当着我主人的面对我如此无礼,不过是倚仗楚军人多势众罢了。但现在您跟我距离不到十步,大王的性命掌握在我的手里,楚军再多也没有用!"楚王只好听他说话,其他楚国人也只能按兵不动,看他要做什么。

毛遂滔滔不绝,从历史到现实分析了楚、秦两国的关系,反复说明,赵国派使臣来缔结联合抗秦的盟约,不单是救了赵国,也是救了楚国。楚王认为毛遂说得有理,就与平原君举行了缔约仪式,签订了盟约。就这样,联合抗秦的大事圆满办成。

平原君带一行人回到赵国后,感慨万分地说:"毛先生一到楚国,就使赵国的地位重于九鼎。毛先生的三寸之舌,胜过了百万雄师!"从此,毛遂受到了平原君的重用,被奉为上宾。

飞鸟尽，良弓藏

【释义】 比喻事成之后，把曾经出过力的人一脚踢开或加以消灭。

【典故】《史记·越王勾践世家》有记载："范蠡遂去，自齐遗大夫种书曰：'飞鸟尽，良弓藏；狡兔死，走狗烹。越王为人……'"

【故事】 春秋时，吴越之间经常起争端。公元前497年，吴国大败越国，越王勾践委曲求全向吴国求降，去吴国给夫差当奴仆。在大夫范蠡帮助下，越王勾践最终骗得夫差的信任，三年后，被释放回国。为了不忘国耻，勾践每天晚上睡在柴草上，坐卧的地方也悬着苦胆，每天吃饭之前都要先尝一口苦胆。经过十年的奋斗，越国最终打败了吴国。

辅助越王勾践报仇雪恨的主要是两个人，一个是范蠡，还有一个是文种。越国能够灭掉吴国，范蠡和文种是最大功臣。在灭掉吴国后，勾践因范蠡和文种功劳卓著，便要拜范蠡为上将军，文种为丞相。

但是，范蠡不仅不接受封赏，还执意要离国远去。他不顾勾践的再三挽留，离开越国，隐居齐国。范蠡离开后，还惦记着好友文种，派人悄悄送了一封信给文种，在信上告诉他：你也赶快离开吧，我们的任务已经完成了。勾践心胸狭窄，只可与他共患难，不能同他共富贵。你要记住："飞鸟尽，良弓藏，狡兔死，走狗烹。"

文种不相信越王会加害自己，坚持不肯走，还回信说："我立下这么大的功劳，正是该享受时，怎么能就这样离开呢？"果然，在文种当丞相不久，勾践就给他送来当年夫差叫伍子胥自杀时用的那把剑，同时带了这么一句话："先生教给寡人七种灭吴的办法，寡人只用了三种，就把吴国给灭了，还剩下四种没有用，就请先生带给先王吧！"

文种一看，就明白了，后悔当初没有听范蠡的话，无奈之下只好举剑自杀。

乌头白，马生角

【释义】 比喻不可能出现的事。

【典故】《史记·刺客列传》有记载："乌头白，马生角，乃许耳。"

【故事】 战国后期，秦国与燕国互派人质。燕国太子丹被派到秦国做人质，经常受到秦王嬴政侮辱，十分痛苦。

太子丹向秦王请求回燕国，秦王说："除非马生角，乌鸦白头，太子丹才能回燕国。"后来，太子丹偷偷地逃回燕国，招募荆轲去刺杀秦王。

无颜见江东父老

【释义】江东：借指家乡。指因自己的失败而感到羞愧，再也没脸见家乡父老。

【典故】《史记·项羽本纪》有记载："项王笑曰：'且籍与江东子弟八千人渡江而西，今无一人还，纵江东父老怜而王我，我何面目见之？'"

【故事】公元前203年，韩信率军准备与项羽决战。他在十个方向埋伏了军队，又派士兵冲楚营大声叫骂。项羽率领十万大军出营追击，一直追到垓下，中了韩信的十面埋伏之计，陷入汉军的重重包围。

到夜里，汉军营中传来楚地民歌声。楚歌婉转凄凉，不少楚军士兵都流下了眼泪。项羽吃惊地说："难道楚军全都投降了刘邦吗？不然汉军中怎么会有那么多的楚人呢？"

项羽稳定了一下情绪，跨上战马，率领八百多名骑兵，趁着夜色突出重围，向南奔去。汉军将领灌婴立即率领五千骑兵追击。项羽跑到阴陵时迷了路，问一位在田中耕作的老翁该怎么走，老翁骗他说向左。项羽向左跑去，结果闯进一片大沼泽之中，被汉兵追上了。

项羽率骑兵与追来的汉兵展开血战。项羽左刺右劈，杀了不少汉兵。汉军将士看到项羽这么勇猛，一时间不敢逼近，只是远远地叫嚷喊杀。

项羽和骑兵们跑到乌江边。乌江亭长正划着一只小船等在江边，见到项羽过来，对他说："您赶紧上船过江东去吧！江东地方虽小，也有一千多里土地，几十万人口，您还可以在那里称王。"项羽听后，笑了一笑说："当初我与八千江东子弟渡江西进，现在我怎么能一个人回去呢？就算是江东父老同情我，立我为王，我还有什么面目去见他们？"

说完，他将乌骓马送给亭长，又转过身，和剩下的士兵一起手持短剑与汉军拼杀。项羽一人消灭了数百名汉军和两员大将，自己也负了十几处伤。最后，他在乌江边拔剑自杀。

楚虽三户，亡秦必楚

【释义】比喻虽小，决心大也能成功。

【典故】《史记·项羽本纪》有记

陈胜、吴广发动群众起义

载:"故楚南公曰:'楚虽三户,亡秦必楚也。'"

【故事】秦朝末期,陈胜、吴广起义,各路义军纷纷迅速涌现。陈胜、吴广死后,项梁成为各路起义军的盟主。他率军攻秦。范增去拜见项梁,鼓励他说:"秦灭六国,楚国最冤,楚南公说过楚国即使只剩下三户人家都会报仇雪恨消灭秦国的。"于是,项梁立楚怀王的孙子熊心为楚怀王,得到楚人的拥护,实力迅速壮大起来。

项庄舞剑,意在沛公

【释义】项庄席间舞剑,企图刺杀刘邦。比喻说话和行动的真实意图别有所指。

【典故】《史记·项羽本纪》有记载:"今者项庄拔剑舞,其意常在沛公也。"

【故事】刘邦与项羽都进攻咸阳。楚怀王曾与他们约定"先入定关中者,王之。"刘邦先破咸阳。他二人乃同受楚怀王封爵,一者引兵北上救赵,一者率部西行略地入秦,刘邦在剪除西进中重重阻碍之后,终得"先诸侯至霸上",在轵道旁受"秦王子婴素车白马,系颈以组,封皇帝玺符节"之降。并且拒关自守,打算自王关中。而项羽呢,他在杀掉卿子冠军之后,破釜沉舟,以非凡的勇猛果敢,大破秦军,解了巨鹿之围,使"诸侯军无不人人惴恐"。在召见诸侯将领时,"入辕门,无不膝行而前,莫敢仰视"。项羽由是始为诸侯上将军,诸侯都成为他的臣属。不久他又收降了章邯,击坑秦卒二十余万,西行略定秦地。真是声威赫赫,天下莫不震服了。就在此际,他却见到函谷关有兵,又闻沛公已破咸阳。他按捺不住自己胸中怒火了!于是在破关直入驻军鸿门时,誓要击破刘邦。

一场恶战在即,刘邦论兵力远不如项羽。他从项羽的季父项伯口中得知此事后,大吃一惊,极力拉拢项羽的季父项伯,并约为亲家。项伯同意为之在项羽面前说情,并让刘邦次日前来谢项羽。鸿门宴上,不乏美酒佳肴,但却暗藏杀机,项羽的亚父范增,一直主张杀掉刘邦,在酒宴上,一再示意项羽发令,但项羽却犹豫不决,默然不应。范增召项庄舞剑为酒宴助兴,趁机杀掉刘邦,项伯为保护刘邦,也拔剑起舞,掩护了刘邦。在危急关头,刘邦部下樊哙带剑拥盾闯入军门,怒目直视项羽,项羽爱此人之才,便问来者为何人,当得知为刘邦的参乘时,即命赐酒,樊哙立而饮之。又说了很多刘邦的好话。项羽无话可说,刘邦趁机一走了之。张良等人上前给项羽献上白璧一双。项羽收下了。又给范增玉斗一双,气得范增却拔剑将玉斗撞碎。

鸿鹄高飞,一举千里

【释义】 鸿鹄:天鹅。天鹅高高飞翔,一飞千里。指人有雄才大略。

【典故】 《史记·留侯世家》有记载:"鸿鹄高飞,一举千里。"

【故事】 西汉时,刘邦当上皇帝后,立吕后的儿子刘盈为太子。后来,刘邦宠幸戚夫人,转而想改立戚夫人的儿子刘如意为太子。

吕后得知这一情况,焦急万分,又没有办法。她找到张良,请求他挽救自己与太子。张良给她出谋划策,让太子刘盈亲自请出商山四皓来辅佐太子。他们是住在商山的四位贤者,他们不愿意当官,长期隐居在商山,眉皓发白,故被称为"商山四皓"。刘邦曾慕名而至,请他们出山为官,四位贤者拒绝了。

有一天,刘邦与太子一起饮宴,他见太子背后有四位白发苍苍的老人,问后才知是商山四皓。四皓赞美说,太子是个仁人志士,又有孝心,礼贤下士,他们就一齐来做太子的宾客。刘邦见太子有商山四贤辅佐,知道太子已经成长,羽翼已成,很难再对太子做什么了，于是刘邦对戚夫人唱道："鸿鹄高飞，一举千里。羽翮已就，横绝四海。"意思是，太子已经成了气候，不能更改了。

韩信将兵，多多益善

【释义】将：统率，指挥。比喻越多越好。

【典故】《史记·淮阴侯列传》有记载："上曰：'于君何如？'曰：'臣多多而益善耳。'"

【故事】韩信被降为淮阴侯后，有一次，刘邦和他讨论各位将领的才能时，认为他们各有高下。

刘邦问："像我自己，能带多少士兵？"

韩信说："您能带十万人。"

刘邦说："那你呢？"

韩信回答："像我，越多越好。"刘邦笑道："统率士兵越多越好，那你为什么被我捉住？"

韩信说："您不善于带兵，但善于统领将领，这就是韩信我被您捉住的原因了。而且，您的能力是天生的，不是人们努力所能达到的。"

韩信回答说越多越好让刘邦对他更不放心。没多久，韩信被吕后和萧何谋杀。

安于故俗，溺于旧闻

【释义】拘守于老习惯，局限于旧见闻。形容因循守旧，安于现状。

【典故】《史记·商君列传》中有记载："常人安于故俗，学者溺于所闻。以此两者居官守法可也，非所与论于法之外也。"

【故事】战国时，秦孝公准备任用商鞅进行变法，提高农民与将士的地位，遭到大夫甘龙与杜挚的反对。商鞅据理力争，认为甘龙的话是世俗之言，他们只能安于故俗，溺于所闻，居官守法。推行新法就可以富国强兵，称霸于诸侯。

运筹帷幄，决胜千里

【释义】筹：计谋、谋划；帷幄：古代军中帐幕。拟定作战策略，获取战斗的胜利。

【典故】《史记·高祖本纪》："夫运筹帷幄之中，决胜千里之外，吾不如子房。"

【故事】刘邦打败项羽，当了皇帝，建立了汉朝。他在都城洛阳南宫大摆酒宴，招待文武百官。酒喝得高兴时，他得意地询问大臣，他为什么能够当皇帝。大臣们都纷纷夸奖他大仁大义，智慧超群，等等。刘邦哈哈大笑说，你们说的都不对。其实，运筹帷幄之中，决胜于千里，我不如张良；安抚百姓，我不如萧何；指挥军队打仗，我不如韩信。我的本事就是，让这三位最有本事的人都听我指挥，为我服务，所以我能得天下。

白头如新，倾盖如故

【释义】比喻感情的厚薄是不以时间长短来衡量的。

【典故】《史记·鲁仲连邹阳列传》中有记载："谚曰：'有白头如新，倾盖如故。'何则？知与不知也。"

【故事】邹阳因为受人诬陷，被梁孝王关进监牢，被判处死刑。邹阳在狱中给梁孝王写了一封绝笔信，信中说："俗话说：'有白头如新，倾盖如故。'为什么？关键在于理解和不理解啊！所以，樊於期从秦国逃到燕国，把自己的头交给荆轲来帮助太子丹的事业；王奢离开齐国投奔魏国，亲上城楼自杀来退齐军以保存魏。王奢、樊於期并非对齐国、秦国陌生而对燕国、魏国有久远的关系，他们离开前两个国家，为后两个国君效死，是因为行为与志向相合，他们无限地仰慕义气。因此，苏秦不被天下各国信任，却为燕国守信而亡；白圭为中山国作战连失六城，到了魏国却能为魏攻取中山国。为什么？因为有君臣间的相知啊！苏秦做燕相时，有人向燕王说他坏话，燕王按着剑把发怒，用贵重的马肉给苏秦吃。白圭攻取中山国后很显贵，有人向魏文侯说他坏话，魏文侯赐给白圭夜光璧。为什么？两个君主和两个臣子互相敞开心扉、肝胆相照，岂能被不实之词所改变呢！"

梁孝王读了邹阳的信后，很受感动，立即把他释放，并当贵宾接待。

桃李不言，下自成蹊

【释义】比喻人只要真诚、忠实，就能感动别人。

【典故】《史记·李将军列传》有记载："谚曰：'桃李不言，下自成蹊。'此言虽小，可以谕大也。"

【故事】西汉时，有一位勇猛善战的将军，名叫李广，一生跟匈奴打过七十多次仗，战功卓著，深受官兵和百姓的爱戴。李广虽然身居高位，统领千军万马，而且是保卫国家的功臣，但他一点也不居功自傲。他不仅待人和气，还能和士兵同甘共苦。每次朝廷给他的赏赐，他首先想到的是他的部下，就把那些赏赐统统分给官兵们；行军打仗时，遇到粮食或水供应不上的情况，他自己也同士兵们一样忍饥挨饿；打起仗来，他身先士卒，英勇顽强，只要他一声令下，大家个个奋勇杀敌，不怕牺牲。这是一位多么让人崇敬的大将军啊！

当李广将军去世的噩耗传到军营时，全军将士无不痛哭流涕，连许多与大将军平时并不熟悉的百姓也纷纷悼念他。在人们心目中，李广将军就是他们崇拜的大英雄。

司马迁在为李广立传时称赞道："桃李不言，下自成蹊。"

千羊之皮，不如一狐之腋

【释义】比喻众愚不如一贤。

【典故】《史记·赵世家》中有记载："大夫无罪，吾闻千羊之皮，不如一狐之腋。诸大夫朝，徒闻唯唯，不闻周舍之谔谔，是以忧也。"

【故事】战国时，赵简子的大臣周舍为人正直，喜欢直言不讳。周舍深受赵简子宠爱。周舍死后，赵简子每次上朝不高兴时，大夫们马上请罪。赵简子说："大夫无罪，吾闻千羊之皮，不如一狐之腋。诸大夫朝，徒闻唯唯，不闻周舍之谔谔，是以忧也。"

《汉书》篇

乞骸骨

【释义】古代官吏因年老请求退职。

【典故】东汉·班固《汉书·赵充国传》:"充国乞骸骨,赐安车驷马。"

【故事】西汉时,太子太傅疏广上书皇帝,说年事已高,工作力不从心,希望与侄儿一起退休,好让一把老骨头葬在故乡。皇帝痛快地批准了。他们离京返乡时,公卿大夫们都到城外饯行。他们知足不辱,功成身退,得以保全性命与晚节,被人尊为"贤大夫"。

下马威

【释义】原指官吏初到任时对下属显示的威风,后泛指一开始就向对方显示自己的威力。

【典故】《汉书·叙传》中有记载:"畏其下车作威,吏民竦息。"

【故事】西汉时,豪门贵族少年班伯主动请缨到治安混乱的定襄去做太守。他刚到任时,当地的豪绅把以前犯事的人全都藏匿起来。班伯一上任,就大肆宴请豪绅,与他们交朋友。那些豪绅见此,就渐渐放松了警惕。班

汉朝服饰

伯得知那些犯事人的藏身之处后,立即下令将其捕杀。很快,定襄就实现了安定。

天之骄子

【释义】原指强盛的北方民族胡人,后也指为父母溺爱、放肆不受管束的儿子,也指非常勇敢或有特殊贡献的人。

【典故】《汉书·匈奴传》有记载:"南有大汉;北有强胡。胡者,天之骄子也。"

【故事】西汉时,匈奴常侵扰边郡。汉武帝派兵出击,多次得胜。

公元90年,匈奴骑兵又侵占五原、酒泉,杀掠当地百姓。汉武帝派大将李广利等将领率军反击匈奴。匈奴单于丢弃了粮草、武器,却保存着实力。李广利大败匈奴。

这时,李广利家属犯罪下狱的消息传来,很担忧。谋士献计要他将功折罪。于是,他挥兵北进,浴血沙场。后来,匈奴单于又乘机领兵袭击李广利。他招架不住,便投降了。单于为了笼络住李广利,把女儿嫁给他。一年后,李广利遭到匈奴"丁灵王"卫律忌妒,被害死。

单于致书汉武帝:"南有大汉;北有强胡。胡者,天之骄子也。"

见利忘义

【释义】指看到有利可图就忘掉了道义。

【典故】《汉书·樊郦滕灌傅靳周传》有记载:"夫卖友者,谓见利而忘义也。"

【故事】刘邦死后,吕后专权,对娘家人封王封侯,排斥异己,诛杀功臣。不久,吕后也死了,她在遗诏中指定内侄吕产为相国,吕禄统领京都禁卫军。吕氏家族掌权,激起一批功臣不满,太尉周勃与丞相陈平密议对策。他们巧使妙计,把吕党要人郦寄争取过来,由他去说服吕禄,把兵权还给周勃。

大将军灌婴联合齐王刘襄等,回京师欲诛吕氏家族。郦寄与吕禄是至交,吕禄听了郦寄的话,最终把北军归周勃指挥。朱虚侯刘章控制南军,在未央宫杀死了吕产。其余吕氏大官,也都被周勃派人抓获,一一斩首。

吕氏势力全被消灭后,周勃、陈平等大臣迎立代王刘恒为帝,即汉文帝。在诛吕这场斗争中,郦寄也出了力,所以袭父爵为曲周侯,但舆论说他出卖朋友,见利忘义。

投鼠忌器

【释义】比喻做事有所顾忌,不敢放手进行。

【典故】《汉书·贾谊传》中有记载:"里谚曰:'欲投鼠而忌器。'此善谕也。"

【故事】三国初期,汉献帝与丞相曹操、皇叔刘备一起去打猎。

汉献帝见不远处有只兔子,就叫刘备射,说要看看皇叔的箭法。刘备连忙弯弓射箭,正好命中兔子。汉献帝连夸好箭法。

汉献帝又看见一只大鹿,连射三箭不中,就叫曹操射。曹操拿过汉献帝的金比箭,一箭就射中了鹿。将士们见射中鹿的是金比箭,以为是汉献帝射的,都高呼"万岁"。曹操得意地站到汉献帝前接受欢呼。

关云长实在看不下去,要拍马刀砍曹操,刘备忙暗示他不可轻举妄动。事后,关云长问刘备为什么不让杀曹操。他说:"投鼠忌器,他身边还有皇帝呢!"

犬牙交错

【释义】比喻交界线很曲折,像狗牙那样参差不齐,也比喻情况复杂,双方有多种因素参差交错。

【典故】东汉·班固《汉书·中山靖王传》中有记载:"诸侯王自以骨肉至亲,先帝所以广封连城,犬牙相错者,为盘石宗也。"

【故事】刘邦开国之后,分别封功臣到各地为王。但是,因为那些王侯在地方上拥有强权,甚至有谋反叛变的迹象,刘邦又一一把他们消灭了。

为了巩固汉室,刘邦又大力赐封同族的人。因为同姓诸侯国数量增加,在汉景帝时,爆发以吴王为首的七国之乱。汉景帝派太尉周亚夫征讨,平定了叛乱,但同姓诸侯的存在依旧威胁着汉朝江山。

到汉武帝时,为了巩固中央集权,汉武帝施行"领地削减"政策,削弱王侯们的势力,并想进一步采取行动。这引起了诸侯们的恐慌,有诸侯对汉武帝说:"我们与王室血脉相连,先帝将封地如犬牙般地交错安排,就是为了让我们能共同保护汉室,希望皇上能手下留情。"

汉武帝便改了一下方法,颁布推恩令,将诸侯的领地分封给他们的子弟,这无形中削弱了各诸侯国的势力,也巩固了中央集权。

牛衣对泣

【释义】 比喻夫妻共度贫困之生活。

【典故】 汉·班固《汉书·六赵尹韩张两王传》有记载："初，章为诸生学长安，独与妻居。章疾病，无被，卧牛衣中，与妻诀，涕泣。其妻呵怒之曰：'仲卿！京师尊贵在朝廷人谁逾仲卿者？今疾病困厄，不自激昂，乃反涕泣，何鄙也！'"

【故事】 汉朝书生王章到京城长安读书时，学习成绩十分优秀。因为家里很穷，他只好与妻子躺在盖牛用的蓑衣里御寒。有一天，他生病了，担心自己会死，与妻子在蓑衣里相对哭泣。后来，王章当了官，因看不惯汉成帝舅舅王凤专权，不听妻子的劝告上书而被赐死。

千钧一发

【释义】 比喻一件事情，到了极危险的地步，好像一根头发，系着一千斤重的东西。现在一般人凡是遇到最危险的事情，往往就拿这句话来形容。

【典故】《汉书·枚乘传》有记载："夫以一缕之任，系千钧之重，上悬无极之高，下垂不测之渊，虽甚愚之人，犹知哀其将绝也。"

【故事】 韩愈主张文以载道之说，以复古为革命，用散文代替骈文，影响当时及后代非常大。他反对佛教。唐宪宗派使者要去迎接佛骨入朝时，他上表谏阻，得罪了皇帝，被贬到潮州去当刺史。在潮州，他结识了一个老和尚。老和尚聪明达理，和韩愈很谈得来。韩愈在潮州又没朋友，和这位和尚往来比较密切，因而外间的人都传说韩愈也相信佛教。

韩愈的朋友孟郊原本是尚书，信奉佛教，但也因得罪唐宪宗被贬谪到吉州去。到吉州后，孟郊听人说韩愈信佛教，有点疑惑，特地写了一封信去问韩愈。

接到孟郊的信，韩愈才意识到与和尚往来，引起了别人的误会，回信向孟郊解释。趁此机会，韩愈还对当时在朝的大臣们信奉佛教，不守儒道，一味拿迷信来蛊惑皇帝，大大加以抨击。信中有这样的话："百孔千疮，随乱随失，共危如一发引千钧……"

公而忘私

【释义】 为了公事而不考虑私事，为了集体利益而不考虑个人得失，不去讲究个人恩怨。

【典故】东汉·班固《汉书·贾谊传》有记载:"故化成俗定,则为人臣者主耳忘身,国而忘家,公而忘私,利不苟就,害不苟去,唯义所在。"

【故事】晋平公要找一位有贤能的人担任南阳县县令。他找来大夫祁黄羊,想让他推荐适合人选。出乎意料的是,祁黄羊推举了仇人解狐。

又有一次,晋平公想找一位勇敢善战的人担任军中统帅。祁黄羊大力推荐儿子祁午,一点也不避嫌疑。

不论对方与自己关系好坏,只要是适合人选,祁黄羊都会大力推荐,而他推荐的人也都很称职。后来,孔子听说此时,称赞祁黄羊推荐人才完全以一个人的才德为标准,而不管对方是与自己敌对交恶的人,或是有血缘之亲的儿子,的确称得上公而忘私。

市无二价

【释义】形容社会风气好。

【典故】《汉书·王莽传》有记载:"又奏为市无二价,官无狱讼。"

【故事】西汉末年,王莽得到"安汉公"封号后,毒死了汉平帝,自称假皇帝,立两岁的刘婴为太子。

王莽梦想能当真皇帝,派八个风俗使下去了解民情。那些风俗使回京讨好王莽,说百姓们丰衣足食、盗贼绝迹,真是道不拾遗、夜不闭户,市场买卖公平,市无二价。

王莽以为真是那样,后来便称帝,改汉朝为新朝。不过,王莽不切合实际的改革,很快带来社会危机。没多久,王莽就被推翻。

捕风捉影

【释义】比喻说话做事没有确切的事实根据,或无事生非。

【典故】《汉书·郊祀志下》有记载:"听其言,洋洋满耳,若将可遇;求之,荡荡如系风捕景,终不可得。"

【故事】谷永在汉成帝时担任过光禄大夫、大司农等职。

汉成帝二十岁做皇帝,到四十多岁还没有孩子。他听信方士的话,热衷于祭祀鬼神。许多向汉成帝上书谈论祭祀鬼神或谈论仙道的人,都轻而易举地得到了高官厚禄。汉成帝听信他们的话,在长安郊外的上林苑大搞祭祀,祈求上天赐福,花了很大的费用,但并没有什么效验。

谷永向汉成帝上书说:"我听说对明了天地本性的人,不可能用神怪去迷惑他;懂得世上万物之理的人,不可能受行为不正的人蒙蔽。现在,有些人大谈神仙鬼怪，宣扬祭祀的方法，还说什么世上有仙人，服不死的药，寿高得像南山一样。听他们说的话，满耳都是美好的景象，好像马上就能遇见神仙一样；可是，你要寻找它，却虚无缥缈，好像要缚住风、捉住影子一样不可能得到。所以古代贤明的君王不听这些话，圣人绝对不说这种话。"

汉成帝认为谷永说得很有道理，便不再热衷于祭祀鬼神了。

贪生怕死

【释义】贪恋生存，畏惧死亡。指对敌作战畏缩不前。

【典故】《汉书·文三王传》中有记载："今立自知贼杀中郎曹将，冬月迫促，贪生畏死，即诈僵仆阳（佯）病，徼幸得逾于须臾。"

【故事】西汉末年，梁王刘立不把朝廷放在眼里，任意杀害手下中郎曹将。汉哀帝大怒，派钦差到梁国捉拿刘立。梁王刘立感觉到事态严重，就脱去王冠跪地请罪，说自己贪生怕死并非对抗朝廷，只是等待朝廷每年的新春大赦。

束装盗金

【释义】指无端见疑。

【典故】《汉书·直不疑传》有记载："为郎，事文帝。其同舍有告归，误持其同舍郎金去。已而同舍郎觉，亡意不疑，不疑谢有之，买金偿。后告归者至而归金，亡金郎大惭，以此称为长者。"

【故事】汉朝时，郎官直不疑侍奉汉文帝。他同事请假回家，误把同宿舍另一个的钱带回家了。那个同事怀疑是直不疑拿了。直不疑知道不能分辩，就拿自己的钱给丢了钱的人。后来，误拿钱的人回来了，把钱还给丢钱的人。丢钱的人感到十分惭愧。

不学无术

【释义】没有学问，没有本领。

【典故】东汉·班固《汉书·霍光传》中有记载："然光不学亡术，暗于大理。"

【故事】大将军霍光是朝廷举足轻重的大臣，深得汉武帝信任。汉武帝临死前，把幼子刘弗陵托付给霍光辅佐。刘弗陵去世后，霍光立刘询做皇帝。霍光掌握朝政大权四十多年，为汉朝立下了不小功勋。

刘询继承皇位后，立许妃做皇后。霍光妻子霍显贪图富贵，想把小女儿成君嫁给刘询做皇后，就乘许娘娘有病的机会，买通女医下毒害死了许皇后。毒计败露,女医下狱。

此事,霍光事先一点也不知道。等事情出来了,霍显才告诉他。霍光非常惊惧,指责妻子不该办这种事。他也想去告发,但又不忍心妻子被治罪,前思后想,还是把这件伤天害理的事情隐瞒下来。

霍光死后,有人向汉宣帝告发此事。汉宣帝派人去调查。霍光妻子听说了,与家人、亲信商量对策,决定召集族人策划谋反,不想走漏了风声。汉宣帝派兵将霍家包围,满门抄斩。

东汉史学家班固在《汉书·霍光传》中评论霍光的功过。说他"不学无术,暗于大理",意思是:霍光不读书,没学识,因而不明关乎大局的道理。

雄才大略

【释义】杰出的才能和伟大的谋略。

【典故】东汉·班固《汉书·武帝纪赞》有记载:"如武帝之雄才大略,不改文景之恭俭以济斯民,虽《诗》《尚书》所称何有加焉!"

【故事】经过文景之治,汉朝农业得到了空前发展,国家安定团结。汉武帝即位后,罢黜百家之言,独尊儒家文化。他广泛收罗人才,兴大学,抗击匈奴,好大喜功,不关心人们疾苦。班固在《汉书》中评价:"如武帝之雄才大略,不改文景之恭俭以济斯民。"

水滴石穿

【释义】原比喻小错不改,将会变成大错。现比喻只要坚持不懈,总能办成事情。

【典故】《汉书·枚乘传》中有记

汉武帝时中外文化交流

载：''泰山之霤穿石，单极之绠断干。水非石之钻，索非木之锯，渐靡使之然也。''

【故事】宋朝时，张乖崖在崇阳当县令。当时，常常发生军卒侮辱将帅、小吏侵犯长官的事。张乖崖认为，以下犯上反常，必须下决心整治。

有一天，张乖崖在衙门周围巡行时，发现一个小吏从府库中慌慌张张地走出来。张乖崖喝住小吏，发现他头巾下藏着从府库中偷来的一文钱。张乖崖把那个小吏带回大堂，下令拷打。那小吏不服气：''一文钱算得了什么！你也只能打我，不能杀我！''张乖崖大怒，说：''一日一钱，千日千钱，绳锯木断，水滴石穿。''为了惩罚这种行为，张乖崖当堂斩了这个小吏。

家喻户晓

【释义】形容人人皆知。

【典故】《汉书·刘辅传》有记载：''天下不可户晓。''

【故事】有个女子叫梁姑。有一天，她家的房屋不慎失火。她哥哥的一个孩子和她自己的两个孩子，都在屋里。她冒火冲进屋去，想先抢救她哥哥的小孩，可是抢出一看，却发现是自己的一个孩子。

这时，火势已猛，没法再进去了。她急得双脚直跳，捶胸大哭道：''这怎么得了呀！我要背上自私的恶名了！我姓梁的岂能'户告人晓'，让人骂呢？我还有什么脸面见人啊！''说着，她不顾一切，投身火海，最终被火烧死。

后来，''户告人晓''逐渐演变成''家喻户晓''。

先发制人

【释义】原指战争中双方，先发动的处于主动地位，可以控制对方，也泛指争取主动，指先下手为强。

【典故】《汉书·项籍传》有记载：''先发制人，后发制于人。''

【故事】秦朝末，各地纷纷爆发起义。看到陈胜、吴广率领的起义军声势浩大，会稽郡守殷通也想趁机推翻秦朝。他请来当时避难江东的项梁和项羽叔侄两人共商大事。

项梁和项羽在当地广结了许多知名人士和有才智的人。他们本身也熟悉兵法，深受当地百姓敬仰。项梁对殷通说：''各地纷纷起义，现在正是消灭秦国的最好机会，当然先发动起义的人就可以得到先机，我们应该早点起义才是。"

项梁看出殷通性格胆怯,难成大事,就叫项羽把他杀死,并收服他的部下。此外,项梁又不断征集人马,壮大军队,并且打出灭秦的旗号。

以身试法

【释义】表示明知法律禁止,还亲身去做犯法的事。

【典故】《汉书·王尊传》有记载:"太守以今日至府,愿诸君卿勉力正身以率下……明慎所职,毋以身试法。"

【故事】王尊从小死去父亲,由伯父抚养长大。他爱读书,放牧时总抓紧时间阅读。在阅读中,他渐渐地对书中提到秉公执法的官吏崇敬起来,希望自己将来也成为这样的人物。于是,他央求伯父备礼托人找狱长说情,成为狱长身旁听差使唤的小官吏。

王尊当了几年差,经常接触到刑狱方面的事务,长进很快。一次,他随狱长去太守府办事,被太守看中,便把他留在府中做文书。又过了几年,王尊辞去职务,攻读儒家经典,之后再被任用。由于执法严正,逐步提升,王尊当上了县令,后来又升为安定郡太守。

当时,安定郡官场非常混乱,一些官员利用权势作威作福,鱼肉百姓。一到那里,王尊整顿吏治,晓示属县所有官吏忠于职守,以身作则,为下属做出榜样。法律无情,不要用自己的身体去试法。

郡里有个属官心狠手辣,搜刮大量民脂民膏,民愤极大,告示贴出后不见改悔,于是王尊把他捉拿归案。这贪官入狱后,没几天就一病身亡。接着,王尊又惩办了一批罪行严重而又没有悔改的豪强。安定郡很快太平起来。

一丘之貉

【释义】比喻彼此同是丑类,没有什么差别。

【典故】汉·班固《汉书·杨恽传》中有记载:"若秦时但任小臣,诛杀忠良,竟以灭亡,令亲任大臣,即至今耳,古与今如一丘之貉。"

【故事】汉朝时,有个人叫杨恽。他父亲是汉昭帝时的丞相杨敞,母亲是史学家司马迁的女儿。杨恽自幼便受到良好教育,未成年时就成为名人。汉宣帝时,大将霍光家人谋反,杨恽最先向汉宣帝报告。

事后,杨恽被封平通侯。当时,朝廷中贿赂之风盛行,有钱的人可用钱行贿,经常在外玩乐;无钱行贿的人,一年中也没有一天休息。杨恽做中山郎后，革除了全部弊病，满朝官员都称赞他廉洁。

因少年得志，又有功劳，杨恽骄傲自满起来。他与汉宣帝最得信任的旧友太仆长荣发生意见分歧。杨恽便说："遇到一个这样不好的君王，他的大臣给他拟好治国的策略而不用，使自己白白送了命，就像我国秦朝时的君王一样，专门信任小人，杀害忠贞的大臣，结果国亡了。如果当年秦朝不如此，可能到现在国家还存在。从古到今的君王都是信任小人的，真像同一山丘出产的貉一样，毫无差别呀！"就这样，杨恽被免职了。

汗流浃背

【释义】形容满身大汗。也形容极度惶恐或惭愧过度。

【典故】《汉书·杨敞传》中有记载："敞惊惧，不知所言。汗流浃背徒唯唯而已。"

【故事】汉大将军霍光是汉武帝的托孤重臣，辅佐汉昭帝执政，权势很大。霍光身边有个叫杨敞的人，行事谨小慎微，颇受霍光赏识，升至丞相职位，封为安平侯。

杨敞为人懦弱无能，胆小怕事，根本担任不了丞相。公元前74年，年仅二十一岁的汉昭帝死去。霍光与众臣商议，选了汉武帝的孙子昌邑王刘贺做继承人。谁知刘贺继位后，经常宴饮歌舞，寻欢作乐。

霍光忧心忡忡，与车骑将军张安世、大司马田延年秘密商议，打算废掉刘贺，另立贤君。计议商定后，霍光派田延年告诉杨敞，以便共同行事。杨敞一听，顿时吓得汗流浃背，惊恐万分，只是含含糊糊，不置可否。

杨敞妻子颇有胆识，见丈夫犹豫不决，劝他："国家大事，岂能犹豫不决。大将军已有成议，你也应当速战速决，否则必然太难临头。"杨敞还是拿不定主意。他妻子索性直接告知田延年，她丈夫愿意听从大将军的吩咐。

田延年回报霍光，霍光十分满意，马上安排杨敞领众臣上表，奏请皇太后。第二天，杨敞与群臣晋见皇太后，陈述昌邑王不堪继承王位的原因。皇太后立即下诏废去刘贺，另立汉武帝曾孙刘询为皇帝，史称汉宣帝。

按图索骥

【释义】比喻做事拘泥教条，墨守成规，现在指顺着线索去寻找。

【典故】东汉·班固《汉书·梅福传》有记载："今不循伯者之道，乃欲以三代选举之法取当时之士，犹察伯乐之图，求骐骥于市，而不可得，亦已明矣。"

【故事】孙阳是春秋时著名的相马专家。他一眼就能看出一匹马的好坏。因为传说伯乐是负责管理天上马匹的神，人们便把孙阳叫作伯乐。

伯乐的儿子智质很差。他看了伯乐写的《相马经》，也想出去找千里马。他见《相马经》上说："千里马的主要特征是，高脑门，大眼睛，蹄子像摞起来的酒曲块。"他拿着书，往外走去，想试试眼力。

走了不远，他看到一只大癞蛤蟆，忙捉回去告诉父亲："我找到了匹好马，和你那本《相马经》上说得差不多，只是蹄子不像摞起来的酒曲块！"

奋不顾身

【释义】奋勇向前，不顾个人安危。

【典故】《汉书·司马迁传》有记载："然仆观其为人自奇士，事亲孝，与士信，临财廉，取予义，分别有让，恭俭下人，常思奋不顾身，以徇国家之急。"

【故事】李陵被汉武帝任命为骑都尉，率军抵御匈奴入侵。他擅长骑射，又懂得兵法，很得朝廷信任。

在和匈奴战斗中，由于寡不敌众，李陵投降了匈奴。听说李陵投降，汉武帝很生气，认为李陵辱没了自己对他的信任，朝中大臣也都纷纷指责李陵没有骨气。太史令司马迁不这样认为，说："我和李陵一向没什么交情，但我见他为人很讲义气，孝顺父母，友爱兵士。他常常想奋不顾身地解救国家的灾难，所以，我认为李陵这次在领兵不到五千的情况下，与数万名敌兵对阵，最后由于伤亡惨重，弹尽粮绝，归路被切断，才被迫投降，是情有可原的。而且我还认为，他这次投降，并非贪生，而是想等待以后有利的时机再来报答国家。"

司马迁说得在情在理，但汉武帝却认为他是替李陵辩护，将他关进了监狱，施行腐刑。

以后，汉武帝还杀了李陵全家。李陵在匈奴娶妻成家，至死不回故土，未能实现他奋不顾身、为国捐躯的愿望。

大逆不道

【释义】多指封建专制者对起来造反的人所加的罪名，意为罪大恶极。

【典故】《汉书·高帝纪》中有记

载:"汉王数羽曰:'夫为人臣为杀其主,杀其已降,为政不平,主约不信,天下所不容,大逆无道,罪十也。'"

【故事】秦朝灭亡以后,刘邦和项羽展开了长达五年的楚汉战争。

有一天项羽在阵前向刘邦喊话,要与他决一雌雄。刘邦回答说:"我开始与你都受命于楚怀王,约定先定关中的为王。但是,我先定关中后你却负约,让我到巴蜀去当汉王。这是你第一条罪状。你在去救援赵军途中,杀死上将军宋义,自称上将军,这是你第二条罪状。你违抗怀王命令,擅自劫持各诸侯的兵马人员,这是你的第三条罪状……"

接着,刘邦又揭露项羽烧毁秦宫,掘开秦皇坟墓,搜刮财物,杀死投降的秦王子婴,活埋二十万秦国百姓,杀害义帝等罪状。

在讲到第十条罪状时,刘邦说:"你作为臣子而杀死君王,又杀害已经投降的人,为政不平,对订立的约定不讲信义,为天下所不容,属于重大的叛逆。你犯下如此十条大罪,我兴仁义之兵来讨你这个逆贼,你还有什么面目向我挑战!"

项羽听了刘邦的话,气得浑身发抖,命令弓箭手向刘邦放箭。结果,一箭射中刘邦前胸,汉军只好退兵。

不屈不挠

【释义】形容在恶势力和困难面前不屈服,不低头。

【典故】《汉书·叙传下》有记载:"乐昌笃实,不能不离。遭闲既多,是用废黜。"

【故事】王商为人耿直,作风正派,继承父爵乐吕侯,当上汉成帝的丞相。

汉成帝三年秋,长安城谣传要发大水,长安城将会被水吞没。长安老百姓惊慌起来,扶老携幼,争相逃命。

消息传到宫中,汉成帝立即召集文武百官议事,商量对策。大将军王凤惊慌失措,劝汉成帝、皇太后赶快躲到船上去准备撤离。大臣们也纷纷附和。丞相王商坚决反对,认为大水不可能突发,一定是谣传,皇帝和皇太后不能轻易撤离,否则会导致人心更加慌乱。

汉成帝采纳了王商的意见。很快,谣言不攻自破,城里的秩序也慢慢恢复。汉成帝对王商能力排众议很赞赏。王凤却认为是王商使他下不了台,对他心怀不满。

王凤亲戚杨肜出任琅琊太守,没将琅琊治理好。王商要治杨肜的罪。

为此，王凤亲自跑到王商面前，替杨肜说情，为他开脱。王商坚持原则，免去了杨肜的官职。王凤更加怀恨在心，千方百计想要打击报复他。于是，他勾结同伙，诬陷王商。

汉成帝最后听信了王凤的谗言，罢免了王商的丞相职务。

不合时宜

【释义】不符合时势的需要，与世情不相投合。

【典故】《汉书·哀帝纪》有记载："待诏夏贺良等建言改元易号，增益漏刻，可以永安国家。朕听过贺良等言，冀为海内获福，卒亡嘉应。晋违经背古，不合时宜。"

【故事】刘欣是汉成帝养子，二十岁即位做皇帝，即汉哀帝。哀帝经常生病。黄门待诏夏贺良上奏说："汉朝的历法已经衰落，应当重新接受天命。先皇（汉成帝）当时没有顺应天命，所以没有亲生儿子。现在，皇上您生病的时间已很长了，天下又多次发生各种变异，这些都是上天的警告。皇上只有马上改变年号，才可以延年益寿，生养皇子，平息灾祸。如果明白了这个道理而不照着做，各种灾祸都会发生，人民就要遭受灾难。"

汉哀帝听了夏贺良的这番话，也盼自己身体健康，就下诏改元了。但此后，汉哀帝照样生病。夏贺良等人想趁机干预朝政，遭到朝中大臣们反对。

汉哀帝也因夏贺良的话没有应验，派人对他做了调查。得知他就是骗子，汉哀帝立即下诏说："黄门待诏夏贺良等建议改变年号和帝号，说增加漏的刻度可以使国家永远安宁，我误听了他们的话，希望给天下带来安宁，但是并没有应验。夏贺良等所说的所做的，都是违经背古，不合时宜。六月甲子日的诏书，除了大赦一项之外，全部废除。"

不仅如此，夏贺良等人因妖言惑众，被处以死刑。

民以食为天

【释义】人民以粮食为自己生活所系。指民食的重要。

【典故】东汉·班固《汉书·郦食其传》："王者以民为天，而民以食为天。"

【故事】秦朝末年，刘邦和项羽为争霸天下，在敖山附近的荥阳、成皋一带，展开一场旷日持久的战争。刘邦的谋士郦食其深知粮食的重要性，建议刘邦抢占敖仓，这就可以获得充足的军粮，可以打持久战。刘邦采用了他的计谋，派兵占领了敖仓。由于楚强汉弱，刘邦被打败，损失严重，退至鸿沟附近的汉王城，闭关固守。项羽加紧了对刘邦的进攻，刘邦想放弃敖仓，撤离汉王城。郦食其得知这一消息，非常吃惊，赶紧对刘邦说："臣闻知天之天者，王事可成；不知天之天者，王事不可成。王者以民人为天，而民人以食为天。夫敖仓，天下转输久矣，臣闻其下乃有藏粟甚多。楚人拔荥阳，不坚守敖仓，乃引而东，令适卒分守成皋，此乃天所以资汉也。"他的意思是说，帝王成就大业，要靠人民，而人民则要依靠粮食生存。刘邦认为这话很有道理，就坚守敖仓，保证了粮食供应，最后夺取了胜利。

百闻不如一见

【释义】表示听得再多也不如亲见可靠。

【典故】《汉书·赵充国传》中有记载："充国曰：'百闻不如一见。兵难渝度，臣愿驰至金城，图上方略。'"

【故事】汉武帝后期，羌族经常向内地侵扰，攻城掠地。汉武帝多次派兵西征，但都被打败。汉宣帝期间，汉朝也多次派兵前往作战，也没有取得胜利。面对羌患，汉宣帝意欲起用赵充国这位功勋卓著的老将带兵平叛，但这时赵充国已七十多岁。汉宣帝就派遣御史大夫丙吉去向他征求意见。赵充国爽快地应承了。汉宣帝又派人去问："请将军估计一下西羌的情况，他们的实力如何，该派去多少人马？"赵充国答："百闻不如一见。兵难隃度，臣愿驰至金城，图上方略。"后来，他经过实地调查研究，制定了周密的方案，然后发动战争，最终大获全胜。

《后汉书》篇

烂羊头

【释义】 比喻滥授官爵,商人厨师皆得为官。

【典故】《后汉书·刘玄传》:"灶下养,中郎将。烂羊胃,骑都尉。烂羊头,关内侯。"

【故事】 汉朝后期,朝廷政治腐败,外戚与宦官竞相结党营私,争权夺利。他们都对外滥授官职,将那些小商人、厨子等封官晋爵,拉到己方阵营中。

这些人穿上官服,衣冠楚楚,但滥竽充数,为非作歹,金玉其外,败絮其中。老百姓怨声载道,编歌谣讽刺:"灶上养,中郎将。烂羊胃,骑都尉。烂羊头,关内侯。"

汉代牛耕图

想当然

【释义】 凭主观推断,认为事情大概是或应该是这样。

【典故】《后汉书·孔融传》有记载:"以今度之,想当然耳。"

【故事】 公元203年,曹操同儿子曹丕率军攻占袁绍的邺城。十八岁的曹丕见袁尚二十三岁的妻子甄夫人十分漂亮,就强占为夫人。孔融知道此事，就写信给曹操，运用当年周武王把商纣王的宠妃妲己赏给周公的典故。曹操不知道曹丕纳甄夫人为已有的事，问孔融为何突然如此说。孔融回答说，他是想当然。

佼佼者

【释义】美好、突出的人物。

【典故】《后汉书·刘盆子传》有记载："卿所谓铁中铮铮，佣中佼佼者。"

【故事】刘秀的实力在各路反王莽大军中脱颖而出，深得人心。而赤眉军组合的朝廷却越来越不得人心。赤眉军首领樊崇得知刘秀不杀降将，就率领傀儡皇帝刘盆子及丞相徐宣等三十多万人前来投降。刘秀宽待他们，赏给他们饭菜吃，问他们是否真心投降。徐宣等表示真心归顺。刘秀称赞他们是铁中之钢、人中佼佼者。

辽东豕

【释义】比喻知识浅薄，少见多怪。

【典故】《后汉书·朱浮传》有记载："往时辽东有豕，生子白头，异而献之，行至河东，见群豕皆白，怀惭而还。若以子之功论于朝廷，则为辽东豕也。"

【故事】彭宠随刘秀南征北战，自认为功勋卓著，但没得到重用，于是心有怨气，不服上司朱浮调遣，想起兵反叛。

朱浮写信给他讲了一个故事："辽河有个农夫，养了一头白猪，以为是奇迹，沾沾自喜，想进献给皇帝请赏。等他走到辽河东边后，发现那里的猪都是白的，猛然省悟，自觉惭愧，灰溜溜地打道回府。你自以为是，但你的功劳比起其他大臣来，跟辽东白猪一样没什么稀奇的。"

重蹈覆辙

【释义】比喻不吸取教训，重犯以前的错误。

【典故】《后汉书·窦武传》有记载："今不虑前事之失，复循覆车之轨。"

【故事】东汉时，汉桓帝宠信宦官。宦官互相勾结，垄断朝政，陷害忠良。李膺和杜密等忠良大臣纠集太学生郭泰等人准备铲除宦官。公元166年，宦官们在汉桓帝面前诬告李膺等人造反。汉桓帝听信谗言，下令把李膺等忠良大臣关进大牢，人数多达几百人。

当时，窦武女儿是皇后。窦武受封为侯爵。他为人正直，从不仗势欺人。看到宦官胡作非为，窦武十分愤慨，上书给汉桓帝："如果再让宦官这样胡作非为下去，将会像秦朝二世一样，因为给宠臣太多的权力，导致宠臣造反作乱，最终失去江山，陛下可要吸取教训，千万别重蹈覆辙呀！"

汉桓帝经过窦武提醒，意识到错误，就放了李膺等人。

不识时务

【释义】指不认识当前重要的事态和时代的潮流，也指待人接物不知趣。

【典故】《后汉书·张霸传》有记载："邓骘当朝贵盛，闻霸名行，欲与结交，霸逡巡不答。众人笑其不识时务。"

【故事】汉献帝时，政权完全操控在大臣手中。汉朝已经面临危机，皇室后裔刘备想找机会挽救汉朝危机，但他始终找不到好的根据地。

有一天，刘备特地去拜访才学出众的隐士司马徽。司马徽被他的诚心感动，问明了情况后，对刘备说："您之所以没有很好的机会，是因为您没有好的人才帮助您。"

刘备说："帮助我的人都很有才华，糜竺和简雍两人能文，张飞和关羽能武。他们都是很优秀的人才呀！"

司马徽笑着说："他们确实很有潜力，可惜都是没有经验的年轻人，不知道时事，更不明白该如何来适应时代的潮流，而您要找的应该是懂得人情事理，能够通权达变的人，来帮助您，才能完成统一大业。"

入室操戈

【释义】指拿着对方的观点来批驳对方。也比喻求学已达到超过老师的程度。

【典故】《后汉书·郑玄传》："时任城何休好《公羊》学，遂著《公羊墨守》《左氏膏肓》《谷梁废疾》。玄乃发《墨守》，针《膏肓》，起《废疾》。休见而叹曰：'康成入吾室，操吾戈以伐我乎！'"

【故事】东汉时，郑玄在家里勤奋地研究学问。何休和他一起研究经学，也是他的好朋友。何休写了《公羊墨守》《左氏膏肓》和《谷梁废疾》。郑玄读完后，不同意他的见解，就写《发墨守》《针膏肓》《起般疾》来反驳何休。

何休读完后，发现郑玄是利用自己文章里的观点来反驳自己，而且很有道理,不得不感慨地说:"你这样不是进我的屋子,又拿我的武器向我进攻吗?"

权宜之计

【释义】指为了应付某种情况而暂时采取的变通办法。

【典故】《后汉书·王允传》有记载:"及在际会,每乏温润之色,杖正持重,不循权宜之计,是以群下不甚附之。"

【故事】东汉末年,军阀董卓率军进入洛阳,废掉汉少帝,另立九岁的汉献帝,窃居相位,权势显赫一时。董卓部将吕布精通武艺。他们专横跋扈,任意杀戮朝臣和百姓,弄得民怨沸腾。

司徒王允见董卓祸害日深,曾几次秘密召集几个大臣商议,决定用计策动吕布来杀董卓。他们最终让吕布中了美人计。

公元192年4月,汉献帝久病初愈,在未央殿大会群臣。董卓命令吕布等带领卫队护卫。这时,王允设下的伏兵,突然朝董卓冲杀过去,董卓从马车上摔下来,大声疾呼:"吕布在哪里?"吕布怒喝一声:"皇上下令诛杀你这个逆贼!"喊声刚落,吕布一戟将董卓刺死了。

董卓被杀死后,王允认为大患已除,天下太平,做事就不循权宜之计,导致好多部下对他逐渐疏远。不久,董卓的部将郭汜、李傕率军攻入长安,

三英战吕布

杀死王允，赶走吕布。后来，郭汜、李傕又争权夺利，互相火并起来，关中出现军阀混战局面。

乘人之危

【释义】形容趁别人危难之时去要挟或打击。

【典故】《后汉书·盖勋传》有记载："谋事杀良，非忠也；乘人之危，非仁也。"

【故事】东汉时，盖勋因为人正直，很有才干，被举为孝廉，当上了郡长史。盖勋所在郡属凉州刺史梁鹄管辖，而梁鹄又是盖勋的朋友。

武威太守横行霸道，干尽了坏事，老百姓对他恨之入骨，却敢怒不敢言。武威郡属凉州管辖，凉州刺史梁鹄的属官苏正和却不畏强霸，敢于碰硬，依法查办了武威太守。梁鹄怕追查武威太守的罪行会涉及高层权贵，连罪自己，焦虑不安。他想杀苏正和灭口，就去找好友盖勋商量。

盖勋与苏正和是冤家。有人向他透露刺史将要和他商量如何处置苏正和，并且建议他乘此机会，劝刺史杀苏正和，来个公报私仇。盖勋听了断然拒绝说："为个人的私事杀害良臣，是不忠的表现；趁别人危难时去害人家，是不仁的行为。"

梁鹄来与盖勋商议处置苏正和的事时，盖勋打比方规劝梁鹄："喂养鹰鸢，要使它凶猛，这样才能为您捕获猎物。如今它已经很凶猛了，您却想把它杀掉。既然如此养它又有什么用呢？"

置之度外

【释义】不去考虑，指不把个人的生死利害等放在心上。

【典故】《后汉书·隗嚣传》中有记载："帝积苦兵间，以嚣子内侍，公孙述远据边陲，乃谓诸将曰：'且当置此两子于度外耳。'"

【故事】刘秀起兵打败王莽的新朝，又镇压和收编了河北、山东一带的起义军，在洛阳建立东汉王朝，自己做了皇帝。

在东汉建立之初，国内尚未统一，许多地方势力占据某些州郡和东汉抗争。有的虽然表示臣服东汉，实际上都仍旧保留地盘。而部分比较强大的农民军也相当活跃。刘秀花了五年多时间，才基本统一，只剩甘肃的隗嚣和四川的公孙述两大军阀。隗嚣表面上已向刘秀称臣，并把儿子送到洛阳任官，表示归顺。公孙述自称蜀王，拥兵数十万，盘踞四川山区。因交通困难，刘秀暂不想征伐他们，而是把连续苦战多年的军队好好整顿和休养一下再说。当时，刘秀曾对将领们说："且当置此两子于度外耳！"后来，刘秀发兵，先消灭了隗嚣，接着又消灭了公孙述。

噤若寒蝉

【释义】 形容不敢作声。

【典故】《后汉书·杜密传》有记载："刘胜位为大夫，见礼上宾，而知善不荐，闻恶无言，隐情惜己，自同寒蝉，此罪人也。"

【故事】 东汉时，有个人叫杜密，为人稳重质朴，少年时就显示出了特有才华。后来，杜密被司徒胡广所赏识，出任代郡太守。杜密为官清正，执法严明，且善于知人善任。

杜密卸职回家后，对政事依然十分关心，经常向太守举荐人才，批评和揭发坏人坏事。当时，杜密老乡中有个叫刘胜的，也告老还乡在家。刘胜为人和杜密正相反，他明哲保身，不问政事，任何事一概不管。

有一次，太守王昱对杜密称赞刘胜是清高之士。杜密知道名为称赞刘胜，实则批评自己好管闲事，便说："刘胜地位很高，受到上宾礼遇。但他知道好人不推荐，听到坏事不作声，就像冷天的蝉一样，哑口无言。他只求自己平安无事，但对国家不负责任。这样的人其实是罪人，有什么可称赞的！"

接着，杜密又说："我发现贤人就向你推荐，对违法的坏人敢向你揭发，使你能赏罚分明，不也是为国家尽了一点力吗！"

王昱听了这番话，很敬佩，更加厚待杜密。

得不酬失

【释义】 所得的利益抵偿不了所受的损失。

【典故】《后汉书·西羌传论》有记载："军书未奏其利害，而离叛之衅已言矣。故得不酬失，功不半劳。"

【故事】 三国时，东吴孙权占据江东六郡。他想扩大势力范围，召集群臣商议攻打夷州和琼崖的事宜。大臣们均赞同出兵，只有右都护陆逊不赞同。他认为，当前应该休养生息增强实力。孙权没采纳他的意见，出兵夷州和琼崖，但整体上得不偿失。

作舍道边

【释义】 比喻众说纷纭，莫衷一

是，做事难成。

【典故】《后汉书·曹褒传》有记载："谚言作舍道边，三年不成。"

【故事】曹褒是鲁国薛县人。他父亲专门研究过周朝的礼仪制度，曹褒十几岁就跟着父亲研究礼仪。他仰慕叔孙通为汉高祖制定礼仪的功业，不分昼夜地刻苦学习。

汉章帝认为朝廷的礼仪制度很不完备，应重新制定，加以完善，就命令百官详加研讨。

曹褒当时在朝中任博士。他上书章帝，陈述意见。汉章帝很欣赏曹褒的见解，提升他为侍中，在皇帝身边充当顾问。

有一次，汉章帝向玄武司班固询问改制礼仪的事宜。班固说："京城读书人很多，他们对礼仪都有些研究，不妨多找些人议一议。"

汉章帝说："民谚道：'作舍道边，三年不成。'人多嘴杂，意见不一，什么事都办不成。当年尧帝制定规章让夔一个人就办了。"

汉章帝得知曹褒对历朝礼仪很有研究，即下诏命曹褒负责主持这项工作。曹褒撰写从皇帝到百姓关于婚丧嫁娶的一系列文章，计一百五十篇，其中多半参照前代制度。成书后，百官议论纷纷，汉章帝下令，停止讨论。

五里雾中

【释义】原指修道，现形容迷离恍惚、不知所从的状态。比喻模糊恍惚、不明真相的境界。

【典故】《后汉书·张楷传》："性好道术，能作五里雾。"

【故事】张楷是东汉人，对道学很有研究。他的门徒常常上百人。每天造访他的人车马盈门，填塞街巷。有人在他家附近开办旅舍饭馆赚钱。张楷只好搬家。

张楷很穷，以摆摊卖药维持生计。永和年间，张楷被推荐出任长陵县令，他不去就任，而是搬到华山峪隐居。一时间，到华山峪求道者很多，致使华山峪成为集市。人们索性把华山峪叫成公超谷。

张楷能在五里范围内弥漫云雾，人们把学道叫"学雾"。元和三年，皇帝召他，他又推脱了。张楷活了七十岁。

釜中游鱼

【释义】比喻处在绝境中的人，也比喻即将灭亡的事物。

【典故】南朝·宋·范晔《后汉书·张纲传》："若鱼游釜中，喘息须吏间耳。"

【故事】张纲是东汉人，为人刚直不阿。当时，大将军梁冀贪赃枉法、残害忠良。因为他妹妹是皇太后，他的亲信遍布朝廷，没有人敢得罪他。

有一次，朝廷任命张纲和另外七人为监察史，外去巡查。张纲说："豺狼当道，为什么要去查问狐狸呢？"他上书皇上直言，揭露梁冀十五条罪状。满朝百官为之震惊，但梁冀的势力太大，皇帝也奈何不得。从此，梁冀对张纲恨之入骨。

不久，广陵张婴率众起义，杀了刺史，朝廷也没办法。梁冀借刀杀人，派张纲去广陵当太守。张纲也不害怕，只带着十几名随从就上任了。

上任后，张纲亲自去劝说张婴，向他表示皇恩浩荡，也表示要惩办贪官污吏。张婴被张纲的诚意说服，哭泣着说："我们只是因为生活所迫才相聚起事的，就好像在锅里游的鱼儿，很快就会死亡，我们愿意归顺朝廷。"

朝廷接受了他们投降。从此，广陵太平无事。

马革裹尸

【释义】形容英勇杀敌，不怕死在疆场上。

【典故】《后汉书·马援传》有记载："援曰：'方今匈奴、乌桓尚扰北边，欲自请击之。男儿当死于边野，以马革裹尸还葬耳，何能卧床上在儿女手中耶！'"

【故事】汉光武帝时，马援奔赴沙场，率军抵御外族侵略。他抗匈奴，讨伐交趾，屡建战功。汉光武帝封他为伏波将军。

不久，威武将军刘尚在贵州阵亡。消息传来，汉光武帝十分担忧贵州的战局。此时，马援年过花甲，但自愿请求出征。他说："好男儿为国远征，以马革裹尸还葬！"

马援出兵贵州后，勇挫敌兵，但后来不幸病死在战场。

投笔从戎

【释义】指文人从军。

【典故】《后汉书·班超传》有记载："大丈夫无他志，犹当效傅介子、张骞立功异域，以取封侯，安能久事间乎？"

【故事】班超是班彪的小儿子，很有口才，为人很有志向，不拘小节，广泛阅览了许多书籍。

班超哥哥班固受朝廷征召前往担任校书郎时，他便和母亲一起随从哥

《后汉书》篇

张骞出使西域

哥来到洛阳。因为家中贫寒,他常常受官府所雇以抄书来谋生糊口,天长日久,非常辛苦。他曾经停止工作,将笔扔置一旁叹息道:"身为大丈夫,虽没有什么突出的计谋才略,总应该效仿傅介子和张骞出使外国立功,以封侯晋爵,怎么能够老是干抄抄写写的事情呢?"同事们听了这话都笑他。班超说:"凡夫俗子又怎能理解志士仁人的襟怀呢?"

后来,班超得到大将军窦固推荐,奉命出使西域。班超到鄯善后,鄯善王广礼节非常周全地招待他,后来就变得马虎怠慢起来。

班超对从属官员说:"难道没有觉察出王广对待我们疏远了吗?这一定是有匈奴使者来了,他犹豫不决,不知何去何从。聪明人在事情还没有发生前就能觉察出来,何况现在形势已经很明朗了。"于是,他把西域侍者找来,诈他说:"匈奴使者已经来了好几天,他们现在在哪里?"西域侍者惊恐万状,把具体情况全部交代了。

随后,班超率领下属在深夜巧妙袭击了匈奴人的营地,杀死了匈奴使者和部下一百三十多人。随后,班超召见鄯善王广,把匈奴使者的头颅拿给他看,鄯善全国上下震惊惧怕。

差强人意

【释义】表示大体上还能使人满意。

【典故】《后汉书·吴汉传》有记载:"帝时遣人观大司马何为,还言方修战攻之具,乃叹曰:'吴公差强人意,隐若一敌国矣。'"

【故事】吴汉是刘秀部下,平常不太喜欢说话,个性也是直来直往。刚开始,刘秀没很注意他,后来听人常常称赞吴汉,才开始注意他,并封他做大将军。此后,吴汉帮刘秀打了许多次胜仗,立下不少功劳。

吴汉勇敢,对刘秀十分忠心。每次出外作战,他总是紧跟刘秀,只要刘秀没睡,他就恭敬地站在一旁,不肯先睡。偶尔败了,每个人都提不起精神,吴汉总是鼓励大家不要悲观,应该振作起来,准备继续作战。

有一次,刘秀打败了,心情不是很好,其他将军也失去了斗志。可是,吴汉却带领士兵一起整理武器,审阅兵马。刘秀知道这些后,再看看眼前那些垂头丧气的将军们,感叹说:"总算还有吴将军叫人满意。"

专横跋扈

【释义】专断蛮横,任意妄为,蛮不讲理。

【典故】《后汉书·梁冀传》有记载:"帝少而聪慧,知冀骄横,尝朝群臣,目冀曰:'此跋扈将军也。'"

【故事】东汉时,大将军梁冀狂妄自大,不讲道理。梁冀是皇后的哥哥,属于内戚,无人敢惹。汉顺帝永和元年,梁冀被任命为河南尹。在任期内,他做尽了坏事,名声十分不好。梁冀父亲梁商是大将军。他有个好朋友叫吕放,任洛阳令。吕放进京时把梁冀的所作所为告诉梁商。于是,梁冀怀恨在心,派人杀了吕放。他又担心走漏消息,就把吕放宗族全部杀死。

梁商死后,梁冀继任大将军,掌握兵权。梁冀外甥汉冲帝即位时只有两岁,朝政由他母亲代为主持。梁冀不怕自己妹妹,越来越跋扈。

一年后,汉冲帝驾崩,又立幼帝,史称汉质帝。汉质帝十分不满梁冀,虽然年幼,却能说出有分量的话来。他曾当众指责梁冀横行霸道,蛮不讲理,惹恼了梁冀,被其毒死。

梁冀又立汉桓帝,并且更加狂妄蛮横。汉桓帝成年后,决心除去梁冀,梁冀被迫自杀。

妄自尊大

【释义】形容人狂妄地夸大自己,以为自己了不起,轻视别人。

【典故】《后汉书·马援传》有记载:"因辞归,谓嚣曰:'子阳井底蛙耳,而妄自尊大,不如专意东方。'"

【故事】东汉初年,刘秀称帝后,政权虽已建立,但天下尚未统一,各路豪强各霸一方,各自为政。其中,公孙述势力最强大，在成都称帝。在陇西一带称霸的隗嚣派马援去公孙述那里探探情况，以商讨如何能长期地割据一方。

当时，马援在隗嚣手下，很受器重。他接受使命后，信心百倍地踏上征途。公孙述和马援是同乡，从小就认识。所以，这次去，马援心想一定能受到热情的欢迎和款待，可以好好地叙旧。

出人意料的是，公孙述听说马援要见他，竟摆出皇帝架势，高踞殿上，派出许多侍卫站在阶前，并要马援以见帝王之礼去见他，且没说上几句话就退朝回宫，派人把马援送回宾馆去。接着，公孙述又以皇帝名义，给马援封官赐马援官职。

马援心里不愉快。他对手下的人说："现在天下还在各豪强手中争夺，还不知道谁胜谁败，公孙述如此大讲排场，自以为强大，有才干的人能留在此与他共同建立功业吗？"

回到隗嚣那里后，马援对隗嚣说："公孙述就好比井底之蛙，看不到天下的广大，自以为了不起，妄自尊大，我们不如到东方（洛阳）刘秀那里去寻找出路。"

后来，马援投靠了刘秀，竭尽全力帮助刘秀统一了天下。

披荆斩棘

【释义】比喻在前进道路上清除障碍，克服困难。

【典故】南朝·宋·范晔《后汉书·冯异传》："帝谓公卿曰：'是我起兵时主簿也，为吾披荆棘，定关中。'"

【故事】冯异是东汉初期一位著名的军事将领，是东汉光武帝刘秀手下的一员大将，战功卓著，成为东汉的开国功臣之一。公元25年，刘秀建立了东汉政权，当上了皇帝，就派冯异大将军平定了关中。之后，刘秀封冯异为阳夏侯，任征西大将军。公元30年，冯异到京城洛阳，朝拜光武帝。光武帝隆重地接待了他，向文武百官介绍说："他是我当年起兵时的主将，为我在创业的道路上劈开了丛生的荆棘，扫除了重重障碍，平定了关中广大地区，是一个有功之臣啊！"

力不从心

【释义】比喻力量不够，无法实现愿望。

【典故】《后汉书·班超传》中有记载："如有卒暴，超之气力，不能从心。"

【故事】东汉时，班超受汉明帝派遣，率领三十六个人出使西域，屡建奇功。然而，班超在西域经过了二十七个年头，年事已高，身体衰弱，思家心切，就写了封信，叫儿子捎至朝廷，请求汉和帝刘肇把他调回。此信未见反应。他的妹妹班昭又上书皇帝，申明哥哥的意思。

信中有这样的几句话："班超和他同去西域的人中，年龄最大，现在已过花甲之年，体弱多病，头发已白，两手不遂，耳朵不灵，眼睛不亮，扶着手杖才能走路……如果有猝不及防的暴乱事件发生，班超力不从心了。这样，对上会损害国家的长治之功，对下会毁坏忠臣好不容易取得的成果，实在令人痛心呀！"

汉和帝刘肇被深深地感动了，马上传旨调班超回汉。班超回到洛阳不到一个月，就因胸胁病加重而去世，终年七十一岁。

防微杜渐

【释义】在不良事物刚露头时就加以防止，杜绝其发展。

【典故】《后汉书·丁鸿传》有记载："若敕政责躬，杜渐防萌，则凶妖消灭，害除福凑矣。"

【故事】东汉和帝即位后，窦太后专权。她哥哥窦宪出任大将军，还任用其他窦家兄弟为文武大官，掌握军政大权。见此，许多大臣心里很着急，都为汉朝江山捏了把汗。大臣丁鸿就是其中的一个。

丁鸿对窦太后专权十分气愤，决心为国除掉祸根。几年后，天上发生日蚀，这在当时被认为是不祥的征兆。丁鸿借此机会上书皇帝，指出窦家权势对于国家的危害，建议迅速改变这种现象。

汉和帝本来早已有这种打算，借机撤了窦宪的官。窦宪和他的兄弟们因此而自杀。

丁鸿在给汉和帝的上书中，说皇帝如果亲手整顿政治，应防微杜渐，才可以消除隐患，使得国家长治久安。

车水马龙

【释义】它形容车马往来繁华热闹的场景。

【典故】《后汉书·明德马皇后纪》有记载："前过灌龙门上，见外家问起居者，车如流水，马如游龙，仓头衣绿，领袖正白，顾视御者，不及远矣。"

【故事】汉明帝死后，刘旭即位，

即汉章帝。马皇后被尊为皇太后。不久，汉章帝根据一些大臣的建议，打算对皇太后的弟兄封爵。马太后遵照已去世的汉光武帝有关外戚家族不得封侯的规定，明确地反对这样做，因此这件事没有办。

第二年夏天发生了大旱灾。一些大臣又上奏说，今年所以大旱，是因为去年不封外戚的缘故。他们再次要求分封马氏舅父。马太后还是不同意，并且为此专门发了诏书。诏书上说："凡是提出要对外戚封爵的人，都是想献媚于我，都是要从中取得好处。天大旱跟封爵有什么关系？要记住前朝的教训，宠贵外戚会招来倾覆的大祸。先帝不让外戚担任重要的职务，防备的就是这个。今后，怎能再让马氏走老路呢？"

诏书接着说："马家的舅父，个个都很富贵。我身为太后，还是食不求甘，穿着简朴。左右宫妃也尽量俭朴。我这样做的目的，是为下边做个样子，让外亲见了好反省自己。可是，他们不反躬自责，反而笑话我太俭省。前几天我路过娘家住地濯龙园的门前，见从外面到舅舅家拜候、请安的，车子像流水那样不停地驶去，马匹往来不绝，好像一条游龙，招摇得很。他们家的佣人，穿得整整齐齐，衣服绿

轺车 汉

色，领和袖雪白；看看我们的车上，比他们差远了。我当时竭力控制自己，没有责备他们。他们只知道自己享乐，根本不为国家忧愁，我怎么能同意给他们加官晋爵呢？"

使功不如使过

【释义】使用有功绩的人，不如使用有过失的人，使其能将功补过。

【典故】《后汉书·索卢放传》有记载："太守受诛，诚不敢言，但恐天下惶惧，各生疑变。夫使功者不如使过，原以身代太守之命。"

【故事】王莽篡夺汉朝政权后，大肆搜刮民脂民膏，苛捐杂税层出不穷，人民不堪压榨，爆发了全国性的大起义，拥立刘玄为更始帝。更始帝上台后，严厉惩罚贪官污吏，想借此缓和社会矛盾，稳定秩序。他听说东郡太守贪赃枉法，就派人去查办。这时，

太守的属臣索卢放找到朝廷的使者，为太守求情说，国家需要稳定，对有问题的官员不能太严，否则会影响国家稳定。使功不如使过，就是说，使用有功的人，还不如使用有过失的官员，让他们戴罪立功，他们更会尽心尽责。

有志者事竟成

【释义】只要有坚定的意志和决心，事情最终能成功。

【典故】《后汉书·耿弇传》有记载："帝谓合曰：'将军前在南阳，建此大策。常以为落落难合，有。久者事竟成也。'"

【故事】刘秀派大将耿合去攻打占据山东青州十二郡的豪强张步。然而，张步兵强马壮，并不容易拿下，称得上是耿合的一个劲敌。张步得知耿合率兵来攻的消息，连忙派大将军费邑等分兵把守历下、祝阿、临淄，准备迎击来犯之敌。耿合先攻下了祝阿，然后又用计相继攻占了历下和临淄。张步开始重视起来，亲自带兵反攻临淄。双方在临淄城外进行了一场生死搏斗的大血战。在战斗中，耿合的大腿被敌方射中了一箭，可是他勇敢地用佩刀砍断箭杆，带伤继续坚持战斗。刘秀闻讯，急忙亲自带兵前来支援耿合。部将陈俊提出，张步兵力强大，在我方援兵还未到达时，可以暂时休战，等到援兵到达后再发动进攻。耿合说，他不能把困难留给别人。他指挥军队继续战斗，终于把张步打得大败。刘秀来到临淄后，战斗已经结束。刘秀慰劳军队，在许多将官面前夸奖耿合说："过去韩信攻占历下，为汉朝开创了基业，现在将军攻克祝阿，连战连捷，功劳相当。从前你在南阳曾提议派兵平定张步，我当时说你口气太大，恐怕难以成功，如今才知道，有志者事竟成啊！"

挟天子以令诸侯

【释义】比喻用领导的名义按自己的意思去指挥别人。

【典故】《后汉书·袁绍传》有记载："今州城粗定，兵强士附，西迎大驾，即宫邺都，挟天子以令诸侯，蓄士马以讨不庭，谁能御之？"

【故事】东汉末年，汉室日益衰弱，董卓独揽朝廷大权，废汉少帝刘辩立献帝刘协，把皇帝变成了自己的傀儡。司徒王允用计除去董卓，董卓的部下李傕、郭汜等人再次叛乱，并劫持了汉献帝。曹操以救驾为名，亲率大军前去平叛，夺回了皇帝，将皇帝迎至许昌，并以皇帝的名义号令诸侯。这样一来，曹操就获得了政治上的主动权。曹操经常以朝廷的名义对外发号施令，谁反对他，他就宣布谁反叛朝廷，然后以朝廷名义发动战争，为自己的政治集团获取了许多好处。

画虎不成反类狗

【释义】比喻模仿不到家，反而不伦不类。

【典故】《后汉书·马援传》有记载："效季良不得，陷为天下轻薄子，所谓画虎不成反类狗也。"

【故事】东汉初年，伏波将军马援对子侄后辈的教育十分严格。他希望他们将来能成为有用的人才。他特别不喜欢侄子马严和马敦在别人后面说长道短，同意写《诫兄子严敦书》告诫他们，让他们学杜季良、龙伯高。如果学不成，就像画虎不成反类狗。

糟糠之妻不下堂

【释义】不要遗弃共过患难的妻子。

【典故】《后汉书·宋弘传》有记载："臣闻贫贱之知不可忘，糟糠之妻不下堂。"

【故事】宋弘，字仲子，是东汉初年的名臣，为人正直，做官清廉，对皇上直言敢谏。当年，在一次战斗中，宋弘不幸负伤，留在郑庄一户姓郑的人家养伤。这户人家待宋弘亲如家人，照顾得非常周到。郑家有一个女儿，虽然相貌不是很漂亮，但心地善良，聪明大方，就像亲妹妹似的照顾宋弘，煎汤熬药，问寒问暖，关怀备至。宋弘对她充满了感激，日子一长，两人就互生爱意，由她的父母做主，两人结为夫妻。宋弘伤好后，跟随刘秀南征北战，屡立战功，终于帮刘秀得了天下。刘秀有个姐姐，早年丧夫，守寡多年，刘秀多次派人给她提亲，没有一个让她满意，原来，她看上了宋弘，一心想与宋弘结为夫妻。刘秀认为，这事非常好办。谁不想巴结他这个当皇帝的？他正式派人向宋弘提亲，宋弘态度十分坚决，说："臣闻贫贱之知不可忘，糟糠之妻不下堂。"刘秀听了这话，对宋弘非常敬重，一点没有责怪他，此后在这件事上再也没有勉强过他了。

盛名之下，其实难副

【释义】指名声常常可能大于实际。用来表示谦虚或自我警戒。

【典故】《后汉书·黄琼传》有记

载:"阳春之曲,和者必寡;盛名之下,其实难副。"

【故事】 东汉时,知识分子经过举荐和征召,才可以进入仕途。黄琼出身于宦官世家,由众多公卿推荐,入京应召。到洛阳附近的嵩阳县时,他装病不去洛阳。好友李固给他写信,劝他应聘做官。如果不去就会让人说"盛名之下,其实难副"。于是,黄琼决心用行动证明名副其实。

失之东隅,收之桑榆

【释义】 比喻开始在这一方面失败了,最后在另一方面取得胜利。

【典故】《后汉书·冯异传》有记载:"始虽垂翅回谿,终能奋翼黾池,可谓失之东隅,收之桑榆。"

【故事】 东汉初年,光武帝刘秀派冯异与邓禹率军去围剿赤眉起义军。邓禹率军与义军交战失利,损兵折将。冯异却采取防御策略,命令军队加强防御,同时想办法收拢溃散的散兵。不仅如此,他还趁着混乱,派军装成赤眉军或者其俘虏,打入其内部。赤眉军大获全胜,根本没意识到会有汉军混入其内部。冯异抓住时机进行反攻,很快大获全胜。刘秀下文书表彰他们的战斗是"失之东隅,收之桑榆"。

《三国志》篇

开门揖盗

【释义】比喻引进坏人,自招祸害。

【典故】《三国志·吴志·吴主传》有记载:"况今奸宄竞逐,豺狼满道,乃欲哀亲戚,顾礼制,是犹开门而揖盗,未可以为仁也。"

【故事】东汉末年,孙策有一次出去打猎时,遭到了刺客的暗算,被弓箭射伤了面颊。

孙策临死时,长史张昭等人来看他。孙策对张昭说:"希望你们好好扶助我弟弟孙权!"这时,孙权才十五岁,见哥哥去世了,万分悲痛。大臣们都劝孙权不要过分悲伤,可他还是天天啼哭。

大臣们见劝说无效,都非常着急。张昭劝孙权说:"如果您只顾悲啼,不理国事……"孙权听到这里,停止了哭泣,请张昭说下去。张昭继续说:"这好比开门揖盗,必将自取其祸。"

听罢此话,孙权马上更换衣服,去视察军营,以安定军心。

负重致远

【释义】比喻能肩挑重任。

【典故】《三国志·蜀书·庞统传》有记载:"统曰:'陆子可谓驽马有逸足力,顾子可谓驽牛能负重致远也。'"

【故事】东汉末,襄阳名士庞德

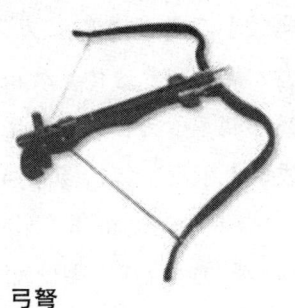

弓弩

诸葛亮舌战群儒

公有个叫庞统的侄子很有才学。那时,隐居在隆中的诸葛亮常去拜访庞德公,和庞统也成为好朋友。庞德公非常赞赏他们的才能,认为他们都是当世俊杰,称诸葛亮为卧龙,庞统为凤雏。

周瑜任南郡太守时,庞统在他手下任功曹。不久,周瑜病死,庞统去送葬,到了吴郡。吴郡很多名士早就得知庞统的名声,庞统准备回南郡时,都去看望他。连当时非常有名的陆绩、顾劭、全琮等也去了。

大家在昌门聚会话别,谈古论今,非常欢畅。谈论间,众名士请庞统品评一下在座者。

庞统先评江东著名学者陆绩,说:"陆先生像是一匹跑不动但脚力强劲的马,有超逸的才能。"众名士听罢,都认为他评到点子上了。接着,庞统又评顾劭,说:"顾先生好比是一头跑得很慢的耐劳的牛,但能够背负着沉重的东西送到远方。"这一评论也非常精确。

于是,有人请庞统评评他自己。庞统颇为自负地说:"为帝王出谋划策,治理天下,我还是可以胜任的。"

竭尽全力

【释义】常用来比喻用尽全部力量。

【典故】原作"竭尽心力",见于《三国志·魏志·贾逵传》裴松之注引《魏略》:"竭尽心力,奉宣科法。"

【故事】东汉末年,杨沛当新郑县长时,曹操率军路过新郑,军队缺粮。杨沛及时帮助过曹操,因此深得曹操喜爱。曹操当上丞相后，杨沛升为长社令。他不畏豪强，不管谁犯了法，都依法惩办，深得曹操称许。

当时，曹操常年出征在外，邺城治安太乱，便发诏选一个邺城令，其入选标准是要有杨沛那样的胆略和水平。选来选去，没有合适的，曹操只好将杨沛提拔为邺城令。上任之前，曹操召见了杨沛，问他如何治邺城。杨沛说："我一定竭尽心力，大力宣传法纪，使人人遵纪守法。"

曹操听后十分高兴，对左右的人说："你们听见了没有，这才是使人敬服的人。"杨沛还没正式上任，一些豪强听说他要来邺城了，都纷纷告诫子弟检点一些。

偃旗息鼓

【释义】比喻休战、无声无息或停止行动。

【典故】《三国志·蜀书·赵云传》记载："云入营，更大开门，偃旗息鼓，公军疑云有伏兵。"

【故事】蜀将黄忠杀死夏侯渊，并夺取战略要地阳平关。曹操非常恼怒，下令把米仓移到汉水旁的北山脚下，然后亲自率领二十万大军，向阳平关大举进攻。黄忠和张著商议趁夜烧劫魏军粮草。临行前，赵云和他们约定返回时间，如果过期不归就带兵出寨接应。赵云所部正与曹操亲自统率的军队相遇，立即厮杀起来，把曹军打得丢盔弃甲，救回了黄忠和张著。

曹操没善罢甘休，指挥大队人马追杀赵云，直扑蜀营。副将张翼见赵云已退回本寨，后面追兵来势凶猛，便要关闭寨门拒守。赵云却下令大开营门，偃旗息鼓，准备放曹军进来，又命令弓弩手埋伏在寨内外，然后亲自单枪匹马站在门口等候敌人。

曹操生性多疑，追到寨门口时，发现寨门大开，认定必有伏兵，即匆忙下令撤退。就在曹操调头后退时，蜀军营里金鼓齐鸣，杀声震天，飞箭如雨般向曹军射击。

曹军惊慌失措，夺路逃命，自相践踏。赵云率军趁势抢夺曹军的粮草，杀死了曹军大批兵马。

乐不思蜀

【释义】在新环境中得到乐趣，不再想回到原来环境中去。

【典故】《三国志·蜀书·后主传》中有记载："问禅曰：'颇思蜀否？'禅曰：'此间乐，不思蜀。'"

【故事】公元263年，魏国大将

邓艾攻下绵竹，大军直逼成都。刘禅投降，当了俘虏，蜀汉灭亡。魏帝曹奂命刘禅迁到洛阳居住，并封他为安乐公，给予他很多赏赐。刘禅很满足，心安理得地在异国他乡继续过享乐生活。

有一天，晋王司马昭请刘禅喝酒。席间有蜀地歌舞表演。在场的蜀汉旧臣看了，触景生情，十分难过。刘禅却看得津津有味，乐不可支，全无亡国之恨。见此，司马昭私下对亲信说："一个人竟糊涂到这等程度，真是不可思议。如此看来，即使诸葛亮还活着，也不能保住他的江山！"

还有一次，司马昭故意问刘禅说："你思念蜀地吗？"

刘禅回答说："这里很快乐，我不思念蜀地。"

过了一会儿，刘禅起身上厕所，原在蜀汉任职的郤正跟到廊下，对刘禅说："今后有人再问您是否还思念蜀地。您应该哭着说，我没有一天不思念。这样，您还有希望回到蜀地去。"

不久，司马昭又问刘禅是否还思念蜀地。刘禅照郤正教的说了，还挤出了几滴眼泪。司马昭已知道郤正教刘禅说这话的事，听后哈哈大笑，当场点穿。刘禅只得笑着承认了。

手不释卷

【释义】手中的书不肯放下来，比喻抓紧时间勤学，或看书入了迷。

【典故】《三国志·吴志·吕蒙传》中有记载："光武当兵马之务，手不释卷。"

【故事】三国时代，东吴有员大将叫吕蒙。年轻时，吕蒙家境贫困，无法读书。从军后，虽作战骁勇，常立战功，他却苦于缺少文化，不能把战例经验总结写下来。

有一天，吴主孙权对吕蒙说："你现在是一员大将，掌权管事，更应该好好读一些书，增加自己的才干。"

吕蒙为难地推托说："军队里事情又多又杂，我都要亲自过问，恐怕挤不出时间来啊！"

孙权说："你的事总没有我的多吧？我并不是要你去研究学问，只是要你翻阅一些古书，从中得到一些启发罢了。"

吕蒙问："我应该读哪些书呢？"

孙权听了，微笑着说："可以先读些《孙子》《六韬》等兵法书，再读些《左传》《史记》等史书，这些书对你以后带兵打仗有好处……至于时间嘛，要去挤的。从前，汉光武帝在行军作战紧张关头，手里还总拿着一本书不肯放下来呢！年轻人更应该勉励自己多读点书。"

吕蒙听了孙权的话，便开始努力读书学习，并坚持不懈。

蓝田生玉

【释义】旧时比喻贤父生贤子。比喻名门出贤子弟。

【典故】《三国志·吴书·诸葛恪传》中有记载："恪少有才名，发藻岐嶷，辩论应机，莫与为对。权见而奇之，谓瑾曰：'蓝田生玉，真不虚也。'"

【故事】三国时，诸葛瑾有个儿子叫诸葛恪。诸葛恪从小聪明伶俐，口才极好，善于言辞，深受孙权宠爱。

有一次，孙权在朝廷设宴，特令六岁的诸葛恪随父参加。诸葛瑾的脸长得特别长，孙权拿他开玩笑，乘着酒兴，命人牵来一头毛驴，在驴脸上写了"诸葛子瑜"四个字，借以笑诸葛瑾的脸长得像驴脸。

众人见了，捧腹大笑。诸葛瑾也感到非常尴尬，而且又不敢生气。诸葛恪见了，走到孙权席前，跪请添写两个字。孙权命人将笔拿来给诸葛恪。诸葛恪在"诸葛子瑜"四字后面添写了"之驴"。这样就成了"诸葛子瑜之驴"。满座大臣见此，无不惊讶叹服——巧妙添加两个字，就化解了尴尬。

孙权见诸葛恪如此机敏，十分高兴，当场把毛驴赏赐给他。

又有一次，孙权问诸葛恪："你父亲和你叔父（诸葛亮）相比，到底是谁高明？"

回答说："我父亲高明。"

这答案显然是出乎意料的。因为当时谁都知道诸葛亮才智超群，天下无双。按照一般常理来说，被问到这个问题，答案无疑是"诸葛亮高明"。孙权感到奇怪，就进一步问原因。

诸葛恪不假思索地说："我父亲懂得事奉明主，而我叔父却不懂得这个道理，当然是我父亲高明。"

孙权被诸葛恪巧妙称赞一番后，心花怒放。后来，他对诸葛瑾说："人们都说蓝田生美玉，名门生贤良，真是名不虚传呀！"

七纵七擒

【释义】比喻善于运用策略，使对方心服。

【典故】晋·陈寿《三国志·蜀书·诸葛亮传》中有记载："亮率众南征，其秋悉平。"

【故事】公元225年，为了巩固后

方，诸葛亮亲自率军南征。正当大功告成准备撤兵时，南方彝族首领孟获集结被打败的散兵来袭击蜀军。

诸葛亮得知，孟获作战勇敢，意志坚强，待人忠厚，在彝族中极得人心，在汉族中也有不少人钦佩他，于是决定把他争取过来，让他心服口服。

孟获虽然勇敢，但不善于用兵。第一次上阵，见蜀兵败退下去，就以为蜀兵不敌自己，不顾一切地追上去，结果闯进埋伏圈被擒。孟获认为将要被诸葛亮处死，但不料诸葛亮亲自给他松绑，好言劝他归顺。孟获不服这次失败，傲慢地加以拒绝。诸葛亮带着他参观了蜀军军营后，将其放掉了。

孟获回去后，以为已经观察掌握了蜀军的基本情况，当晚即率军偷袭蜀军。诸葛亮料定孟获今晚准来偷营，提前布置好埋伏。而当夜，孟获以为成功在即时，却被蜀军伏兵活捉。

孟获还不服气。诸葛亮将他放了。孟获再次率军与诸葛亮作战，又一次失败被俘。前前后后，孟获被俘虏了七次。孟获从心里佩服诸葛亮，流着眼泪说："作战中七纵七擒（即六次放回七次逮住），自古以来没有听说过。丞相对我们仁至义尽，我没有脸再回去了。"

就这样，孟获率领西南少数民族部落顺服蜀汉。

顾曲周郎

【释义】泛指通晓音乐戏曲的人。

【典故】晋·陈寿《三国志·吴书·周瑜传》有记载："瑜少精意于音

赤壁之战旧址

乐,虽三爵之后,其有阙误,瑜必知之,知之必顾,故时有人谣曰:'曲有误,周郎顾。'"

【故事】周瑜出身士族,年轻时与孙策关系亲密,后来归顺了孙策,当上建威中郎将,帮助孙策兄弟在江东创立了政权。孙策死后,周瑜与张昭同辅孙权,任前部大都督。公元208年,曹操率军南下。周瑜和鲁肃坚决主战,并亲率吴军大破曹兵于赤壁。

周瑜政治军事才能卓越,精于音乐,音乐欣赏水平很高。据说,周瑜听人演奏时,即使喝多了酒,有几分醉意,也能听出音乐演奏中细微的差错。每次发现错误时,他就会拿眼睛看一下演奏者,示意他演奏错了。当时,有句歌谣说:"曲有误,周郎顾。"

对症下药

【释义】比喻针对事物的问题所在,采取有效的措施。

【典故】《三国志·魏志·华佗传》中有记载:"府吏倪寻、李延共止,俱头痛身热,所苦正同。佗曰:'寻当下之,延当发汗。'或难其异,佗曰:'寻外实,延内实,故治之宜殊。'即各与药,明旦并起。"

【故事】东汉末年,华佗的医术非常高明。

有两个病人,一个叫李延,一个叫倪寻,都得了头痛发热病,找过很多医生都没治好,最终去找华佗。

经过细心诊断,华佗给他们各开了一个药方:给李延开的药方是发散药,给倪寻开的药方是泻药。他们俩一看,心里嘀咕起来:都是一样的病,怎么用药完全不同呢?

他们问华佗这是什么道理。华佗说:"吃药要看具体情况,你们的症状相同,可是得病的原因却不同。倪寻的病是从内部伤食引起的,李延却是从外部受寒造成的。病因不同,当然用药就不能相同了。"

两人听后,放心服药。果然,病很快好了。

一身是胆

【释义】形容胆量大,无所畏惧,英勇善战。

【典故】晋·陈寿《三国志·蜀书·赵云传》有记载:"先主明旦自来,至云营围视昨战处,曰:'子龙一身都是胆也!'"

【故事】刘备和曹操在汉水一带交战时,老将黄忠率军前去曹营劫粮,被曹军团团围住。黄忠左冲右突,都没能突出重围。赵云带几名骑兵赶来营救。最终,赵云率军杀进重围,救出了黄忠。

回到营地,赵云埋伏大批弓箭手,然后大开营门,单枪匹马,站在营门外。追过来的曹军见此不敢前进一步。

只见赵云把枪一挥,营里的箭雨点般射向曹军。赵云和黄忠乘势率军追杀,获得大胜。

第二天,刘备来到前线视察时,夸奖赵云"一身是胆"。

如鱼得水

【释义】比喻得到了与自己情投意合的人或很适合自己的环境。

【典故】《三国志·蜀书·诸葛亮传》有记载:"于是与亮情好日密。关羽、张飞等不悦。先主矣之曰:'孤之有孔明,犹鱼之有水也。愿诸君勿复言。'羽、飞乃止。"

【故事】诸葛亮,博学多才,隐居在南阳的隆中卧龙岗。刘备为实现自己统一天下的宏愿,多方搜罗人才,从朋友那儿知道诸葛亮是一个不可多得的人才,就特意拜访诸葛亮,请他出山。他三顾茅庐,终于感动了诸葛亮。诸葛亮推心置腹,向刘备提出了一套完整的战略,主要内容是:夺取荆州、益州,与西南少数民族和好,东联孙权,北伐曹操,形成蜀、魏、吴三足鼎立的局面,时机成熟后再统一天下。刘备听后,对诸葛亮推崇备致,拜他为军师,事事向他请教,同

三顾茅庐

他商量。这引起关羽、张飞等将领的不满，他们不时在刘备面前表现出不高兴的神色。刘备告诉他们，要完成统一大业，他离不开诸葛亮这样有才识与胆略的人。他诚恳地说："我刘备有了孔明，就好像鱼儿得到了水一样，希望大家不要再多说了。"

老生常谈

【释义】比喻听惯听厌的话。

【典故】出处《三国志·魏志·管辂传》有记载："此者生常谭（谈）。"

【故事】三国时，管辂从小勤奋好学、才思敏捷，尤其喜爱天文。十五岁时，管辂就已熟读《周易》，通晓占卜术，小有名气。一年农历腊月二十八，吏部尚书何晏和侍中尚书邓飏吃饱喝足后，闲着无聊，派人把管辂找来替他们占卜。管辂早就听说他们是曹操侄孙曹爽的心腹，倚仗权势，胡作非为，名声不好。

管辂想趁机好好教训他们一顿，灭灭他们的威风。

何晏一见管辂，就大声嚷："听说你占卜很灵验，快替我算一卦，看我能不能再升官。还有，这几天晚上，我还总梦见苍蝇叮在鼻子上。这是什么预兆啊？"

管辂想了一想，说："从前，周公忠厚正直，辅助周成王治国，国泰民安；你现在的职位比周公的还高，可感恩你的人很少，惧怕你的人很多，这恐怕不是好预兆。按照卜术来测，你的梦是个凶兆啊！"

管辂接着又说："当然，要想逢凶化吉，消灾避难，你只有多效仿周公等大圣贤们，发善心，行善事。"

邓飏一旁听了，不以为然，摇头说："老生常谈，老生常谈，没什么意思。"

何晏脸上铁青，一语不发。

管辂见了，哈哈一笑："虽说是老生常谈的话，却不能加以轻视啊！"

不久，新年到了，何晏、邓飏与曹爽一起因谋反而遭诛杀。管辂得知此消息，连声说："老生常谈的话，他们却置之不理，难怪有如此下场啊！"

开诚布公

【释义】比喻诚意待人，坦白无私。

【典故】《三国志·蜀书·诸葛亮传》有记载："诸葛亮之相国也……开诚心，布公道。"

【故事】三国时，诸葛亮极得刘备信任。刘备临终前，曾将刘禅托付给诸葛亮，请他帮助刘禅治理天下，并且诚恳地表示，你能辅佐他就辅佐他，如果他不好好听你话，干出危害国家的事来，你就取而代之。

刘备死后，诸葛亮尽全力辅助刘禅治理国家。有人劝诸葛亮晋爵称王，他严词拒绝，认为自己受先帝委托，已经担任了这么高的官职；如今讨伐曹魏没见什么成效，却要加官晋爵，这样做是不义的。

感恩图报

【释义】对于别人给自己施与恩惠表示感激，并想办法报答。

【典故】《三国志·吴书·骆统传》有记载："飨赐之日，可人人别进，问其燥湿，加以密意，诱谕使言，察其志趣，令其感恩戴义，怀欲报之心。"

【故事】伍子胥带领吴国士兵去攻打郑国。郑定公说："谁能够让伍子胥把士兵带回去，不来攻打我们，我一定重重地奖赏他。"没有一个人想到好办法。

到第四天早上，有个年轻的渔夫跑来找郑定公说："我有办法让伍子胥不来攻打郑国。"

郑定公一听，马上问渔夫："你需要多少士兵和车？"

渔夫摇摇头说："我不用士兵和车，也不用带食物，我只要用这根划船的桨，就可以让好几万吴国士兵回去。"

郑定公将信将疑地派渔夫去吴军军营。

渔夫带着船桨去找伍子胥时，一边敲打着船桨，一边唱着歌："芦中人，芦中人；渡过江，谁的恩？宝剑上，七星文；还给你，带在身。你今天，得意了，可记得，渔丈人？"

伍子胥看到渔夫手里的船桨，马上问："小伙子，你是谁呀？"

渔夫说："你没看到我手里拿的船桨吗？我爸爸就是靠这根船桨过日子，他还用这根船桨救了你啊！"

伍子胥一听，说："我想起来了！以前我逃难时，有一个老渔夫救过我，我一直想报答他呢！原来，你是他的儿子。你怎么会来这里呢？"

渔夫说："还不是因为你们要来攻打郑国，我们都被叫来这里。我们国君说：'只要谁能请伍将军退兵，不来攻打郑国，我就重赏谁！'希望您看在我死去的爸爸曾经救过您的份儿上，不要来攻打郑国，也让我回去能得到一些奖赏。"

伍子胥感激地说："因为你爸爸救了我，我才能够活着当上大将军。我怎么会忘记他的恩惠呢？我一定会帮你这个忙的！"伍子胥一说完，马上带兵回吴国了。

成器，崔林将来一定会成大器。"

后来，崔林当上了翼州主簿、御史中丞，还在魏文帝手下当过司空。

大器晚成

【释义】形容成名较晚。

【典故】《三国志·魏书》中有记载："此所谓大器晚成者也，终必远至。"

【故事】袁绍门客崔琰从小喜欢武艺，到二十三岁才开始读《论语》《韩诗》。

由于刻苦努力，他的学问逐渐多起来。当时，袁绍手下的士兵非常残暴，竟然掘开坟墓将尸骨暴露出来。崔琰劝说袁绍不要这样做。袁绍认为他说得对，封他为骑都尉。后来，崔琰跟随曹操，也出了不少好计谋。

在崔琰做尚书时，曹操想立曹植为嗣子，而崔琰反对说："自古以来的规矩是立长子，您怎么能立曹植呢？"曹植是崔琰侄女婿，尽管是亲属，他也不偏袒。曹操十分佩服他的公正。

崔琰有个堂弟叫崔林，年轻时既无成就也无名望，亲戚朋友都看不起他。但是，崔琰却很器重他。崔琰常对人说："才能大的人需要长时间才能

画饼充饥

【释义】比喻用空想来安慰自己。特别是用来欺骗别人。

【典故】晋·陈寿《三国志·魏书·卢毓传》有记载："选举莫取有名，名如画地作饼，不可啖也。"

【故事】三国时，卢毓在魏国做官。由于为魏文帝曹丕出了许多好计谋，卢毓受到器重，升任侍中、中书郎。

有次，曹丕对卢毓说："国家能不能启用有才能的人，关键就在你了。选拔人才，不要取那些有名声的，名气不过是在地上画一个饼，不能吃的。"

卢毓回答说："靠名声是不可能衡量有大才能的人，但可以发现一般的人才。修养高，行为好，而有名的，是不应该厌恶他们。我以为，主要是对他们进行考核，看他们是否真有才学。现在，废除了考试法，全靠名誉提升或降职，所以真伪难辨，虚实混淆。"

曹丕采纳了卢毓的意见，下令制定考试法。

秋风扫落叶

【释义】比喻强大的力量迅速而轻易地把腐朽衰败的事物扫除光。

【典故】《三国志·魏志·辛毗传》有记载:"以明公之威,应困穷之敌,击疲敝之寇,无异迅风之振秋叶矣。"

【故事】东汉末年,袁绍和曹操在官渡大战,袁绍被打败,损失惨重,没过几天就因为过于忧愤而死了。为了争夺权力,袁绍的两个儿子袁尚和袁谭互相厮杀起来。为了打败袁尚,袁谭想投靠曹操,便派辛毗去拜见曹操。

辛毗见到曹操,立即说明来意。曹操非常高兴地答应出兵援助,但心里却在想:"袁氏两兄弟互相斗争,我不用出兵,只等着他们两败俱伤,就可以坐收渔翁之利了。"因此,曹操口里虽然答应了,可过了好几天都没有一点行动。

辛毗看到这情形,心里非常着急。他很清楚曹操的想法,可又不便直接说。于是,他故意对曹操的谋士郭嘉说:"曹公只想到等袁氏兄弟两人两败俱伤后坐收渔翁之利,可为什么不想一想,他们毕竟是一家人,万一他们醒悟过来,联合起来,那曹公再想打败他们可就很难了。"

郭嘉觉得辛毗说得有道理,马上转告给曹操。曹操听了,也觉得辛毗说得不无道理,便叫来辛毗,问:"袁谭值得信任吗?我们联合起来,就一定能打败袁尚吗?"

辛毗对曹操说:"其实,这和袁谭值不值得信任没有很大关系。现在,他们兄弟双方都已经打得筋疲力尽了,都已经没有什么势力了。您控制袁谭很容易,打败袁尚也很容易,您现在去进攻袁尚就像秋风扫落叶一样,错过了这个机会,以后后悔都来不及啊!"

曹操连连点头,马上派兵救援袁谭。后来,辛毗投靠曹操,得到了曹操重用。

司马昭之心

【释义】比喻人所共知的野心。

【典故】晋·陈寿《三国志·魏志·高贵乡公传》有记载:"司马昭之心,路人所知也。"

【故事】司马昭是司马懿的儿子。魏文帝曹丕死后,魏国大权实际上落到司马懿手里。

司马懿死后,大儿子司马师辅助十三岁的皇帝曹髦,权势比司马懿更大。但没多久,司马师就病死了。司马师在病重时,把一切权力交给了弟弟司马昭。

司马昭总揽大权后，野心更大，总想取代曹髦做皇帝。他不断铲除异己，打击政敌。年轻的曹髦也意识到自己即便做傀儡皇帝也休想当长，迟早会被司马昭除掉，就打算铤而走险，用突然袭击的办法干掉司马昭。

有一天，曹髦把亲信大臣找来，对他们说："司马昭之心，路人皆知也。我不能忍受被推翻的耻辱，我要率领你们一道去讨伐他。"

几位大臣知道这样做无异于飞蛾扑火，劝他暂时忍耐忍耐。其中，王经说："当今，大权落在司马昭手里，满朝文武都是他的人；您力量软弱，莽撞行动，后果不堪设想，应该慎重考虑。"

曹髦不接受劝告，亲自率领左右仆从、侍卫数百人去袭击司马昭。谁知，大臣中早有人把这消息报告了司马昭。司马昭派兵阻截，在混战之中直接把曹髦杀了。

生子当如孙仲谋

【释义】形容智勇双全的英雄人物。

【典故】晋·陈寿《三国志·吴志·吴主传》有记载："生子当如孙仲谋。"

【故事】东汉末年，曹操率领四十万大军进攻濡须口，孙权亲率七万军队迎战。双方对峙了一个多月，不分胜负。曹操远远地看到对面孙权手下的将士严明整肃，不禁脱口叹道："生子当如孙仲谋，刘景升儿子若豚犬耳！"

过了几天，孙权给曹操写了一封信，说："春水方至，公宜速去。"又注"足下不死，孤不得安"。曹操意识到已经不可能赢得战争了，就撤军了。

士别三日，刮目相待

【释义】指别人已有进步，当另眼相看。

【典故】晋·陈寿《三国志·吴志·吕蒙传》有记载："士别三日，即更刮目相待。"

【故事】代理都督鲁肃去陆口时路过吕蒙屯兵的地方。当时，鲁肃还不大看得起吕蒙。有人劝鲁肃说："吕将军的名声一天天增长，您不能拿以前的眼光看待他了，应该重视他。"鲁肃便去拜访吕蒙。

酒到酣处，吕蒙问鲁肃："您担负抵御关羽的重任，打算怎样应付关羽可能发起的突然袭击呢？"鲁肃轻慢地说："临时想办法就行。"

吕蒙说:"现在,东吴和西蜀是联盟,但关羽毕竟对我们有威胁,您怎能不提早做好应对准备呢?"于是,就这个问题,吕蒙为鲁肃提了五种应对方法。

鲁肃又佩服又感激,从饭桌上跨过去,坐在吕蒙旁边,手抚着吕蒙的背,亲切地说:"我不知道你的才能策略竟然到了如此的境地啊!"

于是,鲁肃拜见吕蒙母亲,和吕蒙结为挚友,告别而去。

原来,孙权曾劝吕蒙空余时间多读些书。吕蒙便开始学习,终日不倦。他所看的书,连老儒生都比不了。

后来,鲁肃正式当了都督。找吕蒙谈话时,鲁肃摸着吕蒙的背,说:"我以前认为老弟不过是一介武夫而已,但是,到现在,老弟的学识如此渊博,已经不是昔日吴下阿蒙了!"

吕蒙回答说:"士别三日当刮目相看……"

《晋书》《宋书》《齐书》《南史》篇

大手笔

【释义】指伟大的著作或大行动。

【典故】《晋书·王珣传》有记载："此当有大手笔事。"

【故事】在东晋时，王珣是神童。他从小才思敏捷，胆识过人，二十岁时担任了大司马桓温的主簿。

一天晚上，王珣做了一个梦，梦见有人送给他一支像椽子那样大的笔。醒来后，他预感有重要事情要做。第二天，他果然被叫去为晋孝武帝写祭文。他才思泉涌，下笔成文，一挥而就，写文章被人称为"大手笔"。

别无长物

【释义】形容因贫困而空无所有或因俭朴而东西极少。

东晋壁画

【典故】《晋书·王恭传》有记载："恭曰：'吾平生无长物。'"

【故事】东晋时，有个叫王恭的读书人，生活俭朴，不图享受。大家都认为他将来会有出息。

有一年，王恭随父亲从会稽来到建康。宗亲王忱去看望他时，两人坐在一张竹席上谈心。

谈着谈着，王忱忽然感到席子非常光滑，很舒服。他心想，王恭从盛产竹子的会稽来，一定带了不少这样的竹席，就称赞了一番竹席，并希望能送他一张竹席。

王恭听了，毫不犹豫地将竹席赠送给王忱。王忱千恩万谢地走了。

其实，王恭只有这张竹席。送掉后，他就改用草席。王忱知道后，十分惊讶，觉得过意不去，就去找王恭表示歉意。王恭笑笑说："你不太了解我，我王恭平生无长物。"

风声鹤唳

【释义】形容惊慌失措，或自相惊扰。

【典故】唐·房玄龄《晋书·谢玄传》有记载："闻风声鹤唳，皆以为王师已至。"

【故事】西晋灭亡后，琅邪王司马睿在建康建立东晋。当晋朝皇族渡江来到南方后，中原陷入各族混战之中。后来，氐族人建立的前秦统一了中原，与江南东晋对立形成南北对峙之势。

前秦皇帝苻坚请汉人王猛当宰相，让国家很快变得强盛起来。为了统一天下，苻坚带着八十万大军南下攻打东晋。东晋君臣一听到消息都非常害怕，只有丞相谢安十分镇定，从容不迫地安排打仗的事。

在淝水，谢安的侄子谢石趁前秦军还没集合好，派兵渡河去偷袭前秦军。前秦军因此输得很惨，士兵到处逃命，听到风声或鹤叫的声音，都以为是晋军要打来了，非常害怕。

在这场战役中，前秦士兵伤亡惨重，东晋赢得了战争，奠定了南北日后长期对峙局面的基础。

明目张胆

【释义】形容公开放肆地干坏事。

【典故】《晋书·王敦传》有记载："今日之事，明目张胆，为六军之首，宁忠臣而死，不无赖而生矣。"

【故事】唐高宗时，大臣韦思谦为人正直，时常会劝谏皇上，有话就会直说。韦思谦考上进士之后，被任命为应城县令，后升为监察御史。

有一次，韦思谦发现中书令（宰相）褚遂良以低廉的价钱强行购买别人的田地，韦思谦不害怕褚遂良官位高、势力大，立刻上书举发他。因证据明确，朝廷不好公开庇护大臣，只好把褚遂良调出京城，降职为同州刺史。

过了一段时间，褚遂良又被重用，恢复了中书令职位。褚遂良便找借口报复韦思谦，把他贬到外地去当县官。有人替韦思谦打抱不平，暗中去慰问他。他仍然不改初衷，慷慨激昂。他正言说："大丈夫应该有话就说，明目张胆而不畏强权，致力报效国家。"

楚囚对泣

【释义】比喻在情况困难、无计可施时相对发愁。

【典故】《晋书·王导传》有记载："当共戮力王室，克复神州，何至作楚囚相对泣邪。"

【故事】公元316年，刘曜率军灭了西晋。司马睿在王导等人拥护下在建康建立了东晋。但是，一些东渡的贵族大臣不满足于偏安东南一隅，却又没有任何办法去收复北方失地。每当天气晴朗时，一些贵族及大臣就相约到建康城外的新亭饮酒。武城侯周顗也在其中。他触景伤怀，大发感慨，最终引发大家抱头痛哭。丞相王导劝慰大家，说要收复神州，不能像楚囚那样相对哭泣。

人心所向

【释义】指人民群众所拥护的、向往的。

【典故】《晋书·熊远传》有记载："人心所归，惟道与义。"

【故事】晋朝时，登基不久的晋愍帝司马邺要举行盛大庆典。丞相司马睿的主簿熊远认为，国家处在危难之中，不应该举行如此大规模的庆典。于是，他上书劝谏晋愍帝："天子要与民同忧，人心所归，惟道与义。我劝天子应该提倡忠孝之仪，宣扬仁义之统。"司马睿也赞同这种看法。最终，晋愍帝接受了劝谏。

映雪囊萤

【释义】形容在艰苦之环境中，勤奋读书，或形容贫士勤勉攻读，夜以继日，苦学不倦。

【典故】《晋书·车胤传》有记载："车胤字武子，南平人也。曾祖浚，吴会稽太守。父育，郡主簿。太守王胡之名知人，见胤于童幼之中，谓胤父曰：'此儿当大兴卿门，可使专学。'胤恭勤不倦，博学多通。家贫不常得油，夏月则练囊盛数十萤火以照书，以夜继日焉。"

【故事】 晋代时，车胤从小好学，但因家境贫困，没有多余的钱买灯油供他晚上读书。他只能利用白天背诵诗文。

夏天某个晚上，车胤在院子里乘凉时，发现许多萤火虫在低空中飞舞。一闪一闪的光点，在黑暗中显得耀眼。他想，如果把许多萤火虫集中在一起，不就成为一盏灯了吗？于是，他找了白绢口袋，抓了几十只萤火虫放在里面，再扎住袋口，把它吊起来。虽然不怎么明亮，但可勉强用来看书。

从此，只要有萤火虫，他就抓一些来当作灯用。由于勤学苦练，他后来做了高官。

孙康由于没钱买灯油，晚上不能看书，就只能早早睡觉。他觉得让时间白白浪费掉非常可惜。

一天半夜，他从睡梦中醒来，发现窗缝里透进一丝光亮，发现那是大雪映出来的，可以利用它来看书。于是，他立即穿好衣服，取出书籍，来到屋外。

宽阔大地上映出的雪光比屋里亮多了。孙康不顾寒冷看书，手脚冻僵了，就起身跑一跑，搓一搓手指。

此后，每逢有雪的晚上，他都借着雪光孜孜不倦地读书。由于刻苦学习，他的学识突飞猛进，成为饱学之士。后来，他当了大官。

木人石心

【释义】 形容不为富贵声色所诱惑。

【典故】 《晋书·隐逸列传·夏统》有记载："统危坐如故，若无所闻。充等各散曰：'此吴儿是木人石心也。'"

【故事】 三月初三，洛阳两岸桃红柳绿，游人纷纷出门踏青。大家登桥蹚水，一路谈笑风生。但是，一艘船上有个小伙子却寡言少欢。太尉贾充见此很诧异，走上去探问个究竟。

原来，那个小伙子叫夏统，会稽人，是个超尘脱俗的隐士。贾充见夏统谈吐不凡，有意推荐他去做官。夏统没有答应。于是，贾充下令摆开仪仗，高奏鼓乐。随后，年轻女子浓妆艳抹，翩翩起舞。贾充寻思夏统以前没见过做官的好处，见此场面后肯定会向往不已。不料，夏统依然不动声色，漠然如初，拒绝跟他一起去做官。贾充感叹说："这小子是木人石心啊！"

如坐针毡

【释义】形容一个人因某种因素而心神不定，坐立不安。

【典故】唐·房玄龄《晋书·杜预传》有记载："累迁太子中舍人。性亮直忠烈，屡谏愍怀太子，言辞恳切，太子患之。后置针着锡常所坐处毡中，刺之流血。"

【故事】西晋时，有个人叫杜锡，学识渊博，性格耿直。在当太子中舍人后，杜锡多次规劝愍怀太子。愍怀太子不仅不听劝告，反而对杜锡心怀怨恨，便故意在他坐的毡垫中放了一些针。杜锡坐下去时没有发觉，结果屁股被扎得鲜血直流。

第二天，愍怀太子故意问杜锡："你昨天出了什么事？"

杜锡难以开口，只好说："昨天喝醉了，不知道干了些什么。"

西晋陶牛车

愍怀太子接着说："你喜欢责备别人，为什么自己也做错了事呢？"

一举两得

【释义】做一件事得到两方面的好处。

【典故】《晋书·束皙传》有记载："赐其十年炎复，以慰重迁之情，一举两得，外实内宽。"

【故事】东汉初，建威大将军耿弇率兵奔赴齐地，去围剿以张步为首的割据势力。当时，张步据守剧城，派他弟弟张蓝率精兵两万据守在西安县，另有诸郡太守大约一万人据守在临淄。

西安县与临淄相距四十里。耿弇进军的画中邑，正好处于西安和临淄之间。耿弇分析两城的据守情形时发现：西安城小却十分坚固，且张蓝的兵士精良；临淄名声很大，但守兵松散，易于攻下。

耿弇想声东击西，扬言要攻打西安，实则发兵前往临淄。但是，有人提出异议，认为应该迅速攻打西安。

耿弇说："不是这样的。西安已听说我们要去攻打，肯定会日夜守备，而临淄在毫无防备的情况下遇到我们，必会慌乱不堪，就很容易拿下。攻下了临淄，西安就变成了一座孤城。张蓝与张步又相距较远。他一定会吓得弃城而逃。这样，我们就是一举而两得。"

耿弇率军只用半天时间便占据临淄。张蓝听说临淄已经丢失，惊慌失措，率领部下弃西安逃往剧城。果然，耿弇攻一城而得到了两座城。

闻鸡起舞

【释义】形容发奋有为，也比喻有志之士及时振作。

【典故】《晋书·祖逖传》有记载："中夜闻荒鸡鸣，蹴琨觉，曰：'此非恶声也。'因起舞。"

【故事】祖逖胸怀坦荡，有远大抱负。但是，他小时候却不爱读书，游手好闲。进入青年时代，他意识到自己知识贫乏，深感不读书无以报效国家，就开始发奋读书。他广泛阅读书籍，认真学习历史，从中汲取知识和智慧，学问大有长进。二十四岁时，有人推荐祖逖去做官，他没有答应，仍然不懈地努力读书。

后来，祖逖和好友刘琨一起担任司州主簿。他与刘琨感情深厚，不仅常常同床而卧，而且还有共同的远大理想：建功立业，复兴晋朝，成为栋梁之材。

有一天晚上半夜里，祖逖在睡梦中听到鸡叫声，一脚把刘琨踢醒，说："别人都认为半夜听见鸡叫不吉利，我偏偏不这样想，我们以后听见鸡叫就起床练剑，你看如何？"刘琨表示同意。

从此，他们每天鸡叫时就起床练剑，寒来暑往，从不间断。功夫不负有心人，经过长期刻苦学习和训练，他们最终都成为能文能武的全才：祖逖当上镇西将军，实现了他报效国家的愿望；刘琨做了都督，兼管并、冀、幽三州军事，也充分发挥了他的文才武略。

势如破竹

【释义】形容战斗节节胜利，毫无阻挡。

【典故】《晋书·杜预传》有记载："今兵威已振，譬如破竹，数节之后，皆迎刃而解。"

【故事】三国末，晋武帝司马炎灭掉蜀国，夺取魏国政权后，准备出兵攻打东吴，实现天下统一。他召集文武大臣们商量灭吴大计。多数人认为，东吴还有一定实力，一举消灭它不易，不如有了足够准备再说。

杜预不这样认为，写了一道奏章给司马炎，提出必须趁目前东吴衰弱灭掉它，不然等它有了实力，就很难打败它了。司马炎看罢杜预的奏章，找亲信大臣张华征求意见。张华赞同杜预的分析，也劝司马炎迅速起兵攻打东吴，以免留下后患。于是，司马炎就下了决心，任命杜预为征南大将军。

公元279年，晋武帝司马炎调动二十多万兵马，分成六路，水陆并进，攻打东吴，大军一路战鼓齐鸣，战旗飘扬，战士威武雄壮。第二年，晋军攻占江陵，斩杀东吴一员大将。杜预率军乘胜追击。在沅江、湘江以南的东吴军听到风声吓破了胆，纷纷打开城门投降。

司马炎下令让杜预率军从小路直接攻取建业。此时，有人担心长江水势暴涨，不如暂且收兵，等到冬天进攻更有利。杜预坚决反对退兵。他说："现在，趁士气高涨，斗志正旺，势如破竹，一举攻占东吴不会费多大力气了！"

在杜预率领下，晋军直取建业。不久，他们就攻占建业，灭了吴国，统一了天下。

洛阳纸贵

【释义】 称颂杰出的作品风行一时。

【典故】《晋书·左思传》中有记载："于是豪贵之家竞相传写，洛阳为之纸贵。"

【故事】 左思小时候非常顽皮，不爱读书。他父亲经常为这事发脾气，但左思仍然很淘气，不肯好好学习。

有一天，与朋友们聊天时，朋友们都羡慕左思父亲儿子聪明可爱。左思父亲一脸失望，叹气说："别提他了，他的学习还不如我小时候。看来，他不会有多大出息的。"左思听到后，心里非常难过，也意识到不好好念书确实没出息。于是，他暗暗下定决心，一定要刻苦学习。

日复一日，年复一年，左思坚持不懈地发奋读书，渐渐长大同时也逐渐成为学识渊博的人，文章写得非常好。

他用一年时间写成《齐都赋》，彰显了他在文学方面的才华，奠定了他成为杰出文学家的基础。此后，他又计划以三国时魏、蜀、吴首都的风土、人情、物产为内容，撰写《三都赋》。为了在内容、结构、语言诸方面都达到高水平，他潜心研究，精心撰写，废寝忘食，用了整整十年，最终才写成文学巨著《三都赋》。

《三都赋》写成后，人们争相阅

读。但由于当时还没有发明印刷术，图书都由抄写而成，于是大家都抢着去买纸抄写《三都赋》。一时间，洛阳的纸张供不应求，纸价大幅度上升。

口若悬河

【释义】形容能言善辩，也比喻十分健谈。

【典故】《晋书·郭象传》有记载："王衍云：'听象语，如悬河泻水，注而不竭。'"

【故事】晋朝时，有一位大学问家叫郭象。

郭象年轻时已经很有才学。日常生活中所接触的现象，他都能留心观察，冷静思考其中的道理。因此，他不仅知识十分渊博，而且对很多事都有独到的见解。

朝廷一再派人来请他去做官。他实在推辞不掉，只得答应。到京城，他做了黄门侍郎。由于知识丰富，所以无论对什么事情，他都能说得头头是道。再加上他口才很好，又非常喜欢发表自己的见解，每当人们听他谈论时，都觉得津津有味。

太尉王衍十分欣赏郭象的口才。他常常在别人面前赞扬郭象："听郭象说话，就好像一条倒悬起来的河流，滔滔不绝地往下灌注，永远没有枯竭时。"

郭象的辩才，由此可知。

草木皆兵

【释义】形容在受到某种打击时惊恐万状、疑神疑鬼的心态。

【典故】《晋书·苻坚载记》有记载："坚与苻融登城而望王师，见部阵齐整，将士精锐；又北望八公山上草木，皆类人形。"

【故事】公元383年，前秦皇帝苻坚在统一北方后，组成九十万大军，挥师南下，企图一举歼灭东晋。

根据情报得知，东晋只有十多万兵力，双方实力悬殊。苻坚狂妄地说："我的大军只要把马鞭扔进河里，就能让河断流，还灭不了晋吗？"其实，他过高估计了自己的实力，而没有看到自身的弱点。前秦军虽然人数众多，但士兵都是从各族人民中强行征来的，人心不齐。其队伍庞大，远途行走，人困马乏，士气不高。

东晋方面，由宰相谢安指挥。他下令谢石、谢玄等率八万北府兵开赴淮水一线抗击。晋军首战告捷，五千精兵夜渡洛涧，大破秦军前哨，斩梁成等秦将十名，歼敌一万五千。然后，晋军马不停蹄，日夜兼程，水陆并进，直逼淝水东岸。

谢玄针对苻坚恃众轻敌又急于决战的心理，要求秦军略向后撤，以便晋军渡河决战。这正中苻坚下怀。他原以为，等到晋军半渡时用骑兵冲杀，就可把晋军消灭在水中。令他意料未及的是，他刚下令后撤，秦军一退而不可复止。

在襄阳被俘的晋将朱序趁机大喊：快跑呀，晋军打过来了，秦兵打败了！顷刻间，前秦几十万军队自相践踏，死者无数，苻坚也中箭负伤。

晋军渡过淝水，乘胜追击，大败秦军。秦军听到风声鹤唳，以为是东晋追兵。逃跑经过八公山时，见八公山上草木摇动，以为都是埋伏的晋兵。

伯仁因我而死

【释义】表示对别人的死亡负有某种责任。

【典故】《晋书·周顗传》有记载："吾虽不杀伯仁，伯仁因我而死。"

【故事】西晋灭亡后，琅琊王司马睿带领一批人南渡。王敦和王导是江南士族中颇有影响的两兄弟，在他们的拥戴下，司马睿在建康称帝，史称晋元帝。

当然，晋元帝也很器重王家之人，当时民间流传这样一句话："王与马，共天下。"由此可见，王氏家族与皇族的关系了。

然而，晋元帝对王家非常顾忌，总想削弱王家势力。王敦掌握军权，野心膨胀，率军进攻建康。王导在朝中为相，自然要受到牵连。王导负荆请罪，带着兄弟子侄二十余人，每天都在宫门外候罪。

王导的朋友周顗，字伯仁，进宫后，极力替王导说好话，向皇帝保证王导忠诚，言辞极为恳切，最终打动了晋元帝，王导一家得以幸免。王导对这些情况并不了解，反而误认为，周顗在皇帝面前意欲加害于己。王敦率军队打进了都城之后，纵兵杀害反对他的大臣与宦官。王敦认为，周顗声望很高，应该请他担任三司。王导不表态，王敦下令斩杀了周顗。

后来，王导整理文库时找到了周伯仁上书为他开罪的奏折，真相大白，痛哭说："我虽不杀伯仁，伯仁因我而死，幽冥之中，负此良友！"

掷地作金石声

【释义】比喻文章辞藻优美，声调铿锵。

【典故】《晋书·孙绰传》有记载："卿试掷地，当作金石声也。"

【故事】孙绰是东晋文学家，字兴公，太原中都人。家住会稽，放情山水，曾历游名山大川十余年。他博学善文，名重一时。他曾写了一篇《天台赋》，自认为很好，出示给自己的好朋友范荣其，自负地说："卿若把此文掷地，可发金石之声。"范荣期不以为然地说："恐怕该金石声不是五音中的乐声！"但是，他阅读这篇文章，感到的确不错，称赞说："应该是我们这些人说的话。"

妍皮不裹痴骨

【释义】美丽的皮肤，不包裹丑陋的骨头。比喻表里如一，秀外慧中。

【典故】《晋书·慕容超载记》有记载："召见与语，超深自晦匿，兴大鄙之，谓绍曰：'谚云妍皮不裹痴骨，妄语耳。'"

【故事】晋朝时，有个叫慕容超的人，非常有才华。他不愿意显露才华，担心被姚氏利用，就假装行乞，故意把自己打扮成委琐的人。他在前秦各处乞讨，没有人看得起他，只有姚绍独具慧眼，看出他是个人才，就建议姚兴给他官位。姚兴看在姚绍面子上，召见了慕容超。慕容超故意隐匿自己的才华，与姚兴对话时，显得很愚蠢。姚兴十分鄙视他，对姚绍说："自古说的'妍皮不裹痴骨'，此话不真。"姚绍叹了口气，此事暂且只得作罢。

行不由西州路

【释义】比喻怀念故人，悲悼亡友。

【典故】《晋书·谢安传》有记载："羊昙者，太山人，知名士也。为安所爱重，安薨后，辍乐弥年，行不由西州路。"

【故事】晋朝时，太山知名人士羊昙和宰相谢安关系十分要好，谢安非常器重羊昙，羊昙也非常敬重谢安，两人在一起，什么话都谈。后来，谢安得了重病，每次进京城时，都由西州门入城，羊昙也经常陪同。谢安死后，羊昙悲痛万分，在好几年的时间内，他都不再从事娱乐活动，伤心得甚至连西州门这条路都不再走。

死诸葛走生仲达

【释义】诸葛：诸葛亮；走：吓走；仲达：司马懿。指用死人吓唬活人。

【典故】《晋书·宣帝纪》有记载：

"时百姓为之谚曰：'死诸葛走生仲达。'帝闻而笑曰：'吾便料生，不便料死故也。'"

【故事】三国时期，蜀军主帅诸葛亮率军北伐，积劳成疾，不幸病死在军中。诸葛亮生前就知道，如果蜀军将士知道他去世，士气就会受到很大的影响，魏国会乘势进攻，临终前定下了锦囊妙计。蜀将姜维等遵照诸葛亮遗嘱，秘不发丧，缓缓退军。魏军主帅司马懿（字仲达）从各种途径判断，诸葛亮已经去世，就率军追击。半路上，他看见蜀军帅旗飘扬，孔明羽扇纶巾坐在车里。司马懿以为中了诸葛亮的诱敌计，赶紧率领大军向后猛跑。

不为五斗米折腰

【释义】比喻为人清高，有骨气，不为利禄所动。

【典故】《晋书·陶潜传》有记载："吾不能为五斗米折腰，拳拳事乡里小人邪。"

【故事】陶渊明是著名的田园诗人。公元405年秋，为了生活，他来到离家乡不远的彭泽当县令。他为官清廉，作风正派，关心老百姓的疾苦。这年冬天，来了一名督邮，到彭泽县来督察。督邮是一个品位很低的小官，但却有些权势，他如果在上司面前说你坏话，你就遭殃了。所以，谁都不敢得罪督邮。督邮一到彭泽的旅舍，趾高气扬地打发县吏去叫县令来见他。陶渊明是一个志向远大的人，从来就蔑视功名富贵，不肯趋炎附势，但人在屋檐下不能不低头。他正准备动身，不料县吏拦住他说："大人，参见督邮要穿官服，并且束上大带，不然有失

陶渊明滤酒图

《晋书》《宋书》《齐书》《南史》篇

体统，督邮要乘机大做文章，会对大人不利的！"陶渊明忍无可忍，长叹一声，说："我不能为五斗米向乡里小人折腰！"他果断地取出官印，把它封好，写了一封辞职信，扬长而去。在彭泽县令这个位置上，他只干了八十来天。

乘兴而来，败兴而归

【释义】怀着兴致来到，结果很扫兴地回去。

【典故】《晋书·王徽之传》有记载："人问其故，徽之曰：'本乘兴而来，兴尽而反，何必见安道耶？'"

【故事】王徽之，字子猷，是王羲之的第五个儿子。由于他卓荦放诞，清高自恃，因此引来很多非议，有人骂他是"伪名士"。他本来当官，因受不了朝中各种规矩的束缚，任黄门侍郎一职不久，就辞职不干，退居山阴。一天夜晚，忽然下起了大雪。王徽之一觉醒来，叫人打开窗户。他一边喝酒，一边眺望远处，看到外面白茫茫的雪景，他念起了左思的《招隐》诗，想到了剡溪的好朋友戴逵。戴逵是当时的一代名贤，王徽之决定去拜望他。他们之间相隔百余里，王徽之乘着酒兴，不顾天寒和路途遥远，连夜乘船溯江而上，走了一百多里，第二日中午就到了戴逵的家门口。他正准备敲戴逵家的门时，却突然停住了，上了船，吩咐仆人掉转船头回到了家中。人们都觉得非常奇怪，就问王徽之："你不辞辛苦远道而来拜访朋友，为什么到了朋友家的门前，不进去，反而回家了呢？"王徽之爽快地说："我本是乘酒兴正浓之时而来，现在酒兴已消失殆尽了，那么见到戴逵又有什么意思呢？"

桂林一枝，昆山片玉

【释义】比喻科举考试中的出类拔萃的佼佼者。

【典故】《晋书·郤诜传》中有记载："累迁雍州刺史。武帝于东堂会送，问诜曰：'卿自以为何如？'诜对曰：'臣举贤良对策，为天下第一，犹桂林之一枝，昆山之片玉。'"

【故事】晋朝时，晋武帝下令在各地选拔人才。郤诜被选中。他做官后，一路升职到雍州刺史。晋武帝在东堂巡游时接见了郤诜，问他："你觉得自己怎样呢？"郤诜回答说："臣举贤良对策，为天下第一，犹桂林之一枝，昆山之片玉。"

刻画无盐，唐突西施

【释义】比喻拿丑的和美的比较，冒犯与贬低了美的。

【典故】《晋书·周顗传》有记载："庾亮尝谓顗曰：'诸人咸以君方乐广。'顗曰：'何乃刻画无盐，唐突西施也。'"

【故事】东晋初年，尚书仆射周顗有名望，为人却特别谦虚。人们喜欢把他与当时同样有名望的尚书令乐广相提并论，说他们才学过人、德高望重。周顗谦虚地说："把我与他相比，是亵渎了他，是刻画无盐，唐突西施。"

乘风破浪

【释义】比喻志向远大，不怕困难。

【典故】《宋书·宗悫传》有记载："悫年少时，炳问其志，悫曰：'愿乘长风破万里浪。'"

【故事】宗悫自小就跟着父亲和叔叔舞刀弄枪，练拳习武，年纪不大，却练得一身好武艺。

他哥哥结婚那天，家里宾客盈门，热闹非凡。有十几个土匪乘机冒充客人混了进来。正当大家喝酒道贺之际，土匪潜入宗家的库房抢劫。有个家仆去库房拿东西，发现盗贼，大声惊叫着奔进客厅。

一时间，客厅里的人都被惊呆了，不知如何是好。宗悫镇定自若，拔出佩剑，直奔库房。土匪一见来了人，挥舞着刀枪，威吓宗悫，不许他靠前。宗悫面无惧色，举剑直刺土匪，家人也呐喊助威。土匪见势不妙，丢下抢得的财物，立即脱身逃跑。

宾客见土匪被赶走，纷纷称赞宗悫机敏勇敢、少年有为。有人问他长大后干什么时，他昂起头，大声说："愿乘长风破万里浪，干一番伟大的事业。"

几年以后，林邑王范阳迈率兵侵扰边境，皇帝派交州刺史檀和之前往讨伐，宗悫自告奋勇地请求参战，被任命为振武将军。在战争中，宗悫的才智和武艺都得到了充分发挥。他打了不少胜仗，立下许多战功，被封为洮阳侯，实现了他少年时的志向。

火树银花

【释义】多用来形容张灯结彩或大放焰火的灿烂夜景。

【典故】《齐书·礼志上·晋傅玄

朝会赋》有记载："华灯若乎火树，炽百枝之煌煌。"

【故事】唐睿宗是唐朝最会享乐的皇帝。他在位三年，却将享受发挥到了极致——不管什么佳节，都要用很多物力人力去铺张一番，供他游玩。每年逢正月元宵夜晚，他一定要让人扎起二十丈高的灯树，点起五万多盏灯，号为火树。后来，诗人苏味道写了一首《元夕》诗，描绘它的情形："火树银花合，星桥铁锁开，暗尘随马去，明月逐人来。游妓皆四季，行歌尽落梅，金吾不禁夜，玉漏莫相催。"这首诗把当时的热闹情景毫无隐瞒地描写出来，让人几乎有一种身临其境之感。

三思而后行

【释义】三：再三，表示多次。指经过反复考虑，然后再去做。

【典故】《南齐书·公冶度》中有记载："季文子三思而后行。"

【故事】春秋时，孔子在鲁国得不到重用，就带领学生们周游列国，推销他的仁政。后来，孔子在离开卫国途中总结在鲁国的经验。他对公冶长及子贡等人说："鲁国执政的人中只有季文子处事不冲动，三思而后行。"学生们赶紧把他的话记录下来。

三十六策，走是上计

【释义】指事情已经到了无可奈何的地步，没有别的好办法，只能出走了事。

【典故】《南齐书·王敬则传》有记载："檀公三十六策，走是上计，汝父子唯应急走耳。"

【故事】为了扩张势力，楚庄王发兵攻打庸国。庸国奋力抵抗，楚军一时难以推进。

在一次战斗中，庸国俘虏了楚将杨窗。由于庸国疏忽，三天后，杨窗竟从庸国逃了回来。杨窗报告庸国的情况，说："庸国人人奋战，如果我们不调集主力大军，恐怕难以取胜。"

楚将师叔建议佯装败退撤走，以骄庸军。于是，师叔带兵进攻，开战不久，楚军佯装难以招架，败下阵来，向后撤退。像这样一连几次，楚军节节败退。庸军七战七捷，不由得骄傲起来，不把楚军放在眼里，军心麻痹，斗志渐渐松懈，戒备渐渐失去了。

这时，楚庄王率领增援军队赶来。师叔说："我军已七次佯装败退，庸人已十分骄傲，现在正是发动总攻的大好时机。"

于是，庸国将士正陶醉在胜利

之中时，两路楚军突然杀到，他们仓促应战，抵挡不住。楚军一举消灭了庸国。

恃才傲物

【释义】仗着自己有才能，看不起人。

【典故】《南史·萧子显传》有记载："恃才傲物，宜谥曰骄。"

【故事】南朝·齐时期，齐武帝萧赜的侄子萧子显从小聪慧过人，文思敏捷。萧子显在任南朝·梁国国子博士时，把梁武帝写的《经义》做太学的教材授课。他写成《后汉书》一百卷，《齐史》六十卷，深得梁武帝信任。梁武帝认为他恃才傲物，在他死后赐他谥号"骄"。

一衣带水

【释义】原指窄小的水面间隔，后泛指地域相近，仅隔一水。

【典故】《南史·陈后主纪》有记载："隋文帝谓仆射高颎曰：'我为百姓父母，岂可限一衣带水不拯之乎？'"

【故事】隋文帝杨坚建隋后，立志于统一天下，实行一系列富国强兵政策，国力大增。而当时长江南岸的陈朝后主陈叔宝却十分荒淫，不理朝政。他虽知道隋文帝有意征伐，却依恃长江天险，并不放在心上。

一次，隋文帝问仆射高颎有何灭陈之计。高颎说："江南的庄稼比江北成熟得早，我们在他们收获的季节，扬言出兵，他们一定就会放弃农时，屯兵防守；他们做好了准备，我们便不再出兵。这样几次后，他们便不会相信。等他们不做准备，我们就真的出兵渡江，打他们个措手不及。另外，江南的粮食不像我们北方囤积在地窖中，而囤积在茅竹修建的仓库中，我们暗地差人前去放火烧毁它。如果连烧几年，陈朝的财力就大大削弱，灭掉它也就容易得多了。"

隋文帝采取了高颎的计策。经过七年准备，他在公元588年冬下令伐陈。出发前，他对高颎说："我是天下百姓的父母，难道能够因为一条像衣服带子一样狭窄的长江的阻隔，而不去拯救那里的老百姓吗？"

隋文帝志在必得，派晋王杨广为元帅，率领五十万大军渡江南下，向建康发动猛烈进攻，并很快攻下建康，俘获陈后主，灭掉陈朝。

江郎才尽

【释义】比喻才思减退。

《晋书》《宋书》《齐书》《南史》篇

【典故】《南史·江淹传》有记载："尝宿守冶亭，梦一丈夫，自称郭璞谓淹曰：'吾有笔在卿处多年。可以见还。'淹乃探怀中，得玉色彩笔以授之；尔后为诗，绝无美句，时人谓之才尽。"

【故事】江淹年轻时就成名了，所写的诗和文章获得了极高评价。可是，他年纪渐渐大了后，所写的文章不但没有以前写得好，而且退步不少。而他的诗写出来也平淡无奇，常常提笔吟哦好久也写不出一个字来，偶尔灵感来了，写出的诗句也枯涩，内容也平淡得一无可取。

相传，有一次，江淹在冶亭中睡午觉，梦见一个自称郭璞的人走到他的身边，向他索笔，对他说："文通兄，我有一支笔在你那儿已经很久了，现在应该可以还给我了吧！"

江淹听了，就顺手从怀里取出一支五色笔来还他。从此以后，江淹就文思枯竭，再也写不出什么好文章。

百万买宅，千万买邻

【释义】比喻好邻居千金难买。

【典故】《南史·吕僧珍传》有记载："宋季雅罢南康郡，市宅居僧珍宅侧。僧珍问宅价。曰：'一千一百万。'怪其贵。季雅曰：'一百万买宅，千万买邻。'"

【故事】梁武帝很欣赏吕僧珍。有一次，吕僧珍请求梁武帝批准他回乡扫墓。梁武帝不但同意，还任命他为南兖州刺史。

吕僧珍到任后，不徇私情，秉公办事。在会客时，连他的兄弟也只能在外堂，不准进入客厅。一些近亲以为有吕僧珍做靠山，纷纷到州里来见他，以谋取一官半职。吕僧珍耐心地说服他们回去，继续做自己的营生。

吕僧珍住宅前面有一所他属下的官舍，平时出入的人很多。有人建议他要那个属下到别处去办公，把官舍留下来住。吕僧珍严词拒绝把官舍作为私人住宅。

吕僧珍廉洁奉公的高尚品德受到人们称颂。宋季雅辞掉官职，告老还乡，来到南兖州，不惜一切代价把吕僧珍私宅邻家的一幢房屋买了下来。有一天，吕僧珍问宋季雅他买这幢房子花了多少钱，宋季雅说："共花了一千一百万。"

吕僧珍听了大吃一惊，反问："要一千一百万，这么贵啊？"

宋季雅笑着说："一百万是买房屋，一千万是买邻居。"

吕僧珍听后，想了一会儿才明白，跟着笑了起来。

《魏书》《北齐书》《隋书》《北史》《新唐书》《旧唐书》篇

乘龙快婿

【释义】旧指才貌双全的女婿。也用作称誉别人的女婿。

【典故】《魏书·刘昞传》有记载:"……昞遂奋衣来坐,神志肃然,曰:'向闻先生欲求快女婿,昞其人也。'瑀遂以女妻之。"

【故事】春秋时,秦穆公嬴任好的女儿弄玉爱上了善于吹箫的箫史,跟他学吹箫。秦穆公成全了他们,为他们修建了一座凤台。弄玉很快学会吹箫。他们在凤台吹箫,引来很多凤凰前来倾听,并伴着乐声飞舞。后来,箫史乘龙飞去,弄玉也乘凤飞去。

矢在弦上,不得不发

【释义】箭已搭在弦上,不得不发出。比喻为形势所迫,不得不采取某种行动。

【典故】晋·王沈《魏书》卷五九七引:"《太平御览》陈琳作檄,草成,呈太祖。太祖先苦头风,是日疾发,卧读琳所作,翕然而起,曰:'此愈我疾病。'太祖平邺,谓陈琳曰:'君昔为本初作檄书,但罪孤而已,何乃上及父祖乎!'琳谢曰:'矢在弦上,不得不发。'"

【故事】陈琳很有才华,写得一手好文章。他原是东汉末年北方军阀袁绍的书记官,曾为袁绍写过一篇讨伐曹操的檄文《为袁绍檄豫州》。檄文历数曹操的罪状,辱骂曹操的祖宗三代。后

为袁绍檄豫州

来，曹操打败了袁绍，陈琳不得不归顺曹操。曹操问陈琳之前为何如此辱骂自己时，陈琳回答说："那时为形势所迫，不得已，就像箭在弦上，不得不发。"

曹操爱才，见陈琳把问题讲清楚了，并承认了错误，就既往不咎，委以官职。

快刀斩乱麻

【释义】比喻做事果断，能采取坚决有效的措施，很快解决复杂的问题。

【典故】《北齐书·文宣帝纪》中记载："高祖尝试观诸子意识，各使治乱丝，帝独抽刀斩之，曰：'乱者须斩！'"

【故事】高欢任东魏丞相时，想测试一下几个儿子的智力。于是，他给每个儿子发上一堆乱麻，命令他们尽快理清。大儿子一根根慢慢抽，越抽越乱，小儿子将乱麻分成两半然后再分开，只有高洋拿出快刀，几刀砍下去，再理出一缕缕短麻来。高欢非常赏识高洋。后来，高欢死后，其政敌趁机作乱，高洋临危不惧，率领家仆迅速将其镇压。随后，他干脆废掉东魏皇帝，自己称帝。

宁为玉碎，不为瓦全

【释义】比喻宁愿为正义事业牺牲，不愿丧失气节，苟且偷生。

【典故】《北齐书·元景安传》中有记载："岂得弃本宗，逐他姓，大丈夫宁可玉碎，不能瓦全。"

【故事】公元550年，东魏孝静帝被迫让位给丞相高洋后，被毒死。高洋同时还杀害孝静帝的儿子及所有亲属，以斩草除根。后来，高洋还扬言要杀孝静帝的远房宗族。元景皓表示"大丈夫宁可玉碎，不能瓦全"，宁愿被杀头也不愿改元姓高。元景安到高洋那里告了密，没多久元景皓就遭到高洋杀害。

一箭双雕

【释义】比喻做一件事达到两个目的。

【典故】《北史·长孙晟传》有记

载:"尝有二雕飞而争肉。因以箭两只与及,请射取之。晟驰往,遇雕相馁,遂一发双贯焉。"

【故事】长孙晟智勇双全,射箭百发百中,无人敢与他相比。

北周皇帝为了与突厥人缓和关系,决定把公主嫁给突厥摄图可汗。为了安全起见,皇帝派长孙晟率兵护送公主前往突厥。

历经千辛万苦,他们终于到了突厥。摄图可汗大摆酒宴,宴请长孙晟。酒过三巡后,按照突厥人的习惯,要比武助兴。摄图可汗命人拿来一张硬弓,要长孙晟射百步以外的铜钱。长孙晟接过弓箭,只听得"格勒勒"一声,硬弓被拉成弯月,一支利箭"嗖"一声射进了铜钱的小方孔。大家禁不住齐声喝彩。

从此,摄图可汗对长孙晟非常敬重,留他在突厥住了一年,并经常让他陪着一块儿去打猎。

有一次,他们打猎时,发现天空中有两只大雕在争夺一块肉。摄图可汗递给长孙晟两支箭,说:"能把这两只射下来吗?"

"一支箭就够了!"长孙晟边说边接过箭,策马驰去。他搭上箭,拉开弓,对准两只正打得难分难解的雕。

"嗖"的一声,两只大雕串在一起掉落下来了。

分道扬镳

【释义】比喻各奔前程,各干各的事。

【典故】《北史·魏诸宗室·河间公齐传》有记载:"高祖曰:'洛阳,我之丰、沛,自应分道扬镳。自今以后,可分路而行。'"

【故事】北魏有个人叫元齐,有才能,屡建功勋。皇帝非常看重他,封他为河间公。元齐有个儿子叫元志。元志聪慧过人,饱读诗书,有才华也很骄傲。孝文帝赏识元志,任命他为洛阳令。不久,孝文帝采取御史中尉李彪的建议,从山西平城搬迁到洛阳建都。这样一来,洛阳令成为京兆尹。在洛阳,元志仗着自己的才能,对朝廷中某些学问不高的达官贵族表示轻视。

有一次,元志出外游玩,李彪的马车从对面飞快朝着他驶来。元志官职比李彪小,应该给李彪让路,但他一向看不起李彪,偏不让路。李彪见元志目中无人,当众责问:"我是御史中尉,官职比你大多了,你为什么不给我让路?"元志并不买账,说:"我是洛阳的地方官,你在我眼中,不过

《魏书》《北齐书》《隋书》《北史》《新唐书》《旧唐书》篇

是洛阳的一个住户，哪里有地方官给住户让路的道理呢？"两人互不相让，争吵起来了。

最终，他们到孝文帝那里评理。孝文帝听了他们的争论，觉得各有各的道理，不能训斥他们中的任何一个，便笑着说："我听了，感到你们各有各的道理。我认为，你们可以分开走，各走各的，不就行了吗？"

雕虫小技

【释义】比喻小技或微不足道的技能。

【典故】《北史·李浑传》中有记载："雕虫小技，我不如卿；国典朝章，卿不如我。"

【故事】唐朝时，韩朝宗为人非常热心，常常推荐一些年轻有才华的人做官，深受人尊敬。

年轻的李白来到京城时，举目无亲，希望韩朝宗能推荐他一下。于是，李白写了一封信给韩朝宗，请韩朝宗推荐。信的最后写道："恐雕虫小技，不合大人。"

松筠之节

【释义】用以比喻坚贞的节操。

【典故】唐·魏征《隋书·柳庄传》中有记载："梁主奕叶重光，委诚朝廷，而今已后，方见松筠之节。"

【故事】公元579年，北周宣帝宇文赟病死，年幼的宇文阐即位，是为北周静帝。内史大夫郑译和御史大夫刘昉伪造诏书，召随国公杨坚入宫，总揽军政大权。杨坚主政后，一些北周贵族不满，发动了反叛。后梁大臣柳庄奉梁明帝萧岿之意到长安晋见，杨坚召见了他，并夸梁明帝有松筠之节，以缓和双边关系，约定共同对付反叛的尉迟迥。

霹雳手

【释义】指断案敏捷的人。

【典故】《旧唐书·裴漼传》中有记载："崇义大惊，谢曰：'公何忍藏锋以成鄙夫之过！'由是大知名，号为'霹雳手'。"

【故事】年轻漂亮的裴琰之任同州司户参军时，刺史李崇义看不起他，给他出难题，把州中积压多年的数百件旧案交给他，令他短期内判完。谁知道，裴琰之轻车熟路，很快判完，且判词非常妥当。李崇义大吃一惊，从此对他刮目相看。裴琰之也因此获"霹雳手"的美称。

一代楷模

【释义】一个时代的模范人物。

【典故】后晋·刘昫《旧唐书·李靖传》中有记载:"朕今非直成公雅志,欲以公为一代楷模。"

【故事】唐朝初,李靖率兵南征北战,建立许多功劳,多次得到奖赏。

有一年,东突厥军犯境,李靖仅率三千骁骑就平定叛军。此后,李靖又为朝廷立下不少战功,官至尚书右仆射。

李靖有自知之明,认为自己任官多年,功劳不小,受赏也不少,应该急流勇退,早点解甲归田,免生后患。趁唐太宗派他去访察民俗的机会,他说自己的脚有毛病,奏请退休归家。唐太宗答应了他的请求,并派中书侍郎牟岑少去传他的旨意:"我看自古以来,身居富贵而能知足的非常少,不论是愚人还是智者,都莫能自知。有些人没有什么才能,却硬是要占据官职;就是有了病,也勉强留着不肯辞官。你能识大体,实在可嘉。我如今批准你的请求,不仅是成全你的志向,还想把你作为一个时代的模范人物。"

李靖退休时,唐太宗特别优待他,赐给他良马两匹,绸缎千匹,还为他制作一根寿杖,以方便他走路。

当局者迷,旁观者清

【释义】当事人被碰到的事情搞糊涂了,旁观的人却看得很清楚。

【典故】《旧唐书·元行冲传》中有记载:"当局称迷,傍(旁)观见审。"

【故事】魏光上书唐玄宗,请求把魏征整理修订的《类礼》列为经书。唐玄宗便命元澹校阅《类礼》。右丞相张说认为,已经有郑玄作注成为经书。元澹写《释疑》表明自己观点:郑玄的注过时了,魏征不是下棋人,他是旁观者,所以他注解得比较真实。

南山可移,判不可摇

【释义】南山:终南山;判:裁决;摇:动摇。终南山可以移动,但已定下的案子决不能更改。

【典故】《旧唐书·李元纮传》中有记载:"南山可移,判不可摇也。"

【故事】唐睿宗时,太平公主蛮横无理,大肆侵吞百姓财产。有一次,她的手下到农民家抢走了碾石。农民告上雍州官府后,司户李元纮判太平公主的手下交还碾石。李元纮的上司窦怀贞害怕因这件事得罪了太平公主,亲自要李元纮改判。李元纮气愤地说,

《魏书》《北齐书》《隋书》《北史》《新唐书》《旧唐书》篇

南山可移，判不可摇。

忘形交

【释义】不拘身份、形迹的知心朋友。

【典故】《新唐书·孟郊传》中有记载："孟郊者，字东野，湖州武康人。少隐嵩山，性介，少谐合。愈一见，为忘形交。"

【故事】有一天，贾岛骑着毛驴到京都郊外野游，美丽的自然风光引起了他的诗兴。曲江池边的树上有很多小鸟，池子不远的地方很幽静。这里住着一户人家，他触景生情，赋诗一首，诗中说："闲居少邻并，荣径入荒园。鸟宿池边树，僧推月下门。"但他对后一句用"推"字还是"敲"字更合适，把握不住。

他在回去的路上，骑着毛驴苦思冥想。毛驴驮着他进城以后，他没有觉察，不知不觉迎头闯进了已经身为高官的韩愈的仪仗中。仪仗官员赶忙迎头拦住毛驴，而这时的贾岛还在思考"推"字或是"敲"字，根本没有注意到毛驴已把他驮到了韩愈马前。

韩愈的卫士大喝一声，将贾岛拖下毛驴，带到韩愈马前。

韩愈一看是个神志不清的读书人，就询问原因。贾岛老老实实讲了自己面临的难题。韩愈一听，不但没有责怪他，反而饶有兴趣地停住马和贾岛讨论了好一会儿。最后，韩愈对贾岛说："还是用敲字更好。"

说完，韩愈请贾岛骑上毛驴，和自己并辔而归。之后，连续多日将贾岛留在府中，共同探讨关于诗歌中的学问。两人最终成为好朋友。

熟羊胛

【释义】比喻时间过得很快。

【典故】《新唐书·回鹘传》中有记载："日入亨羊胛，熟，东方已明。"

【故事】唐朝时，北方少数民族铁勒有很多部落。其中，有一个部族叫骨利干，地处瀚海以北。那里的草多为百合，盛产的良马可以日行千里。骨利干北边临海，离唐朝京都长安很远。那里日长夜短，傍晚开始煮羊肩胛，等煮熟时，东方竟然天亮了。

精明强干

【释义】机灵聪明，办事能力强。

【典故】《新唐书·苏弁传》有记载："弁通学术，吏事精明，承延龄后，平赋缓役，略烦苛，人赖其宽。"

【故事】清朝时，捻军起义，百姓因不堪忍受清政府重压和盘剥，纷纷响应。清政府调集僧格林沁、袁甲三、毛昶熙等率军镇压。毛昶熙认为，捻军起义是官逼民反，官员只顾搜刮民脂民膏，百姓苦不堪言，应该选拔一些精明强干、爱民如子的官员。

呕心沥血

【释义】原形容用尽心思。多形容费尽心思和精力，也形容为事业、工作、文艺创作等用心的艰苦。

【典故】《新唐书·李贺传》有记载："是儿要当呕出心乃已尔！"

【故事】唐朝著名诗人李贺才华横溢，七岁就开始写诗作文。成年后，李贺一心渴望朝廷能重用他。但是，他在政治上从来没得志过。李贺只好全心倾注在诗歌创作上。每次外出，他都让书童背一个袋子。只要一有灵感，想出几句好诗，他就马上记下来，回家再重新整理、提炼。他母亲心疼地说："我的儿子已把全部精力和心血放在写诗上了，真是要把心呕出来才罢休啊！"

紫芝眉宇

【释义】形容人德行高洁。

【典故】《新唐书·卓行传·元德秀》中有记载："元德秀字紫芝，河南人。质厚少缘饰……德秀善文辞，作《寒士赋》以自况。房管每见德秀，叹息曰：'见紫芝眉宇，使人名利之心都尽！'"

【故事】元德秀为人宽厚，少浮华。

他当鲁山县令时，县里有个人因偷盗被捕。当时，鲁山境内有虎为暴，那人请求去缚虎来赎自己的罪。元德秀答应了。官吏劝他说："这是那人的诡计。他想逃走，你不怕受到牵连吗？"元德秀说："人应该讲信义。如果有什么差错，由我一人来承担好了，决不连累别人。"第二天，那人背着死虎回来了，一县人都感叹不已。

由于元德秀平日里把俸禄都接济了县里的孤遗，到离任时，他的全部

李贺《雁门太守行》

《魏书》《北齐书》《隋书》《北史》《新唐书》《旧唐书》篇

财产只是一匹细绢,坐着柴车而去。后来,元德秀隐居在陆浑,家里没有围墙也不上锁,也没有仆人。遇到荒年,有时一天也吃不上饭。元德秀喜欢喝酒,常常弹琴娱乐。

宰相房管每看见元德秀都感叹说:"见紫芝(元德秀的字)眉宇,使人名利之心都尽。"

庸人自扰

【释义】指本来没事,自己找麻烦。

【典故】《新唐书·陆象先传》中有记载:"天下本无事,庸人扰之而烦耳。"

【故事】唐朝蒲州刺史陆象先对手下十分宽容。对犯错的官员,他都是批评教育。因此,很多人认为他在怂恿官吏犯错误。有一次,一个官吏犯了错误,陆象先批评他。属官说要体罚,陆象先反对。属官退下去后,陆象先说:"天下本无事,庸人扰之而烦耳。"

《旧五代史》《新五代史》《宋史》《元史》《明史》篇

机不可失，时不再来

【释义】指时机难得，必需抓紧，不可错过。

【典故】《旧五代史·晋书·安重荣传》中有记载："仰认睿智，深惟匿瑕，其如天道人心，难以违拒，须知机不可失，时不再来。"

【故事】公元前203年，汉将韩信灭了齐国，被刘邦封为齐王。韩信的谋士蒯通分析天下形势后，认为韩信是举足轻重的人物，影响着天下局势的发展，劝他不要跟随刘邦而自立为王，与楚汉三分天下，认为机不可失，时不再来。韩信没有采纳蒯通的意见。后来，韩信被吕后和萧何设计杀死。

眼中钉

【释义】比喻心中最厌恶、最痛恨的人。

【典故】《新五代史·赵在礼传》中有记载："在礼在宋州，人尤苦之。已而罢去，宋人喜而相谓曰：'眼中拔钉，岂不乐哉？'"

【故事】五代时，后唐效节指挥使赵在礼起兵反后唐庄宗，拥立后唐明宗。成事后，赵在礼被任命为义成军节度使。赵在礼滥用职权，欺压民众，经常搜刮民脂民膏。他率军去攻打当时百姓认为是眼中之钉的契丹前，竟然下令宋州百姓每人交一千钱的"拔钉费"，违者处死。

儿皇帝

【释义】五代时期石敬瑭勾结契丹建立后晋,对契丹主自称儿皇帝。后泛指投靠外国,建立傀儡政权的统治者。

【典故】《新五代史·四夷附录第一》有记载:"学士以先君之命为书以赐国君,其书常曰:'报儿皇帝云。'"

【故事】五代时,石敬瑭起兵反后唐,被契丹皇帝耶律德光册立为晋国儿皇帝。石敬瑭死后,他侄子石重光继位,即晋出帝。晋出帝不愿意继续当儿皇帝,惹怒了契丹。公元944年,契丹进犯后晋,晋出帝率军抵抗失败。皇太后李氏写降书请求皇帝阿翁放他们一条生路,表示自己说过的话驷马难追。

人死留名

【释义】指人生前建立了功绩,死后可以传名于后世。

【典故】《新五代史·王彦章传》中有记载:"彦章武人,不知书,常为俚语谓人曰:'豹死留皮,人死留名。'"

【故事】王彦章年轻时跟随后梁太祖朱温打仗,立下不少功劳。朱温死后又为后梁末帝朱友贞巩固了后梁江山,功劳不算不大。可是,当王彦章攻打后唐连续两次失败后,不喜欢他的人趁机向朱友贞说他的坏话。最后,王彦章被罢免了兵权。

不到半年,后梁江山不保,朱友贞只好再度请出王彦章。

有一次,王彦章被后唐兵活捉了。后唐庄宗李存勖很赏识他,想让他做将领。王彦章说:"哪有当将领的人,早上替这个国家效力,晚上又为另一个国家做事的?所以,请默默给我一刀,我没有怨言,只会感到很荣幸。"

最后,王彦章虽然死了,但留下了很好的名声。

浮屠七级,重在合尖

【释义】比喻办成事情的关键在最后。

【典故】《新五代史·李崧传》中有记载:"为浮屠者,必合其尖。"

【故事】后唐时,唐明宗李嗣源在朝会上要求百官推荐能率军抵御契丹军入侵的大将。当时,契丹军正盛,中原军队与其交战败多胜少。因此,很多将领都不愿意主动承担与契丹军交战的责任。李崧举荐了石敬瑭。

石敬瑭早有反叛之心，对此心存感激，暗中派人对李崧说："为浮屠者，必合其尖。"石敬瑭得到大军指挥权后，不仅没有抗击契丹，而是加紧与契丹人勾结，准备反唐。后来，在契丹人的帮助下，石敬瑭打败了后唐末帝李从珂，建立了后晋，被契丹皇帝耶律德光册封为"儿皇帝"。

莫须有

【释义】指无中生有，形容故意捏造罪名来陷害他人。

【典故】《宋史·岳飞传》记载："狱之将上也，韩世忠不平，诣桧诘其实。桧曰：'飞子云与张宪书虽不明，其事体莫须有。'世忠曰：'莫须有三字何以服天下？'"

【故事】南宋时，岳家军纪律严明，作战勇敢，金军闻风丧胆，不敢与岳家军正面作战。兀术采用反间计，指使曾投降过金国的秦桧离间岳飞与宋高宗的关系，造谣说岳飞拥兵自重。

宋高宗听信谗言，下令将岳飞父子等人逮捕入狱。韩世忠心中不平，责问秦桧，岳飞所犯何罪。秦桧支支吾吾地说："岳飞之子岳云跟张宪的书信里有过通敌的内容，现在虽然信找不到了，但这事应该是有的吧！"

秦桧的意思就是虽然没明确证据，但他可能有罪的。

程门立雪

【释义】表示求学者尊敬师长和心诚意坚。

【典故】《宋史·杨时传》中有记载："见程颐于洛，时盖年四十矣。一日见颐，颐偶瞑坐，时与游酢侍立不去。颐既觉，则门外雪深一尺矣。"

【故事】为了继续丰富学问，进士杨时毅然放弃高官厚禄，独自一人跑去拜程颢为师，投在程颢门下虚心求教。后来，程颢死了，他仍然立志求学，刻苦钻研，又跑去拜程颢的弟弟程颐为师。

有一天，杨时和朋友游酢一起到程家去拜见程颐。当时，正遇上了程颐在闭目养神。这时，外面开始下起大雪。为了不打扰程颐休息，他们恭恭敬敬地侍立在门外等候，不言不动。如此等了大半天，程颐才慢慢睁开眼睛。

见杨时和游酢冒着风雪站在门外等候，程颐大吃一惊，问："你们还在这里没走？"

这时候，门外的雪已经积了一尺多厚，而杨时和游酢没有一丝疲倦和

《旧五代史》《新五代史》《宋史》《元史》《明史》篇

不耐烦的神情。

程颐很感动,便收他们为入室弟子,悉心传授。杨时和游酢不负所望,后来各自成为一代理学大师。

大事不糊涂

【释义】指在有关政治的是非问题上能坚持原则,态度鲜明。

【典故】《宋史·吕端传》中有记载:"端小事糊涂,大事不糊涂。"

【故事】北宋时,谏议大夫吕端办事公正,是非分明。他为人谦虚谨慎,宋太宗十分信任他。他的名声位于寇准之下。宋太宗不满时任宰相吕蒙正,想让吕端取代,征询大臣的意见。有人说吕端为人糊涂。宋太宗说吕端是小事糊涂,大事不糊涂。

运用之妙,存乎一心

【释义】指高超的指挥作战艺术。

【典故】《宋史·岳飞传》记载:"岳飞对宗泽说:'阵而后战,兵法之常,运用之妙,存乎一心。'"

【故事】公元1125年,金兵在灭辽国后,大举南侵,渡过黄河扑向宋都汴京。岳飞奉命率军迎敌。由于岳飞机智善战,多次挫败金兵,副元帅宗泽送他一幅古阵图。岳飞婉转地说:"阵而后战,兵法之常,运用之妙,存乎一心。"

笑骂由他笑骂,好官我自为之

【释义】指为官声名很坏,任凭人们笑骂,还是泰然自若当自己的官。

【典故】《宋史·邓绾传》有记载:"笑骂从汝,好官须我为之。"

【故事】北宋时,王安石深受皇帝器重,推行新法。邓绾想巴结王安石,就上书宋神宗赵顼,吹捧王安石等人像伊尹、吕尚一样,推行青苗法、免役法深得人心。后来,王安石将邓绾推荐给宋神宗。宋神宗任命他为集贤院校理。邓绾对别人的笑骂置之不理。

过河拆桥

【释义】比喻达到某种目的后,就把帮助过自己的人一脚踢开。

【典故】《元史·彻里帖木耳传》有记载:"治书侍御史普化消有王曰:'参政可谓过河拆桥者矣。'"

【故事】元朝大臣彻里帖木耳在浙江任职时,遇上省城举行科举考试。他发现科举考试从官府到考生都要花很多钱,而且免不了有营私舞弊。他暗下决心要促使朝廷废除科举制度。

彻里帖木耳当上中书平章政事后，便奏告元顺帝，请求废除科举制度。科举制度已实行七百多年，废除它，立即引起朝野巨大反响。太师伯颜表示支持，但反对的人很多。

元顺帝也赞成废除科举制度，令人起草废除科举制度的诏书，准备颁发下去。这诏书尚未下达时，反对废除科举制度的参政许有壬和太师伯颜进行了激烈争论。第二天宣布废除科举制度诏书时，许有壬特地被安排在班首听读。许有壬不愿意但又怕得罪皇帝，只好勉强跪在百官前列听读诏书。

许有壬此举招来了误会。在回府路上，许有壬满脸不高兴地低头走时，有个御史特地走上去对他说："参政，你这下成为过河拆桥的人了。"很显然，很多科举出身的官员误会了他，

认为他是废除科举制度的领头人。

许有壬听了又羞又恨，加快步伐离开。此后，他借口有病，再也不上朝了。

瓜蔓抄

【释义】形容刑罚过度株连，一人有罪，株连九族。

【典故】《明史·景清传》中有记载："藉其乡，转相攀染，谓之瓜蔓抄，村里为墟。"

【故事】明成祖时，大臣景清藏着凶器入朝，想刺杀明成祖朱棣，为明惠帝朱允炆报仇。事情败露后，明成祖大怒，下令将景清判处磔刑，并将他家族全部诛杀。他还不解恨，就又下令把与景清相关的乡亲以及邻居全部处死，将整个村子夷为废墟。

《旧五代史》《新五代史》《宋史》《元史》《明史》篇

185

《资治通鉴》《吴越春秋》篇

剖腹藏珠

【释义】比喻为物伤身，惜物伤生，轻重颠倒。

【典故】《资治通鉴·唐纪·太宗贞观元年》中有记载："吾闻西域贾胡得美珠，剖身以藏之，有诸？"

【故事】有一次，唐太宗给大臣们讲了一个故事：

有个西域商人，在一个偶然的机会得到一颗非常稀有的珍珠。因为那颗珍珠很值钱，商人很担心被别人偷走，就想尽办法藏它。他换了多少地方，都觉得不够安全。

有一天，他想到一个自以为最好的办法，那就是把自己的肚子剖开，将珍珠藏在肚子里。商人悄悄采取行动后，没多久就死了。

讲完故事后，唐太宗问大臣："你们说，真有这种人吗？"

有的大臣说有，有的大臣说没有。

唐太宗接着说："商人的行为的确很荒谬，但是，有的人为了贪污而失去性命；有些皇帝为了追求享乐而断

唐朝仕女图

送国家的未来。他们的行为不就和商人一样吗?"

口蜜腹剑

【释义】比喻口头上说话好听,像蜜一样甜,肚子里却怀着暗害人的阴谋。

【典故】《资治通鉴·唐纪·玄宗天空元年》有记载:"李林甫为相,尤忌文学之士,或阳与之善,啖以甘言而阴陷之。世谓李林甫'口有蜜,腹有剑'。"

【故事】唐玄宗时,李林甫官居中书令兼兵部尚书,其权势在朝中无人能及。

李林甫有才艺,能书善画,但品德极其败坏。他忌才害人,凡才能比他强、声望比他高、权势地位和他差不多的人,都会不择手段地排斥打击。而对唐玄宗,李林甫献媚奉承到了极致——不仅竭力迁就唐玄宗,还采用种种手法讨好唐玄宗宠信的嫔妃以及心腹太监,取得他们的欢心和支持,以便保住自己的地位。

与人接触时,李林甫总是装得和蔼可亲,嘴里尽说些动听的"善意"话,但实际上他非常阴险狡猾,常常暗中害人。有一次,他装作诚恳地对同僚李适之说:"华山出产大量黄金,如果能够开采出来,就可大大增加国家的财富。可惜皇上还不知道。"李适之不知道有诈,去建议唐玄宗快点开采。唐玄宗一听很高兴,找来李林甫商议。李林甫说:"这件事我早知道。但是,华山是帝王'风水'集中的地方,怎么能随便开采呢?别人劝您开采,恐怕是不怀好意。我几次想将这件事告诉您,但不敢开口。"

唐玄宗听了这话,认定李林甫忠君爱国,却对李适之大为不满,逐渐将他疏远了。

就这样,李林甫凭借这套特殊"本领",做了十九年宰相,直到死去。

桃李遍天下

【释义】比喻培养的后辈或所教的学生多,各地都有。

【典故】《资治通鉴·唐纪·武后久视元年》中有记载:"天下桃李,悉在公门矣。"

【故事】唐朝时,武则天当上皇帝。为了巩固政权,她一方面打击政敌,一方面大量招贤纳士,网罗人才。狄仁杰为人正直,心地无私,深受武则天信任。他当上宰相后,向武则天推荐了几十个人才,都得到了重用。

有人对狄仁杰说:"天下桃李,悉在公门矣。"

英雄无用武之地

【释义】比喻有才能却没地方或机会施展。

【典故】《资治通鉴·汉纪·献帝建安十三年》有记载:"英雄无用武之地,故豫州遁逃至此。"

【故事】曹操统一北方后,于公元208年率大军南征荆州。刘琮闻风投降曹操。刘备势单力孤,没有实力与曹操抗衡,败逃到夏口。诸葛亮主动向刘备请求和鲁肃一起前往东吴拜见孙权,促成"东联孙权,北拒曹操"的战略联盟。

见到孙权后,诸葛亮以"激将计"劝说孙权:"现在正值天下大乱,您雄踞在江东。我的主公(刘备)收集部众在南郡,与曹操逐鹿中原。如今,曹操已经统一北方,挟着余威乘势南下,攻破了荆州,威震四海。我的主公英雄无用武之地,所以不得不撤退到这里。希望您量力而为,如果能集合吴越的军民齐心协力抗击曹操,就应该早做决定,与他决战。否则,您就趁早按兵束甲,俯首称臣,向曹操称臣算了。据我观察,您对曹操表面上看起来好像臣服,但内心实际上很犹豫。该果断的事不果断,灾祸就来临了。"

孙权本来就想跟曹操决一高低,又听到诸葛亮这样说,对曹操更加愤怒了,当即表示接受诸葛亮的建议,联手抗曹。

不痴不聋,不做家翁

【释义】指作为一家之主,对下辈的过失要能装糊涂。

【典故】宋·司马光《资治通鉴》第二二四卷有记载:"鄙谚有之'不痴不聋,不为家翁',儿女子闺房之言,何足听也?"

【故事】安史之乱,郭子仪多次打败叛军,使唐朝转危为安。唐代宗将女儿升平公主嫁给郭子仪的儿子郭暧。升平公主自恃金枝玉叶,处处以皇家宫规、君臣大礼管束制约郭暧。郭暧虽心有不满,但也无可奈何。

有一天,郭子仪做寿,郭暧的哥哥嫂子们都给郭子仪拜寿,但升平公主自以为身份高贵,不来拜寿。哥哥嫂子们嘲讽郭暧怕老婆。郭暧非常没面子,喝得醉醺醺的,回去后就指责升平公主不该不给他面子,导致他出洋相。升平公主自然不接受,与他吵起来。郭暧一气之下打了升平公主几巴掌。

升平公主立即跑到皇宫里,向皇帝、皇后哭诉,要求惩罚郭暧为她出气。唐代宗了解小夫妻争吵的原因后,责备女儿不该不去拜寿。公主不肯认错,一味撒娇。唐代宗只好假意认真,表示一定要严惩郭暧为她出气。

郭子仪闻知郭暧打了升平公主,立即绑着郭暧,带他上殿请罪。唐代宗见郭子仪亲自带着儿子来请罪,意识到此事已经不仅仅是家庭矛盾了。在一番思量后,唐代宗立即亲自将郭子仪扶起来,笑着说:"不痴不聋,不做家翁。下一辈吵架,您何必计较呢?"

随后,唐代宗下令赦免郭暧的过错,并晋升其官职以示器重,并责令升平公主为公公郭子仪拜寿赔礼。不仅如此,唐代宗还下谕免除小夫妻之间的一切宫规和君臣大礼,劝导小夫妻和睦相处。

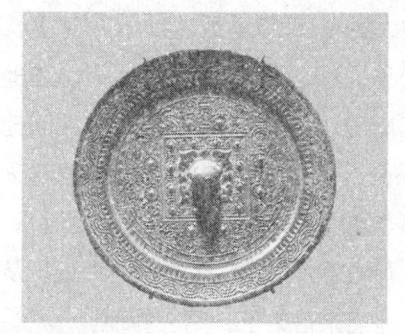

汉铜镜

家有敝帚,享之千金

【释义】比喻自己的东西即使不好也备觉珍贵。有时用于自谦。

【典故】汉·刘珍《东观汉记·光武帝纪》中有记载:"下诏让吴汉副将刘禹曰:'城降,婴儿老母,口以万数,一旦放兵纵火,闻之可谓酸鼻。家有敝帚,享之千金。禹宗室子孙,故尝更职,何忍行此!'"

【故事】东汉初年,光武帝刘秀派大司马吴汉与征南大将军岑彭率军去攻打在成都称帝的公孙述。汉军进兵神速,与公孙述进行殊死搏斗后,才攻占了成都。吴汉恼怒成都军民负隅顽抗,下令屠城。刘秀得知这件事,指责吴汉说,老百姓家里有破扫帚也价值千金,不能掠夺他们的财产失去民心。

经师易遇,人师难遭

【释义】单纯传授知识的老师容易遇到,为人师表的人难遇到。

【典故】晋·袁宏《后汉纪·灵帝纪》中有记载:"昭曰:'盖闻经师易遇,人师难遭。'"

【故事】郭泰博学多才,又为人正

直，深受人们爱戴。魏昭儿时多次去拜访郭泰，表示愿意做仆人，帮他打扫庭院。郭泰感到非常奇怪，问他为什么不去拜师读诗书，偏偏要跑来给他当佣人。魏昭回答说："经师易遇，人师难遭。"郭泰意识到他真诚，从此将他当亲信弟子，用心教他。

耳边风

【释义】比喻听了不放在心上的话。

【典故】汉·赵晔《吴越春秋·吴王寿梦传》中有记载："富贵之于我，如秋风之过耳。"

【故事】陈万年在汉宣帝时任御史大夫。他好结交权势，对皇后的家人卑躬屈膝。他儿子陈咸却跟他完全不一样，疾恶如仇，不畏权势，还经常上书讥讽皇帝的近臣。

陈万年认为，陈咸这样必将得罪于人。有一次，陈万年生病休息时，将陈咸叫到床前训话，讲到半夜，言犹未尽。陈咸竟睡着了，突然头磕到屏风上，"砰"的一声，把陈万年吓了一大跳。

陈万年大怒，要拿棍子打他，并严厉责问："我今天这样诚心教你，你倒睡起觉来，把我的话当耳边风。为什么这样？"

陈咸说："我都听见了，总的意思不过是叫我拍马屁讨好人家。"

陈万年默然无语，挥手让陈咸离开。

同病相怜

【释义】比喻因有同样的遭遇或痛苦而互相同情。

【典故】汉·赵晔《吴越春秋·阖闾内传》中有记载："子不闻河上之歌乎？同病相怜，同忧相救。"

【故事】春秋时，楚国奸臣费无极杀害郤宛全家。郤宛的亲戚伯嚭听到消息，连夜逃到吴国，向吴王及伍子胥汇报此事。伍子胥说："咱们一样有冤仇，你是否听过《河上歌》？这歌真让人有同病相怜、同忧相救之感。"

第三卷

本卷典故主要来自国学中的子部,具体有《老子》《庄子》《抱朴子》《孙子》《列子》《墨子》《韩非子》《晏子春秋》《管子》《吕氏春秋》《淮南子》以及《世说新语》。

《老子》《庄子》《抱朴子》篇

安居乐业

【释义】表示生活美满、安定。

【典故】《老子》有记载:"甘美食,美其服,安其居,乐其俗。"

【故事】春秋时,有位著名哲学家

老子骑牛图

和思想家叫李耳。据说,李耳刚生下来时,就有白头发、白胡子,所以人们称他"老子"。

老子对当时的现实不满,反对当时社会上出现的革新浪潮,想走回头路。他怀恋着远古的原始社会,认为物质的进步和文化的发展毁坏了人民的淳朴,给人们带来痛苦,渴望出现"小国寡民"的理想社会。

老子理想的"小国寡民"社会是:"国家很小,人民稀少。即使有许许多多的器具,也不去使用它们。不要让人民用生命去冒险,也不向远处迁移,即使有车辆和船只,也无人去乘坐它们,即使有兵器装备,也无处去使用它们。要使人民重新使用古代结绳记事的方法,吃得很香甜,穿得很舒服,住得很安适,满足于原有的风俗习惯。

天网恢恢，疏而不漏

【释义】比喻作恶的人逃脱不了国法的惩处。

【典故】《老子》中有记载："天网恢恢，疏而不失。"

【故事】《梦溪笔谈》中记载了这样一个故事：

随州大洪山镇有个人叫李遥。他杀人后就逃亡外地。

过了一年，李遥来到秭归县城。路过市场时，他见有人在出售拐杖，价格便宜，就随意花几十枚铜钱买了下来。

当时，秭归城中出了一桩人命案，官府正在抓捕凶手。被害人儿子发现李遥拄的拐杖正是自己父亲的，就向衙门报了案。

衙役们把李遥逮住。经验证，果然是被害人的拐杖。一切拷打手段都用尽，但李遥称自己是买拐杖之人，并非凶手。

差官们在市场上没找到那个卖拐杖的人，就又对李遥进行审问，问李遥是哪里人。李遥无法隐瞒，就说了自己的真实住址。

秭归县衙与随州地方官府取得联系后，得知他就是大洪山杀人潜逃的嫌犯。于是，大洪山杀人案告破。

卖拐杖的人终究是谁，秭归县衙还是不知道。不过，法网恢恢，疏而不漏，杀人在逃的李遥最终还是受到了法律的惩罚。

将欲取之，必先予之

【释义】要想夺取些什么，得暂且先给些什么。指先付出代价以诱使对方放松警惕，然后找机会夺取。

【典故】《老子》中有记载："将欲夺之，必固与之。"

【故事】春秋时，晋国当权贵族智伯瑶倚仗权势向魏桓子强行索要土地。魏桓子不想给，但他的谋士认为"将欲取之，必先与之"，建议他同意给土地，促使智伯瑶更加贪婪，再向其他贵族要地，其他贵族就会联合对付他。等到智伯瑶成为公敌时，要打败他就非常容易了。于是，魏桓子给了智伯瑶土地。智伯瑶果然又向另一个贵族韩康子要土地。韩康子也给了。智伯瑶的贪欲进一步放大，又向赵襄子要土地。赵襄子不给。智伯瑶就联合魏桓子、韩康子一起去攻打赵襄子。赵襄子派人私下联络魏桓子和韩康子，约定一起消灭贪欲膨胀的智伯瑶。结果，三家一举消灭了智伯瑶。

千里之行，始于足下

【释义】走一千里路，是从迈第一步开始的。比喻事情的成功，是从小到大逐渐积累起来的。

【典故】《老子》中有记载："合抱之木，生于毫末；九层之台，起于累土；千里之行，始于足下。"

【故事】老子是春秋时著名哲学家，关于他的名字有很多有趣的传说。

据说，老子母亲理氏有一天正在村头河边洗衣服时，忽然见上游飘下一个黄澄澄的李子。理氏忙用树枝将黄李子捞了上来。

到中午，理氏又热又渴，便将李子吃了。从此，理氏怀了身孕。理氏怀了八十一年的胎，生下一个男孩。这男孩一生下来就白眉白发，白白的胡子。理氏给他取名叫"老子"。

老子生下来就会说话，他指着院子中的一棵李子树，对母亲说："李就是我的姓。"

老子写过一本《道德经》，又称《老子》。在书中，老子根据事物的发展规律提出谨小慎微和慎终如始的主张，他主张：处理问题要在它未发生以前。治理国家要在未乱之前。合抱的大树是细小的幼苗长成，九层的高台是一筐一筐泥土砌成的，千里远的行程是从脚下开始的。

运斤成风

【释义】比喻手法熟练，技艺高超。

【典故】《庄子·徐无鬼》有记载："郢人垩漫其鼻端，若蝇翼，使匠石斫之。匠石运斤成风，听而斫之，尽垩而鼻不伤，郢人立而不失容。"

【故事】楚国郢都有个人非常勇敢沉着。他朋友石是个匠人，技艺高明。

有一次，他们表演了一套绝活：郢人在鼻尖涂上一层如同苍蝇翅膀般薄的白粉，让石用斧子把白粉削去。匠人不慌不忙地挥动斧头，呼的一声，将白粉全部削掉，而郢人的鼻尖却丝毫没有受到损伤。郢人也面不改色，若无其事地站在那里，像什么事都没发生过一样。

宋国国君知道这件事后，非常佩服石的绝技和郢人的胆量，非常想亲眼看一看这表演。于是，他恭恭敬敬地把匠人石请来，让他再表演一次。石说："我好友已经去世，我失去了唯一的搭档，再也没法表演了。"

鼠肝虫臂

【释义】比喻极微小而无价值的东西。

【典故】《庄子·大宗师》有记载："以汝为汝肝乎？以汝为虫臂乎？"

【故事】子祀、子舆、子犁、子来都是达观生死的高士。他们情同淡水，置生死于度外。子舆生病，子祀去问候他，他十分高兴。子来生病，子犁去慰问，支走子来的家人，对他说："大自然真是神奇，你死了后，要把你变成鼠肝，还是变成虫臂呢？"

分庭抗礼

【释义】比喻地位平等，互相对立。

【典故】《庄子·渔父》中有记载："万乘之主，千乘之君，见夫子未尝不分庭伉礼，夫子犹有倨敖之容。"

【故事】一天，孔子和学生们在树林里休息。学生们读书，孔子独自弹琴。一曲未了，一条船停在附近的河边，一个老渔夫走上河岸，坐在树林另一头，侧耳恭听孔子弹奏。孔子弹完一支曲子后，渔夫招手叫子贡、子路到他跟前，问："这位弹琴的老人是谁呀？"

子路高声回答："我们的先生，鲁国的君子孔子！"

子贡补充说："他，就是以忠信、仁义闻名于各国的孔圣人。"

渔夫微微一笑，说："恐怕是危忘真性，偏行仁爱啊！"

老渔夫说完，转身朝河岸走去。

子贡急忙把老渔夫说的话报告孔子。孔子听后立即放下琴，猛然站起身，惊喜地说："这位是圣人呀，快去追他！"

孔子快步赶到河边时，老渔夫正要划船离岸。孔子尊敬地向他拜了两拜，说："我从小读书求学，到现在已经六十九岁了，还没听到过高深的教导，怎么敢不虚心地请求您帮助呢？"

老渔夫也不客气，走下船对孔子说："所谓真，就是精诚所至，不精不诚，就不能动人。所以，强哭者虽悲而不哀，强怒者虽严而不威，强亲者虽笑而不和。真正的悲没有声音感到哀，真正的怒没有发出来而显得威，真正的亲不笑而感到和蔼。真在内者，神动于外，所以真是非常可贵的。从此用于人间的情理，事奉亲人则慈孝，侍奉君主则忠贞，饮酒则欢乐，处丧则悲哀。"

孔子很有启发，不住地点头。最

后，孔子谦卑地对老渔夫说："遇见您真是幸运。我愿意做您的学生，得到您的教授。请告诉我，您住在哪里，好吗？"

老渔夫没有说话，跳上小船，独自划船走了。颜渊已把车子拉过来，子路把上车拉的带子递给孔子，但孔子全不在意，两眼直勾勾地望着老渔夫的船影，一直到看不见船的影儿，听不见划水的声音，才惆怅地上车。

子路对孔子出乎寻常的表现不理解，说："我为您驾车已经很久了，还没见过像老渔夫这样傲慢的人。就是天子和诸侯见到您，也是相对得礼，平等相待，您还带有点自尊的神色呢！但今天，那个老渔夫撑着船篙漫不经心地站着，而您却弯腰弓背，先拜后说话，是不是太过分了呢？我们几个学生都对您这举动觉得奇怪：对渔夫怎么可以这样恭敬呢？"

听了子路的话，孔子很不高兴，扶着车木，叹气说："唉，子路，你真是难以教化。你那鄙拙之心至今未改！你靠近一点，我告诉你听：遇到年长的不敬是失礼，遇到贤人不尊是不仁，不仁不爱是造祸的根本。今天这位渔夫是懂得道理的贤人，我怎么能不敬他呢？"

鹏程万里

【释义】比喻前程远大。

【典故】《庄子·逍遥游》中有记载："鹏之徙于南冥也，水击三千里，搏扶摇而上者九万里。"

【故事】《庄子·逍遥游》里记载着这样一个故事：

北冰洋里有条鱼，名字叫鲲。鲲的躯体，不知道有几千里大。鲲后来变成一只鸟，名字叫鹏。鹏就是传说中的凤凰。鹏的背就不知道有几千里长。当海风吹起的时候，鹏就飞往南极。它乘着旋风直飞上九万里高空，鼓动双翅，仿佛是遮住天空的云，溅起的水花，就有三千多里。

后来，人们把一个人有远大的前途叫鹏程万里，把仕途顺利称为扶摇直上。

朝三暮四

【释义】原指玩弄手法欺骗人，后用来比喻常常变卦，反复无常。

【典故】《庄子·齐物论》中有记载："狙公赋芧，曰：'朝三而暮四。'众狙皆怒。曰：'然则朝四而暮三。'众狙皆悦。名实未亏而喜怒为用，亦因是也。"

【故事】 春秋时，宋国有一个人非常喜爱猴子。

他在家里养了一大群猴子。时间长了，他渐渐地能懂得猴子们的心意，猴子们也能理解他的想法。他尽量节省家中的用度，买可口的东西喂猴子。

后来，他渐渐不支，养不起这么一大群猴子。于是，他便想限制猴子的食量，又担心猴子们不听从，就骗它们说："以后，每天给你们的食物，早上三枚栗子，晚上四枚栗子，怎么样？"猴子们听了很生气，一个个跳了起来，吼叫不止。

他随即改口："这样，早上给四枚，晚上给三枚，行不行？"

猴子们听了都高兴起来，顺从地伏在地上。

呆若木鸡

【释义】 形容因为害怕或惊奇发呆的样子。

【典故】《庄子·外篇·达生》中有记载："几矣。鸡虽有鸣者，已无变矣，望之似木鸡矣，其德全矣；异鸡无敢应者，反走矣。"

【故事】 战国时，贵族们寻欢作乐时喜欢斗鸡。齐王是一位斗鸡迷。为了能在斗鸡场上取胜，齐王特地请专家纪渻子帮他驯鸡。

齐王求胜心切，没过几天便派人来催问。纪渻子说："鸡没驯好，它一见对手，就跃跃欲试，沉不住气。"

过了几天，齐王又派人来问。纪渻子说："还不到火候，看样子鸡虽不乱动了，但还不够沉稳。"

又过了几天，纪渻子对来人说："请你告诉大王，我把鸡驯好了。"

待到斗鸡时，对手的鸡又叫又跳，而纪渻子驯好的鸡却像只木鸡，一点反应也没有，别的鸡看到它那副呆样，竟然都被吓跑了。

用这只鸡和别人斗，齐王场场获胜，心里有说不出的高兴。

栩栩如生

【释义】 形容画作、雕塑中的艺术形象等生动逼真，就像活的一样。

【典故】《庄子·齐物论》中有记载："昔者庄周梦为蝴蝶，栩栩然蝴蝶也，自喻适志与！不知周也。俄然觉，则茫茫然周也。"

【故事】 唐伯虎是明朝著名画家和文学家。小时候，他在画画方面显示了超人的才华。

唐伯虎拜在大画家沈周门下学习

唐伯虎人物画

画画。由于学习刻苦勤奋，他掌握绘画技艺很快，深受沈周称赞。

不料，由于沈周称赞，一向谦虚的唐伯虎渐渐地产生了自满情绪。沈周看在眼中，记在心里，悄悄画了一幅栩栩如生的画挂在墙上——乍一看，那就是一扇窗户，根本看不出是画。

有一次吃饭时，沈周说有点热，叫唐伯虎去开窗户。唐伯虎站起来去开窗户时，却发现自己手下的窗户竟是老师沈周的一幅画。唐伯虎非常惭愧，从此潜心学画，最终成为著名的画家。

望洋兴叹

【释义】比喻要做某事而力量不够，感到无可奈何。

【典故】《庄子·秋水》中有记载："于是焉，河伯始旋其面目，望洋向若而叹曰：'野语有之曰闻道百，以为莫己若者。'我之谓也。且夫我尝闻少仲尼之闻而轻伯夷之义者，始吾弗信。今我睹子之难穷也，吾非至于子之门则殆矣，吾长见笑于大方之家。"

【故事】相传，很久以前，黄河有一位河神，叫河伯。何伯站在黄河岸上，望着滚滚的浪涛由西而来，又奔腾跳跃向东流去，兴奋地说："黄河真大呀，世上没有哪条河能和它相比。我就是最大的水神啊！"

有人告诉他："您的话不对，在黄河东面有个北海，那才真叫大呢。"

河伯说："我不信，北海再大，能大得过黄河吗？"

那人说："别说一条黄河，就是几条黄河的水流进北海，也装不满它。"

河伯固执地说："我没见过北海，我不信。"

那人无可奈何，告诉他："有机会，您去看看北海就明白我的话了。"

雨季到了，连日的暴雨使大大小小的河流都注入黄河，黄河河面更加宽阔，隔河望去，对岸的牛马都分不清。这一下，河伯更得意了，以为天下最壮观的景色都在这里。他在自得之余，想起有人跟他提起的北海，决定去那里看看。

河伯顺流来到黄河入海口，突然眼前一亮，海神北海若正笑容满面地欢迎他的到来。河伯放眼望去，只见北海汪洋一片，无边无涯。

他呆呆地看了一会儿，深有感触地对北海若说："俗话说，只懂得一些道理就以为谁都比不上自己，这话说的就是我啊！今天，要不是我亲眼见到这浩瀚无边的北海，我还会以为黄河就是天下无比的呢！那样，岂不被有见识的人永远笑话。"

邯郸学步

【释义】比喻生搬硬套，机械地模仿别人，不但学不到别人的长处，反而会把自己的优点和本领也丢掉。

【典故】《庄子·秋水》中有记载："且子独不闻夫寿陵余子之学行于邯郸与？未得国能，又失其故行矣，直匍匐而归耳。"

【故事】相传，在两千年前，燕国寿陵有位少年非常缺乏自信心，经常无缘无故地感到事事不如人，低人一等。他总觉得人家的饭菜香，人家的站相坐相高雅。他见什么学什么，学一样丢一样，虽然花样翻新，却始终不能做好一件事，不知道自己该是什么模样。

日久天长，他竟怀疑自己该不该这样走路，越看越觉得自己走路的姿势太难看。

有一天，他无意间听说邯郸人走路姿势优美，就瞒着家人，跑到遥远的邯郸学走路去了。当时，邯郸是北方大城市，引领着北方的生活时尚。一到邯郸，他感到处处新鲜，简直令人眼花缭乱。看到小孩走路，他觉得活泼，学；看见老人走路，他觉得稳重，学；看到妇女走路，摇摆多姿，学。

就这样，不过半月光景，他连走路也不会了，路费也花光了，只好爬着回去。

庖丁解牛

【释义】比喻经过反复实践，掌握了事物的客观规律，做事得心应手，运用自如。

【典故】《庄子·养生主》中有记载："庖丁为文惠君解牛，手之所触，肩之所倚，足之所履，膝之所踦，砉然响然，奏刀騞然，莫不中音。"

【故事】厨师给文惠王宰牛时，手

所接触的地方，肩膀所倚靠的地方，脚所踩的地方，膝盖所顶的地方，哗哗作响，进刀时霍霍的，没有不合音律的——合乎商汤时舞乐《桑林》的节拍，又合乎尧时乐曲《经首》的节奏。

文惠王说："咦，你解牛的技术怎么会高超到这种程度啊？"

厨师放下刀，说："我所追求的是事物的规律，已经超过一般技术了。开始，我宰牛的时候，眼里所看到的没有不是牛的；三年以后，我不再能见到整头的牛了。现在，我凭精神和牛接触，而不用眼睛去看，视觉停止而精神在活动。依照牛生理上的天然结构，击入牛体筋骨相接的缝隙，顺着骨节间的空处进刀，依照牛体的构造，筋脉经络相连的地方和筋骨结合的地方，尚且不曾拿刀碰到过，更何况大骨呢！技术好的厨师每年更换一把刀，是因为用刀硬割断筋肉；一般的厨师每月就得更换一把刀，是因为用刀砍骨头。如今，我的刀用了十九年，所宰的牛有几千头，但刀刃的锋利就像刚从磨刀石上磨出来的一样。那牛的骨节有间隙，而刀刃很薄；用很薄的刀刃插入有空隙的骨节，宽宽绰绰的，对刀刃的运转必然是有余地的啊！因此，十九年来，刀刃还像刚从磨刀石上磨出来的一样。虽然是这样，每当碰到筋骨交错聚结的地方，我看到那里很难下刀，就小心翼翼地提高警惕，视力集中到一点，动作缓慢下来，动起刀来非常轻，哗啦一声，牛的骨和肉一下子解开了，就像泥土散落在地上一样。我提着刀站立起来，为此举目四望，为此悠然自得，心满意足，然后把刀擦抹干净，收藏起来。"

文惠王说："好啊！我听了厨师这番话，懂得养生道理了。"

井底之蛙

【释义】比喻见识短浅，思路狭窄的人。

【典故】《庄子·秋水》中有记载："井蛙不可以语于海者，拘于虚也。"

【故事】一口井里住着一只青蛙。

有一天，青蛙在井边碰到一只从海里来的乌龟。青蛙对海龟夸口说："你看，我住这里多快乐啊！有时高兴了，就在井边跳跃一阵；疲倦了，就回到井里，睡在洞边，或者只留出头和嘴巴，安安静静地把全身泡在水里，或者在软绵绵的泥浆里散一会儿步。看看那些虾和蝌蚪，谁也比不上我。而且，我是这井里的主人，在这井里，极自由自在。

你为什么不常到井里来游赏呢!"

海龟听了青蛙的话,想进去看看。但是,它的左脚还没有整个伸进去,右脚就已经绊住了。它连忙后退了两步,把大海的情形告诉青蛙:"你看过海吗?海的广大,何止千里;海的深度,何止千来丈。古时候,十年有九年大水,海里的水并不涨了多少;后来,八年里有七年大旱,海里的水也不见得浅了多少。可见,大海是不受旱涝影响的。住在那样的大海里,才是真的快乐呢!"

井蛙听了海龟的话,吃惊地待在那里,再没有话可说了。

东施效颦

【释义】比喻模仿别人,不但模仿不好,反而出丑。有时也做自谦之词,表示自己根底差,学别人的长处没有学到家。

【典故】《庄子·天运》中有记载:"故西施病心而矉其里,其里之丑人见而美之,归亦捧心而矉其里。其里之富人见之,坚闭门而不出;贫人见之,挈妻子而去之走。"

【故事】春秋时,越国有个姑娘叫西施,非常美丽、漂亮,一举一动也很动人。她有心口痛病。犯病时,她总是用手按住胸口,紧皱眉头。因为人们喜欢她,所以她这副病态在人们眼里也妩媚可爱,楚楚动人。

西施有个邻居叫东施,一个长得很丑的姑娘。东施总是想方设法打扮自己,唯恐不吸引人关注。有一次,东施在路上碰到西施,见西施手捂胸口,紧皱眉头,也显得异常美丽。她想:"难怪人们说她漂亮,原来是她做那种姿势吸引人啊。如果我也做那个姿势,肯定会变漂亮了。"

于是,她模仿西施的病态。结果,人们见了原来就丑的东施变成这种疯疯癫癫的样子,像见了鬼一样,赶紧把门关上,躲得远远的。

螳螂捕蝉,黄雀在后

【释义】比喻目光短浅,只想到算计别人,没想到别人在算计他。

【典故】《庄子·山木》中有记载:"睹一蝉,方得美荫而忘其身,螳螂执翳而搏之,见得而忘其形;异鹊从而利之,见利而忘其真。"

【故事】春秋时,吴王寿梦要攻打楚国,并警告左右大臣说:"谁敢劝阻就处死谁!"

一个年轻侍从官员想要劝吴王却不敢,就便每天拿着弹弓在后花园转来转去。露水湿透他的衣鞋。接连三个早上都这样。

吴王觉得奇怪,问他:"你为什么要像这样打湿衣服呢?"

侍卫回答说:"园里有一棵树,树上有一只蝉。蝉停留在高高的树上,一边放声地叫着一边吸饮着露水,却不知道有只螳螂在自己的身后;螳螂弯曲着身体贴在树上,想扑上去猎取它,但却不知道有只黄雀在自己身旁;黄雀伸长脖子想要啄食螳螂,却不知道有个人举着弹弓在树下要射它。这三个家伙,都极力想要得到它们眼前的利益,却没有考虑到它们身后有隐伏的祸患。"

吴王听后,马上意识到在讽谏他,说:"好啊!"

随后,吴王下令取消了军事行动。

《孙子》《列子》《墨子》篇

以逸待劳

【释义】指在战争中做好充分准备，养精蓄锐，等疲乏的敌人来犯时给以迎头痛击。

【典故】《孙子兵法·军争》中有记载："以近待远，以逸待劳，以饱待饥，此治力者也。"

【故事】西汉末，陇甘军阀隗嚣脱离刘秀，去投靠在四川称帝的公孙述。刘秀大怒，派兵去攻打隗嚣，却反被隗嚣打败。

刘秀再派征西大将军冯异率军前去占领枸邑。隗嚣得到消息后，命令部将行巡立刻率军去枸邑，抢占有利地形。

冯异的部将们得知此消息，都劝冯异不要和行巡率领的大军作战。冯异斩钉截铁地说："我们必须抢占枸邑'以逸待劳'。"

冯异下令急行军，抢在行巡之前占领枸邑。占领枸邑后，冯异下令严密封锁消息，紧闭城门，偃旗息鼓，让将士们就地休整。

行巡率领军队急匆匆地刚赶到城下时，城楼上突然鼓声大作，亮出冯异的帅旗。他们毫无防备，吓得四下逃窜。冯异大开城门，率军冲出城来，大败敌军。

同舟共济

【释义】比喻团结互助，同心协力，战胜困难，也比喻利害相同。

【典故】先秦·孙武《孙子兵法·九地》中有记载："夫吴人与越人相恶也，当其同舟而济。遇风，其相救也若左右手。"

【故事】春秋时，吴国和越国经常互相打仗。两国百姓也都将对方视为仇人。

有一次，两国百姓恰巧共同坐一艘船渡河。船刚开时，他们在船上互相瞪着对方，一副准备打架的样子。船开到河中央时，突然遇到大风雨，船立即摇晃起来。

眼见船就要翻了。为了保住性命，他们顾不得彼此的仇恨，互相救助，并合力稳定船身。经过一番合作，他们逃过这场天灾，安全到达河对岸。

知己知彼

【释义】如果对敌我双方的情况都能了解透彻，打起仗来就可以立于不败之地。泛指对双方情况都很了解。

【典故】《孙子兵法·谋攻》中有记载："知己知彼，百战不殆。"

孙子雕像

【故事】唐朝开国之初，政局未稳，突厥军经常侵扰唐朝边境。唐高祖李渊一时无计可施，决定将京都迁移出长安。李渊的儿子李世民骁勇善战，认为大唐皇朝成立之初，仅仅因为突厥人入侵骚扰就迁都，不仅国威尽失，还会助长突厥人的气焰，让老百姓对朝廷失望。他坚决反对迁都，并亲自率军到泾阳与突厥人展开战斗。

当时，双方实力悬殊，突厥有二十多万兵，而李世民手下只不过几百人。如果双方战场上真枪真刀拼死，唐军显然不是那些突厥人的对手。令突厥颉利可汗和突利可汗惊讶的是，李世民天不怕地不怕，仅仅带着一百骑兵就直奔阵前，指责他们："我们已与你们结盟，今日为何违约来犯？如果你们真有本事，就让可汗与我李世民来单挑决战。如果派兵攻打，我这百名士兵将拼死迎战，决不后退。"

李世民如此阵势，加上他镇定威严，使得颉利可汗和突利可汗深信唐军设有埋伏，不敢下令进攻。李世民见状，又说："你以前与我们有盟，今日出兵袭扰，为何不守信用？"这一反问使他们哑口无言，使颉利可汗和突利可汗相互怀疑对方是否跟李世民勾结将军情泄露出去了。于是，他们只好退兵，待时机成熟再出战。

李世民突击突厥，使他们仓皇而逃。一时间，唐军士气高昂，都认为应该乘胜追击。李世民认为，唐朝建立才不久，应该以休养生息为主，而不是一味好战。于是，李世民与颉利可汗会盟，并赠其大量金帛。

置之死地而后生

【释义】原指作战把军队布置在无法退却、只有战死的境地，兵士就会奋勇前进，杀敌取胜。后比喻事先断绝退路，就能下决心，取得成功。

【典故】《孙子兵法·九地》中有记载："投之亡地而后存，陷之死地然后生。"

【故事】曹操与吕布在濮阳交战时，不幸中了吕布和陈宫之计。濮阳城中的大户田氏以诈降做内应，将曹操引诱到濮阳城进行绞杀。曹操不留神中计了，率兵杀入濮阳城中。他们还没达到郡府时，只听炮声一响，金鼓齐鸣，四方火起，伏兵喊杀声如翻江倒海，朝着他们包抄过来。

曹操立即意识到中计了，随即率军逃向北门。被截杀无法逃出去，他又率军逃向南门，又被伏兵拦阻住了。他再次率军逃向北门时，吕布跃马杀来，竟然一时没认出曹操，用戟指着他的头盔，问："曹操在哪里？"曹操向前指了指，说："骑黄马的那个人就是。"

吕布随即收回戟，鞭马追赶那个骑黄马的人，丢下曹操不管了。曹操拨转马头，朝着东门跑去。此时，东门城楼大火燃起，冒烈火浓烟冲出东门，已经成为整个混战的濮阳城中最危险的地方。曹操认为，此处也是最安全的地方，冒着被烧死的危险，从东门冲了出去。

最终，吕布和陈宫精心设计杀死曹操的计谋落空了。

避其锐气，击其惰归

【释义】善于用兵之人，总是避开敌人初来时的气势，等敌人疲惫时再狠狠打击。

【典故】《孙子兵法·军争》中有记载："故善用兵者，避其锐气，击其惰归，此治气者也。"

【故事】公元前684年春天，齐军浩浩荡荡进攻鲁国。紧急军情传来后，鲁庄公号召鲁国军民共同迎敌，张贴布告广征民众入伍。

曹刿自告奋勇去见鲁庄公，与

他商谈战争的事。鲁庄公正为战争的事烦恼，就忙下令传见，对曹刿以礼相待，询问他有何破齐高见。曹刿向鲁庄公提了几个问题，大体了解鲁国境内的政治情况后，认定鲁国有资本与齐军决战，并请求陪同鲁庄公一起参战。

鲁庄公觉得曹刿言之有理，就让曹刿与他同乘一辆战车，率军前去迎战。当时，齐军已经跨越边界，入侵鲁国境内。鲁庄公听从曹刿计策，没有直接与锋芒正盛的齐军交战，故意装作溃退的样子，将齐军引入地势较易进行反攻的长勺。

齐鲁两军在长勺摆开阵势，双方实力强弱非常明显：齐军兵强马壮，盔甲锃亮，阵列分明；鲁军人数，武器装备参差不齐，不少新兵在列阵时也稀稀拉拉。加上，齐军一路追着鲁军打，看到眼前阵势，早已有了轻敌之心。

齐将鲍叔牙一声令下，战鼓擂响，齐军以洪水之势奔涌而来。鲁庄公见齐军发起了进攻，想下令击鼓应战，曹刿忙阻止他，让他下令所有将士固守阵地，不准出阵迎敌，违令者斩，另外派弓弩手在阵前射箭，阻挡齐兵进攻。于是，齐军无法冲入鲁军阵地，只好退回原地。

齐军稍事休整后，鲍叔牙便下令发起第二次进攻。曹刿再次阻止欲击鼓迎敌的鲁庄公。鲁军依然令弓弩手不断射箭，阵地岿然不动。齐军再次无功而返。

鲍叔牙认定鲁军不应战，必是怯阵，于是下达了第三次冲锋令。曹刿看到齐军攻势已成强弩之末，再看鲁军将士个个摩拳擦掌，跃跃欲试，就劝鲁庄公下令鲁军出战。

于是，鲁庄公亲自擂响战鼓。鲁军士气高昂，奋勇向前，直杀得齐军大败而逃。此时，鲁庄公想乘胜追击。曹刿让其稍等，然后亲自细细观察齐军逃跑时留下的车辙和人、马印迹。随后，曹刿让鲁庄公下令鲁军迅速追击齐军。

齐军只顾逃命，互相踩踏，死伤累累，还丢下无数辎重武器，大大充实了鲁军装备。

事后，鲁庄公好奇地问曹刿："为何你到敌军第三次进攻才命击鼓应战呢？"曹刿回道："两军交战，讲的是一鼓作气势如虎，再而衰、三而竭。齐军第一次进攻士气正高涨，我们没有必胜的把握，所以避开其锋芒。直到他们第三次进攻士气已经衰竭，我军此时出击，方能一举而胜也。"

鲁庄公又问:"刚才你下车勘查一番,才下令追击,这又是为何?"

曹刿说:"齐国毕竟是大国,怕他们败逃之中有诈,待我看清车辙散乱后,方确定可以追击也。"

鲁庄公非常钦佩曹刿,当即拜他为大夫。从此,曹刿随侍左右,为鲁庄公出谋划策。

将在外,君命有所不受

【释义】将领远征在外可以相机作战,不必事先请战或等待君主的命令再战。

【典故】《孙子兵法·变篇》中有记载:"城有所不攻,地有所不争,君命有所不受。"

【故事】公元前61年,赵充国七十多岁了,仍然督兵西陲,率领不满万人的骑兵,迅速出师,巧渡黄河,立稳阵脚,准备平定羌乱。

到达湟水岸边后,羌人多次挑战,赵充国坚守不出,只是利用威信招降、解散羌人各部落联合。这时,酒泉太守辛武贤上奏,提出建议:"羌人以畜产为生命,现在都已离散,汉军分兵出击,虽不能全诛灭之,只要夺了他们的畜产,掠了他们的妻子,然后退兵,冬天再次出击,大军频繁打击,羌人必定丧胆。"汉宣帝支持这一战略,将辛武贤的奏书交给赵充国,命他与校尉以下知羌事者博议。很明显,这是汉宣帝在下圣旨制定战略方针。赵充国认为此策不妥,就没有采取,而是坚持自己已经制定的战略。

汉宣帝发现赵充国固执己见,就任命侍中乐成侯许延寿为强弩将军,酒泉太守辛武贤为破羌将军,下公文公开宣示采纳并嘉奖他们此前提出的策略。同时,汉宣帝发书给赵充国,指责他迟迟不肯用兵,不顾士兵艰苦,不计国家开支;告诉他朝廷已按辛武贤之策行动;命令他"引兵便道西并进,虽不相及,使虏闻东方北方兵并来,分散其心意,离其党与,虽不能殄灭,当有瓦解者",并说天道顺当,出兵必胜。

赵充国受到皇帝指责,并不放弃己见,他以为将军带兵在外,虽受诏命,只要能安国家,就应按便宜行事。于是,他上书表面上承认过错,

虎符

实际上进一步陈述用兵利害,讲述武力征服的弊端以及以武力促使归顺的好处。汉宣帝从谏如流,采纳了赵充国之策。

后来,赵充国按照自己的战略,击败了坚定反汉的那部分羌族人,招降了渴望和平共处的那部分羌族人,迅速平定了羌族人叛乱。

钓鳌客

【释义】比喻有豪放的胸襟和远大的抱负。

【典故】战国·列御寇《列子·汤问》中有记载:"一钓而连六鳌。"

【故事】传说,古代渤海东面有五座山,常随波涛浮动。上帝命十五只巨鳌用头顶着五座山,它们才固定不动。龙伯国有一个人由于出门要经过这五座山,觉得十分不方便。得知其是鳌头顶着的,这个人就用鱼饵将鳌钓起来。结果,他一连钓了六只鳌,导致两座山沉入了大海。

十浆五馈

【释义】本指卖浆者争利,后用以比喻争相设宴款待。

【典故】《列子·黄帝》中有记载:"子列子之齐,中道而反,遇伯昏瞀人。伯昏瞀人曰:'奚方而反?'曰:'吾惊焉。''恶乎惊?''吾食于十浆,而五浆先馈。'"

【故事】战国时,子列子去齐国。到中途,他就折返。他遇到了伯昏瞀人。伯昏瞀人问他:"你为什么这么快就返回了?"子列子说:"我受惊了,不能再继续到齐国去了。"伯昏瞀人问:"你为什么受惊呢?"子列子说:"我每到一个地方,十家酒店就有五家争相宴请我。这样下去,对我并不是好事。所以,我只好提前返回了。"

方寸之地

【释义】指人的心绪。

【典故】战国·列御寇《列子·仲尼》中有记载:"吾见子之心矣,方寸之地虚矣。"

【故事】起初,徐庶是刘备的军师。他多谋善断,料事如神,深得刘备信赖。

有一次,徐庶识破曹军设置的"八门金锁阵",大败曹军。将领曹仁不服输,在深夜起兵去新野劫寨。但是,这一切,徐庶早有所料。于是,徐庶将计就计,等曹仁离开樊城时,就率军乘虚而入,攻占樊城。

樊城失守后，曹仁被曹操召回了许昌。见到曹操，曹仁非常羞愧。曹操安慰他："刘备必有能人为他策划！"

很快，曹操探得是徐庶在刘备背后出谋划策，就想把徐庶骗到许昌留在身边，能为自己所用更好，不能为自己所用，也削除了刘备的力量。曹操找到徐庶的弱点后，就模仿徐庶母亲的笔迹写信给徐庶，让他迅速到许昌来。

徐庶是大孝子，见信后，得知老母押在许昌，决定挥泪告别刘备，去孝敬她。徐庶对刘备说："今已失老母，方寸乱矣，无益于事，请从此别！"

千变万化

【释义】形容变化非常多；没有穷尽。

【典故】《列子·周穆王》中有记载："乘虚不坠，触实不硋，千变万化，不可穷极。"

【故事】有一天，周穆王从昆山返回合山，途中遇到一个叫偃师的人，手艺精巧，制作的动物能叫会跑，说："听说你能造出各种精巧的玩意儿，拿出一件，让我看看。"第二天，偃师带上木头雕成的假人拜见穆王。穆王看这些假人的五官齐全，眉毛胡子同真人一模一样，觉得很吃惊，问偃师："你雕的这些人都能动吗？"偃师说："不但能动，而且能唱歌，跳舞。就像真人一样。"在偃师的操纵下，木头人按着鼓声的节奏，摆开各种阵势，把穆王看得眼花缭乱。穆王命令妃子一同观看。偃师改变了表演的方法。他拿起云板，吹响笙簧，木头人引吭高歌，歌声婉转悠扬，忽而如百鸟朝凤，莺声燕语，回响不已，忽而如猿啼三峡，哀怨凄恻，催人泪下，忽而如龙吟深潭，虎啸幽谷，气势磅礴。偃师把鼓板的节拍略加变动，木头人在歌声中舒卷长袖，行云流水般舞动起来，舞姿优美，或如雨中荷花，争红吐艳；或如风吹杨柳，摇曳生姿。演出结束，穆王赞叹说：人工是多么灵巧神妙和千变万化。

高山流水

【释义】比喻知己或知音，也比喻音乐优美。

【典故】战国·列御寇《列子·汤问》中有记载："伯牙鼓琴，志在高山，钟子期曰：'善哉乎鼓琴，巍巍乎若泰山！'少选之间，而志在流水，钟子期曰：'善哉乎鼓琴，洋洋乎若江

俞伯牙与钟子期

河!'伯牙所念,钟子期必得之。"

【故事】春秋时,俞伯牙精通音律,琴艺高超,是著名琴师。他年轻时聪颖好学,曾拜高人为师,琴技水平很高,但他总觉得自己还不能出神入化地表现对各种事物的感受。老师得知他的想法,就带他乘船到东海的蓬莱岛上,让他欣赏大自然的景色,倾听大海的波涛声。

俞伯牙举目眺望,只见波浪汹涌,浪花激溅;海鸟翻飞,鸣声入耳;山林树木,郁郁葱葱,如入仙境一般——一种奇妙的感觉油然而生,耳边仿佛响起大自然那和谐动听的音乐。他情不自禁地取琴弹奏,音随意转,把大自然的美妙融进琴声。老师告诉他:"你已经学会了。"

有一天夜里,俞伯牙乘船游览长江。面对清风明月,他思绪万千,又弹起琴来,琴声悠扬,渐入佳境。忽然,岸上有人叫绝。

俞伯牙闻声走出船来,发现一个砍柴人站在岸边。他知道此人是知音,当即请砍柴人上船,为他演奏。俞伯牙弹完赞美高山的曲调,砍柴人说:"真好!雄伟而庄重,好像高耸入云的泰山一样!"他弹奏完表现奔腾澎湃波涛的曲子,砍柴人又说:"真好!宽广浩荡,好像看见滚滚的流水,无边的大海一般!"

俞伯牙非常兴奋,激动地说:"知音!你真是我的知音。"这个砍柴人叫钟子期。从此,他们成为好朋友。

人面兽心

【释义】形容为人凶残卑鄙,品德极坏。

【典故】战国·列御寇《列子·黄帝》中有记载:"夏桀、殷纣、鲁醒、楚穆,状貌七窍皆同于人,而有禽兽之心。"

【故事】杨朱有一次将老子请到家里,向他请教。

老子见杨朱态度诚恳,就给他讲了这么一个道理:"看人不能光看外表,主要还要看其内心如何,光看外表容易被其迷惑,所以圣人是不注重外表而注重心智的，凡夫俗子却不能做到这一点。假如看人，只要有身子、手、脚、头发、牙齿，你说他是人，然而这种人可能就有一颗兽心。他长着一颗野兽的心，但外表与人一模一样，你也会亲近他；那些长有翅膀、有角、有爪、能飞、能跳的是禽兽，然而禽兽未必没有一颗人心，它们虽然有人心，但外表不与人相同，你还是会疏远它的。过去的伏羲氏、女娲氏、神农氏、夏后氏，全是蛇身人面、牛头虎鼻，没有人的外表，可他们却有至高无上的圣德。夏桀、殷纣、鲁桓、楚穆这些家伙，形状外表都与人相同，可是却长着禽兽般的心。如果人们只看外表而以为他们具有德行，那不是上当了吗？禽兽之心智也有与人相似的地方，例如它们会找东西吃，雄雌相偶，母子相亲，逃避敌害，躲寒就温，居则成群，行则有列，幼者居内，壮者居外，觅食相助，遇害群鸣……可是禽兽的心智远不如人，所以人能使唤它们。在黄帝与炎帝时，让熊罴狼豹上战场作战，让雕鹰鸢鸟协助攻敌，这是用力量驯化禽兽的结果。尧帝就不同了，他使用音乐便令百兽跳舞，使用箫、笛让凤凰来仪、百鸟唱歌。这些全是上古之人的神圣所在呀，他们知道万物的情态，了解异类的声音，才能驯化它们，只有圣人才能做到啊！"

杨朱听了老子的话，获益匪浅，对他更加佩服。

杞人忧天

【释义】指为不必要或缺乏根据的事忧虑。

【典故】《列子·天瑞》："杞国有人，忧天地崩坠，身亡所寄，废寝食者。"

【故事】从前有个杞国人，常常想一些稀奇古怪的问题，让人觉得莫名其妙。有一天，他吃过晚饭以后，拿了一把大蒲扇，坐在门前纳凉。他抬头看看天，忽然自言自语地说："假如有一天，天塌了下来，那该怎么办呢？我们岂不是无路可逃，而将活活地被压死，这不就太冤枉了吗？"这个问题把他压得几乎崩溃了。

朋友们见他终日精神恍惚，脸色憔悴，都很替他担心，知道原因后，劝他说："老兄啊！你何必为这件事自寻烦恼呢？天空怎么会塌下来呢？再说即使真的塌下来，那也不是你一个人忧虑发愁就可以解决的啊，想开点吧！"

可是，无论人家怎么说，他还是

整日地忧心忡忡。

疑邻盗斧

【释义】指不注重事实根据，对人对事胡乱猜疑。

【典故】战国·列御寇《列子·说符》中有记载："人有亡斧者，意其邻之子。视其行步，窃斧也；颜色，窃斧也；言语，窃斧也；动作态度，无为而不窃斧也。"

【故事】从前，有个人丢失了一把斧头。他怀疑是邻居家孩子偷的。于是，他看到那孩子走路的动作，总觉得那孩子鬼鬼祟祟的，像偷了斧头的；看看那孩子脸上的表情，总觉得那孩子慌慌张张的，像是偷了斧头的；听听那孩子说话的样子，总觉得那孩子吞吞吐吐的，也像是偷了斧头的。总之，那孩子的一言一行，一举一动，没有一点不像是偷了斧头的。

不久，那个人在山沟里挖地时，找到了他丢失的那把斧头。他再见到邻家的孩子时，感觉到那孩子的动作神态没有一点像是偷了斧头的。

余音绕梁，三日不绝

【释义】形容歌声优美，给人留下难忘的印象。

【典故】《列子·汤问》中记载："昔韩娥东之齐，匮粮，过雍门，鬻歌假食，既去而余音绕梁，三日不绝，左右以其人弗去。"

【故事】战国时，韩国歌女韩娥以卖唱为生。有一天，她到一家客栈去投宿时，被店家赶出来。她在店外唱着如泣如诉的曲子，歌声非常凄凉。客栈里住宿的客人们感动得不吃不喝。店主无奈，只好请她住店，到客栈里唱歌。离店前，韩娥唱了欢快的曲子。三天后，很多客人还感觉到那悦耳的歌声在客栈房梁上萦绕。

以卵击石

【释义】比喻自不量力，自取灭亡。

【典故】《墨子·贵义》记载："以其言非吾言者，是犹以卵投石也，尽天下之卵，其石犹是也，不可毁也。"

【故事】有一年，墨子前往齐国。在途中，有个叫曰的人拦住墨子，说："你不能往北走啊，今天，天帝在北边杀黑龙，你的皮肤很黑，去北方不吉利啊！"

墨子回答说："我不信那一套！"说完，他继续朝北走去。但过了不久，墨子又回来了，因为北边的淄水泛滥，他无法渡过河去。

曰得知后，得意地对墨子说："怎么样？我说你不能往北走，你还不信。现在遇到麻烦了吧？"

墨子微微一笑，回答说："淄水泛滥，南北两方的行人全都受阻隔。行人中有皮肤黑的，也有皮肤白的，都过不去。按照你的说法，是不是皮肤黑的，去北方不吉利，皮肤白的也不吉利啊？"曰支吾着说不出话来。

墨子又说："假如天帝在东方杀了青龙，在南方杀了赤龙，在西方杀了白龙，再在中央杀了黄龙，岂不是都不吉利，天下人都不能动弹了吗？你的谎言是抵挡不过我的道理的，就像拿鸡蛋去碰石头，把普天下的鸡蛋全碰光了，石头还是碰坏不了。"

曰听了，羞愧地走了。

量体裁衣

【释义】按照身材裁剪衣服。比喻按照实际情况办事。

【典故】《墨子·鲁问》中有记载："子观越王之志何若？意越王将听吾言，用我道，则翟将往，量腹而食，度身而衣，自比于群臣，奚能以封为哉？"

【故事】明朝嘉靖时，北京城中有个裁缝很有名气。他裁制的衣服，长短肥瘦，无不合体。

有一次，御史大夫请裁缝去裁制一件朝服。裁缝量好了他的身腰尺寸，又问："请教一下，您当官当了多少年？"

御史大夫很奇怪，说："你量体裁衣就够了，问这些干什么？"

裁缝说："年轻相公初任高职，意高气盛，走路时挺胸凸肚，裁衣要后短前长；做官有了一定年资，意气微平，衣服应前后一般长短；当官年久而将迁退，则内心悒郁不振，走路时低头弯腰，做的衣服就应前短后长。我如果不问明做官的年资，怎么能裁出称心合体的衣服来呢？"

御史大夫突然意识到这个裁缝实在高明，因为他不仅按照成衣法量尺寸定式样，还善于把握对象的特点，从中发现规律。

《韩非子》《晏子春秋》《管子》篇

郢书燕说

【释义】比喻穿凿附会，曲解原意。

【典故】《韩非子·外储说左上》中有记载："郢人有遗燕相国书者，夜书，火不明，因谓持烛者曰：'举烛'，云而过书'举烛'。……燕相白王，王大悦，国以治。治则治矣，非书意也。"

【故事】有个人从楚国郢都写信给燕国相国。这封信是在晚上写的。写信时，烛光不太亮。写信人一边写一边对在一旁端蜡烛的仆人说"举烛"。结果，由于他专心致志，嘴里说着举烛，也随手把"举烛"写到信里去了。

燕国相国收到信，看到信中"举烛"二字，琢磨了半天，然后自作聪明地说，这"举烛"二字太好了。举烛就是倡行光明清正的政策；要倡行光明，就要举荐人才担任重任。

他把这封信和自己的理解告诉燕王。燕王也很高兴，按燕相对"举烛"的理解，选拔贤能之才，治理国家。燕国治理得还真不错。

郢人误书，燕相误解。燕国国家是治理好了，但那根本不是郢人写信的意思，只能说是歪打正着而已。

一鸣惊人

【释义】比喻一个人如有不平凡的才能，只要他能好好地运用，一旦发挥出来，往往有惊人的作为。

【典故】《韩非子·喻老》中有记载："虽无飞，飞必冲天；虽无鸣，鸣必惊人。"

【故事】楚庄王掌管朝政三年,没有发布一项政令,也没有一样政绩,只管吃喝玩乐。

右司马伍举来到楚庄王座驾旁,给他讲了一段微妙的谜语:"有一只鸟停驻在南方的阜山上,三年不展翅,不飞翔,也不鸣叫,沉默无声,这是什么鸟呢?"楚庄王回答说:"三年不展翅,是为了生长羽翼;不飞翔、不鸣叫,是为了观察民众的态度。虽然还没飞,一飞必将冲天;虽然还没鸣叫,一鸣必会惊人。你放心,我知道了。"

经过半年,楚庄王亲自听取朝政。被废除的有十项政令,被启用的有九项政令,诛杀大奸臣五人,提拔隐士六人,国家因此得到大力整治。

随后,楚庄王率军讨伐齐国,在徐州大败齐军,在河雍战胜晋军,在宋国汇合诸侯,最终使楚国称霸天下。他也成为春秋五霸之一。

老马识途

【释义】比喻有经验的人熟悉情况,能在某个方面起指引的作用。

【典故】《韩非子·说林上》中有记载:"管仲、隰朋从桓公伐孤竹,春往冬返,迷惑失道。管仲曰:'老马之智可用也。'乃放老马而随之,遂得道。"

【故事】公元前663年,齐桓公应燕国请求,出兵攻打入侵燕国的山戎。相国管仲和大夫隰朋随齐桓公率军前往燕国。

齐军是春天出征的,到凯旋时已是冬天,草木变了样。齐军在崇山峻岭中一个山谷里转来转去,最后迷了路,找不到归路。虽然派出多批探子去探路,但仍然弄不清楚该从哪里走出山谷。时间一长,齐军的给养发生困难。

情况非常危急,再不找到出路,齐军就会困死在那里。管仲思索了好久,心想:既然狗离家很远也能寻回家去,那么军中的马,尤其是老马,也会有认识路途的本领。管仲便对齐桓公说:"大王,我认为,老马有认路的本领,可以利用它在前面领路,带引大军出山谷。"

齐桓公同意试试看。管仲立即挑出几匹老马,解开缰绳,让它们在大军最前面自由行走。结果,那些老马都毫不犹豫地朝一个方向走。齐军紧跟着它们走,最终走出了山谷,找到了回齐国的大路。

守株待兔

【释义】原比喻希图不经过努力而

得到成功的侥幸心理。现也比喻不主动努力，而存万一的侥幸心理，希望得到意外的收获。也指死守狭隘的经验，不知变通。

【典故】《韩非子·五蠹》中有记载："宋人有耕者。田中有株，兔走触株，折颈而死。因释其耒而守株，冀复得兔。"

【故事】在战国时，宋国有个农民日出而作，日入而息。遇到好年景，他刚刚能吃饱穿暖；一遇灾荒，就要忍饥挨饿。他想改善生活，但他太懒，胆子又特小，干什么都是又懒又怕，总想发意外之财。

深秋有一天，他正在田里耕地。周围有人在打猎。吆喝之声四处起伏，受惊的小野兽没命地奔跑。突然，有一只兔子不偏不倚一头撞死在他田边的树桩上。他立即捡起兔子，带回家美美地饱餐了一顿。

宋国人从此便不再种地，一天到晚，守着那神奇的树桩，等着奇迹出现，收获撞死的兔子。

自相矛盾

【释义】比喻语言、行动前后不一致或互相抵触。

【典故】《韩非子·难势》中有记载："客有鬻于与盾者，誉其盾之坚：'物莫能陷也。'他又誉其矛曰：'吾矛之利，物无不陷也。'人应之曰：'以子之矛，陷子之盾，何如？'其人弗能应也。"

【故事】楚国有个卖兵器的人，在市场卖矛和盾。

为了推销兵器，他举起盾，向围观的人夸口："我的盾是天下最坚固的盾，无论多锋利尖锐的东西，也不能刺穿它！"

说完，他又拿起一支矛，向围观的人夸口："我的矛是天下最尖利的，无论怎样牢固坚实的东西，也挡不住它一戳，只要一碰上，马上就会被它刺穿！"

他十分得意，又大声吆喝起来："快来看，快来买，天下最坚固的盾，天下最锋利的矛！"

这时，一个人上前拿起一支矛，又拿起一面盾牌，问："你说，如果用这矛戳这盾，会是怎样的呢？"

"这……"围观的人先一愣，随后爆发出一阵大笑，散了。

那个卖兵器的人只好扛着矛和盾灰溜溜地走了。

滥竽充数

【释义】比喻无本领的冒充有本

领，次货冒充好货。

【典故】《韩非子·内储说上》中有记载："齐宣王使人吹竽，必三百人。南郭处士请为王吹竽，宣王说之，廪食以数百人。宣王死，湣王立，好一一听之，处士逃。"

齐宣王使人吹竽

【故事】齐宣王爱好音乐，尤其喜欢听吹竽。他手下有三百个善于吹竽的乐师。他喜欢热闹，爱摆排场，每次听吹竽时，总叫三百人在一起合奏给他听。

有个南郭先生听说齐宣王有这个癖好，觉得有机可乘，是个混饭吃的好机会，跑到齐宣王那里去吹嘘自己："大王啊，我是个有名的乐师，听过我吹竽的人没有不被感动的，即使鸟兽听了也会翩翩起舞，花草听了也会和着节拍颤动，我愿把我的绝技献给大王。"齐宣王非常高兴，不加考察，就爽快地收下他，把他编进那支三百人的吹竽队中。

南郭先生随那三百人一块儿合奏，和大家一样享受着优厚待遇，心里得意极了。事实上，南郭先生根本不会吹竽，每逢演奏的时候，他就捧着竽混在队伍中，人家摇晃身体他也摇晃身体，人家摆头他也摆头，脸上装出一副动情忘我的样子，看上去和别人一样吹奏得挺投入。

过了几年，爱听竽合奏的齐宣王死了，齐湣王继承王位。齐湣王也爱听吹竽，但他喜欢听独奏。于是，他发布一道命令，要这三百人好好练习，做好准备，轮流来一个个地吹竽给他欣赏。

南郭先生见再也混不过去了，只好连夜收拾行李逃走。

买椟还珠

【释义】比喻买者取舍不当，次要的东西比主要的还要好。

【典故】《韩非子·外储说左上》中有记载："楚人有卖其珠于郑者，为木兰之柜，薰以桂椒，缀以珠玉，饰以玫瑰，辑以羽翠，郑人买其椟而还其珠。"

【故事】有个楚国人拥有一颗漂亮的珍珠，想将其卖出去。为了卖个好价钱，他决定将珍珠好好包装一下。

他找来名贵木材，又请来手艺高超的匠人，为珍珠做了一个盒子（椟），然后用桂椒香料把盒子熏得香气扑鼻。然后，他在盒子外面精雕细刻了许多好看的花纹，还镶上漂亮的金属花边，看上去，闪闪发亮，精致美观。

楚国人将珍珠小心翼翼地放进盒子里，拿到市场上去卖。到市场不久，很多人都围上来欣赏。一个郑国人将盒子拿在手里看了半天，爱不释手，出高价买了下来。

郑国人交过钱后，拿着盒子往回走。可是，没走几步，他又回来了。楚国人以为郑国人后悔了，要退货，却没想到郑国人打开盒子，取出珍珠，交给楚国人："你将一颗珍珠忘放在盒子里了，我特意回来还珠子的。"

郑国人将珍珠交给楚国人后，低着头一边欣赏着木盒子，一边往回走去。

楚国人拿着被退回的珍珠，哭笑不得。

郑人买履

【释义】用来讽刺只信教条，不懂变通，死板恪守的人。

【典故】《韩非子·外储说左上》中有记载："郑人有欲买履者，先自度其足，而置之其坐。至之市而忘操之，已得履，乃曰：'吾忘持度。'反归取之。及反，市罢，遂不得履。人曰：'何不试之以足？'曰：'宁信度，无自信也。'"

【故事】有个郑国人想去买鞋。他先量好自己脚的尺码，然后将量好的尺码放在椅子上。等到去集市时，他忘记了带量好的尺码。等他挑好了鞋，他才对卖家说："我忘记了带量好的尺码。"随即，他赶回家去取尺码。等到返回集市时，集市已经散了，他最终没有买到鞋。有人问他："你买鞋时，为什么不用脚去试试鞋呢？"他回答说："我宁可相信量好的尺码，也不相信自己的脚。"

远水不解近渴

【释义】远处的水不能立刻解决口渴的问题。比喻慢的办法救不了急。

【典故】《韩非子·说林上》中有记载："失火而取水于海，海水虽多，火必不灭矣，远水不救近火也。"

【故事】战国时，庄子出游时，在路上见到车辙里有一条活蹦乱跳的鲫鱼求救。鲫鱼要庄子找水来救它的命。庄子说到吴国和越国去，路过锦江时，就能给它带很多。鲫鱼急了，那只是远水不解近渴，等到锦江的水来了，它已变成了鱼干。

画鬼容易画人难

【释义】比喻凭空瞎说很容易，但是要想有真才实学却需下一番功夫才能获得。

【典故】《韩非子·外储说左上》中有记载："画鬼容易画人难。"

【故事】战国时，齐王想找一个人，给自己画一张像。他先后找了很多画工。有的画工进行艺术虚构，把他画得太好。有的画工照实画，可是把他画得太平。画工怎么画，都不能让他满意。好在齐王作为一国之主，有的是钱。他不惜重金，请来了齐国最有名的画工，对他说："给我画一张像吧。"那个画工急忙说："大王，我确实不会画人呀！"齐王听了，觉得好奇怪，心想，齐国最有名的画工，怎么连一个人都不会画呢？画工看出了齐王的心思，说："画人是最难的，画狗和马也不容易。"齐王问："画什么最容易呢？"画工回答说："画鬼怪最容易。因为狗和马，人们早晚都能见到，画得好不好，人们一眼就能看出来。然而鬼怪本身没有固定的形状，谁也没见过，所以容易画。"齐王对画工说："你就画个鬼怪来瞧瞧。"画工只用了一会儿的时间，就画了一个面目狰狞、张牙舞爪的鬼怪，谁看了谁都感到毛骨悚然。齐王明白了，说："看来，的确是画鬼容易画人难。"

道不拾遗，夜不闭户

【释义】东西丢在路上没有人拾走，夜里睡觉都不需要关门防盗。形容社会风气好。

【典故】《韩非子·外储说左》中有记载："子产退而为政五年，国无盗贼，道不拾遗。"

【故事】商鞅，原名公孙鞅，卫国人，在秦孝公时任秦国相国。他制定了一系列新法，废除了维护贵族特权的旧法。

商鞅坚决主张法律面前人人平等，不管是什么人，只要对国家有功，就应该予以奖励。他鼓励耕织，生产多的可免去徭役。他认为，贵族世袭的制度应该废除，应当按军功的大小给予不同的爵位等级，执法应该严明，不讲私情，以法为准。商鞅变法遭到贵族势力的反对，但在秦孝公支持下，变法很快就推行开了。

一年以后，由于商鞅积极地推行变法，老百姓的生产积极性提高了，

《韩非子》《晏子春秋》《管子》篇

军队纪律严明，民风也变得纯朴起来，人们不随意拿取，夜不闭户，道不拾遗。秦国一天天强大了起来，别的诸侯也越来越畏惧秦国。

千里之堤，溃于蚁穴

【释义】一个小小的蚂蚁洞，可以使千里长堤溃决。比喻小事不慎将酿成大祸。

【典故】《韩非子·喻老》中有记载："千丈之堤，溃于蚁穴，以蝼蚁之穴溃；百尺之室，以突隙之烟焚。"

【故事】战国时，魏国相国白圭在防洪方面做出了突出成绩。他善于筑堤防洪，并勤查勤补，非常注重细节。他经常派人巡视河堤，一发现小洞，即使是极小的蚂蚁洞，也立即派人填补上，不让它漏水，以免小洞逐渐扩大、决口，造成大灾害。由于在防洪方面注重细节，白圭任魏相期间，魏国没有闹过水灾，老百姓能安居乐业。

比肩接踵

【释义】形容人多拥挤。

【典故】齐·晏婴《晏子春秋·内篇·杂下》中记载："见楚王，王曰：'齐无人耶？使子为使。'晏子对曰：'齐之临淄三百闾，张袂成阴，挥汗成雨，比肩继踵而在，何为无人！'"

【故事】晏子被派遣出使楚国。楚王得知晏子身材矮小，就令人在城门旁边开一个小洞，请晏子从那里进去。晏子不进去，说："出使到狗国的人才从狗洞进去。今天我出使到楚国来，不应该从这个洞进去。"负责接待的人只好带晏子改从大门进去。

晏子拜见楚王时，楚王说："齐国没有人可派吗？派你做使臣。"晏子回答说："齐国都城临淄有七千五百户人家，人们一起张开袖子，天就阴暗下来；一起挥洒汗水，就会汇成大雨；街上行人肩膀靠着肩膀，脚尖碰脚后跟，怎么能说没有人才呢？"

楚王说："既然这样，那么为什么会打发你来呢？"

晏子回答说："齐国派遣使臣，要根据不同的对象，贤能的人被派遣出使到贤能的国王那里去，不肖的人被派遣出使到不肖的国王那里去。我晏子是最不肖的人，所以只好出使到楚国来了。"

二桃杀三士

【释义】将两个桃子赐给三个壮士，三壮士因相争而死。比喻借刀杀人。

【典故】《晏子春秋·内篇谏下二》中有记载:"公孙接、田开疆、古冶子事景公,以勇力搏虎闻。晏子过而趋,三子者不起。晏子入见公曰:'……此(指三士)危国之器也,不若去之。'公曰:'三子者,搏之恐不得,刺之恐不中也。'晏子曰:'此皆力攻勍敌之人也,无长幼之礼。'因请公使人少馈之二桃,曰:'三子何不计功而食桃?'于是三士皆论功争桃,最后皆反(返)其桃,挈领而死。"

【故事】春秋时,齐国三个勇士,号称"齐国三杰":田开疆,公孙接,古冶子。他们个个勇武异常,深受齐景公宠爱。但是,他们也个个恃功自傲。当时,齐国田氏的势力越来越大,直接威胁到国君的统治,而田开疆正属于田氏宗族。相国晏婴担心"三杰"为田氏效力而危害国家,屡谏齐景公除掉"三杰",然而齐景公爱惜勇士,没有直接表态。

鲁昭公访问齐国,齐景公设宴款待。鲁国由叔孙蜡执礼仪,齐国由晏子执礼仪,君臣四人坐在堂上,"三杰"佩剑立于堂下,态度十分傲慢。晏子心生一计,决定乘机除掉这三个心腹之患。

酒至半酣时,晏子提议请二位国君尝尝刚刚成熟的桃子,并表示亲自去摘桃子。过了一会儿,晏婴带着园吏,端着玉盘献上了六个桃子——个个硕大新鲜,桃红似火,香气扑鼻,令人垂涎。晏婴给鲁昭公和齐景公一人献了一个。

鲁昭公边吃边夸奖桃味甘美。齐景公见此,就建议赏赐叔孙诺一个。叔孙诺谦让自己能力声望不如晏婴,桃子应该赏给晏婴。齐景公见此,大手一挥:一人一个。于是,六个桃子只剩下两个了。

晏婴趁机向齐景公建议将两个桃子赏给功劳最大的臣子。齐景公同意了,于是传令:"谁的功劳大,谁就吃桃!"

话音刚落,公孙接率先表示,自己有打虎救君之功,有资格吃桃子。晏婴趁机赏他一杯酒,一个桃。

古冶子见状,说打虎救君之功不算什么,他有下黄河舍命杀大鼋保君之功。齐景公也说这是盖世奇功,理应吃桃。晏婴就把剩下的一个桃子送给了古冶子。

田开疆见桃子分完了,说打虎杀鼋都算不上大功,他率军降服徐国,威服郯国和莒国,才是真正的大功,是最有资格吃桃子的。晏婴表示,田开疆的功劳确实比公孙接和古冶子高,但桃子已经没有了,只能等树上剩下的桃子熟了再吃,现在只能赏赐一杯酒。田开疆以为是故意羞辱他,没面目站在朝廷之上,一气之下拔剑自刎。

公孙接和古冶子都觉得因为自己吃了桃子害死了誓同生死的结义兄弟田开疆,没脸面活在世上,也相继拔剑自杀。

鲁昭公目睹此景,目瞪口呆。齐景公长叹了一声,沉默不语。晏婴不慌不忙地缓解气氛说:"他们都是有勇无谋的匹夫。智勇双全、足当将相之任的,我国有数十人,这等武夫莽汉那就更多了。少几个这样的人,也没什么了不起,不必介意,不必介意,请继续饮酒吧!"

智者千虑,必有一失

【释义】不管多聪明的人,在很多次的考虑中,也一定会出现个别错误。

刘邦祭孔图

【典故】《晏子春秋·内篇杂下》中有记载:"圣人千虑,必有一失;愚者千虑,必有一得。"

【故事】楚汉相争时,汉王刘邦派韩信率一支军队向东进攻赵国。赵王得知消息,与成安君陈余一起,将军队聚在井陉山口,准备迎敌。谋士李左车献计说:"井陉这地方不能容两车并行,也容不下列队的骑兵。汉军的辎重一定跟在后面。如果让我带兵抄小路截断他们的辎重,不出十天,他们必然败走。"这本是上策,但赵王和陈余没有采纳。

韩信得知此消息,心中大喜,悬赏千金,要求活捉李左车。不久,韩信大败赵军。赵王被俘,陈余阵亡,李左车被擒。

韩信亲自为李左车松绑,十分客气地请教:"我打算向北攻打燕国,向东讨伐齐国,怎样才能成功呢?"

李左车不愿意多谈,说:"我是一个吃了败仗的俘虏,哪有资格谈这些事。"

韩信急忙解释说:"赵军失败,是因为赵王没采用你的计谋。如果他按照你的话做,恐怕我要成为你的俘虏了。今天,我诚心诚意地想听听你的高见,你不要推辞了。"

此时，李左车才说："你从关中出兵，渡过黄河向东，先灭魏国，再灭赵国，名闻海内。威震天下——这是你目前的优势。然而，你现在的兵士已相当疲乏，如果急于攻燕国，万一不能速胜，时间拖久了，齐国必定做好了充分准备，那时，你的弱点就不免要暴露出来。善于用兵的将军，总是发挥自己的优势而利用对方的弱点。你不如先在这里休整军队，一面大造攻燕国的声势，一面派个有口才的人，带着你的信去见燕王，故意显示汉军的强大，逼燕王投降。这样，齐王也就容易对付了。"

韩信一听，连声称妙。李左车谦虚地说："我听人说过：智者千虑，必有一失；愚者千虑，必有一得。我的建议未必全部可取，供您参考吧。"

韩信按李左车的建议行事，果然获得成功。

调虎离山

【释义】比喻为了便于乘机行事，设法引诱对方离开原来的地方。

【典故】《管子·形势解》中有记载："虎豹，兽之猛者也，居深林广泽之中则人畏其威而载之。人主，天下之有势者也，深居则人畏其势。故虎豹去其幽而近于人，则人得之而易其威。人主去其门而迫于民，则民轻之而傲其势。故曰：'虎豹托幽而威可载也。'"

【故事】东汉末年，军阀并起，各霸一方。孙坚儿子孙策年仅十七岁，年少有为，继承父志，在江东发展势力，逐渐强大起来，成为一方诸侯。

公元199年，孙策欲向北推进，准备夺取江北卢江郡。卢江郡南有长江之险，北有淮水阻隔，易守难攻。占据卢江的军阀刘勋势力强大，野心勃勃。

孙策知道，如果强攻卢江郡，取胜的机会很小。他和众将商议，最终制定了调虎离山的妙计。

刘勋极其贪财，孙策就派人给他送去一份厚礼，并在信中把他大肆吹捧一番，表示要与刘勋交好。当然，孙策的重点就是以弱者的身份向刘勋诉苦，说上缭经常派兵侵扰他，他实力弱，请求刘勋发兵降服上缭，孙策将感激不尽。

刘勋早想夺取十分富庶的上缭，今见孙策软弱无能，免去了后顾之忧，决定发兵上缭。孙策得知刘勋亲自率领几万兵马去攻上缭，城内空虚，心中大喜，说："老虎已被我调出山了，我们赶快去占据它的老巢吧!"于是,孙策立即率兵水陆并进,袭击卢江,几乎没遇到顽强抵抗,就十分顺利地控制了卢江。

刘勋猛攻上缭,无法取胜。得到孙策已取卢江的消息,他情知中计,后悔莫及,只得率军灰溜溜地去投奔曹操。

十年树木,百年树人

【释义】比喻培养人才是长久之计,也表示培养人才很不容易。

【典故】《管子·权修》中有记载:"一年之计,莫如树谷;十年之计,莫如树木;终身之计,莫如树人。"

【故事】中国自古以来就重视教育,不过,教育普及则是在明朝初期开始实现的。

明朝建立之初,明太祖朱元璋就十分重视地方学校建设。朱元璋对长期战乱后出现的道德沦丧状况十分忧虑,曾多次倡议各地办学以兴教化。他说:"治国以教化为先,教化以学校为本。京师虽有太学,而天下学校未兴。宜令郡县皆立学校,延师儒,授生徒,讲论圣道,使人日渐月化,以复先王之旧。"

于是,朱元璋下令各府州县普遍设立学校。据《明史·选举志》记载,朝廷对府、州、县学的教官编制、学生人数、师生待遇、教学内容等都做了规定:"府设教授,州设学正,县设教谕,各一。俱设训导,府四,州三,县二。生员之数,府学四十,州县依次减十。师生月廪食米,人六斗,有司给以鱼肉。学官月俸有差。生员专治一经,以礼、乐、射、御、书、数设科分教,务求实才,顽不率教者黜之。"

明朝中期以后,随着科举名额的扩大,府州县学的人数也相应增加,原有的正式名额学生称为廪膳生,扩大名额称增广生。宣德年间以后,许多府州县学的名额扩大了一倍,以应科举之需。十年树木,百年树人,中国古代教育普及事业最终在明朝建立并逐渐完善起来了。正因为重视教育,明朝虽然多灾多难,但也延续了二百七十七年之久。

《吕氏春秋》《淮南子》篇

一窍不通

【释义】比喻对事物不理解,一点也不懂。

【典故】《吕氏春秋·过理》中有记载:"纣杀比干而视其心,不适也,孔于闻之曰:'其窍通,则比干不承矣。'"

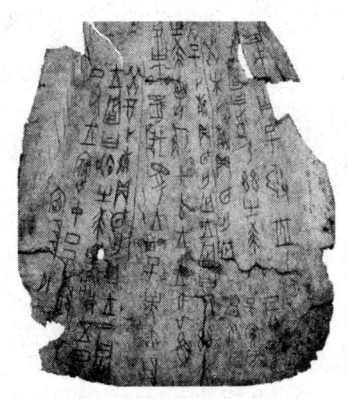

刻在甲和骨上的甲骨文　商

【故事】商纣王整日胡作非为,不尽心朝政,沉湎于酒色,轻信宠妃妲己谗言,过着荒淫无耻的生活。

忠臣比干见商纣王如此昏庸,心中十分着急,多次苦口婆心劝谏他改邪归正,为民多做好事。商纣王根本不听,而且对其非常恼怒。

有一次,商纣王听信妲己的话,下令杀害无辜的梅伯,并要把其剁成肉酱。比干得知消息,急忙去劝谏商纣王,希望他不要听信妲己的谗言,错杀无辜,并说这样下去是要亡国的。商纣王根本听不进去。这一次,比干不达目的不罢休,一连几天都极力去劝谏商纣王。

商纣王原本就对比干不满意,此时更是新旧愤怒叠加,形成了共振。商纣王愤怒地嚷道:"我早就听说圣人的心有七窍,我要把你杀了,取出心来看个究竟!"

随后,商纣王杀了比干,并挖出了他的心。

孔子说起这件事,感叹说:"纣王心窍不通,如果通了一窍,那么比干就不会被杀害了!"

刻舟求剑

【释义】比喻不懂事物已发展变化而仍静止地看问题。

【典故】《吕氏春秋·察今》中有记载:"楚人有涉江者,其剑自舟中坠于水,遽契其舟曰:'是吾剑之所从坠。'舟止,从其所契者入水求之。舟已行矣,而剑不行,求剑若此,不亦惑乎?"

【故事】战国时,有个楚国人坐船渡江。船到江心时,他一不小心,把随身携带的宝剑掉到江里。船上的人对此感到惋惜,但那楚国人却不着急,掏出一把小刀,在船舷上刻上一个记号,对大家说:"这是我宝剑落水的地方,所以我要刻上一个记号。"

大家虽然都不理解他为什么这样做,但也不再去问他。

船靠岸后,那楚国人在船上刻记号的地方下水,去捞取掉落的宝剑,但捞了半天也不见宝剑的影子。他觉得很奇怪,自言自语地说:"我的宝剑就是在这里掉下去的啊!我还在这里刻了记号,怎么会找不到呢?"

船上的人纷纷大笑起来,说:"船一直在行进,而你的剑却沉入了水底不动,你怎么能找得到呢?"

掩耳盗铃

【释义】比喻自己欺骗自己,明明掩盖不住的事情偏要想法子掩盖。

【典故】《吕氏春秋·自知》中有记载:"范氏之亡也,百姓有得钟者,欲负而走,则钟大不可负;以锥毁之,钟况然有声。恐人闻之而夺己也,遽掩其耳。恶人闻之,可也;恶己自闻之,悖矣!"

【故事】春秋时,智伯瑶灭掉了范氏后,有人趁机混到范氏家里偷东西。院子里吊着一口大钟。钟是用上等青铜铸成的,造型和图案都很精美。小偷想把大钟背回家去。但钟太重,他怎么也挪不动。他想来想去,最终决定把钟敲碎,再分别搬回家。

小偷找来一把锤子,朝钟使劲儿砸。"咣"的一声巨响把他吓了一大跳。小偷着慌,心想这下糟了,这种声不就等于是告诉人们我正在这里偷钟吗?他身子一下子扑到了钟上,张开双臂想捂住钟声,但发现根本捂不住钟声。

他越听越害怕,不由自主地抽回双手,使劲捂住自己的耳朵。"咦,钟声变小了,听不见了!"小偷高兴起来,"妙极了!把耳朵捂住不就听不到钟声了吗!"

他立即把耳朵塞住,放手砸钟。结果,人们听到钟声,蜂拥而至,把小偷逮个正着。

天子无戏言

【释义】指帝王说话算数。

【典故】战国·吕不韦《吕氏春秋·重言》有记载:"天子无戏言。天子言,则史书之,工诵之,士称之。"

【故事】有一天,年幼的周成王和弟弟叔虞一起游戏时,把一片桐树叶削成圭状,送给叔虞,说:"这个分封给你。"听到这话,史佚请求选择一个吉日封叔虞为诸侯。

周成王意识到说错了话,解释说:"我和他开玩笑呢!"

史佚说:"天子无戏言。只要说了,史官就应如实记载下来,按礼节完成它,并奏乐章歌咏它。"

周成王没办法,就把唐封给叔虞。从此,周成王更加谨言慎行,不随便说话了。

土崩瓦解

【释义】比喻彻底垮台或溃败。

【典故】《淮南子·泰族训》中有记载:"纣之地,左东海,右流沙,前交趾,后幽都,师起容关,至蒲水;士亿有余万,然皆倒矢而射,傍戟而战。武王左操黄戟,右执白旄以麾之,则瓦解而走,遂土崩而下。"

【故事】商纣王暴虐无道,贪恋酒色、荒淫无度,整日花天酒地,寻欢作乐,不理朝政。

他听信谗言,重用奸臣,残害忠良,戮杀无辜;他强征暴敛,动用巨资,强迫百姓为自己修建宫苑;他惨无人道,制造种种酷刑,以观看人受刑后的痛苦为乐。在他暗无天日的统治下,百姓无不怨声载道,苦不堪言。

虽说商朝疆土辽阔广袤,左起东海,右至杳无人烟的沙漠,南到交趾,北至幽州,军队从容关一直驻扎到蒲水。商军数万士兵,但打起仗来,都不愿意为纣王战死,遇到敌人就把兵器扔在一边。

周武王率军讨伐商纣王时,左手擎着用黄金做装饰的大戟,右手擎用牦牛尾装饰的白色旌旗,坐着战车,

《吕氏春秋》《淮南子》篇

227

势不可当,所到之处,无不披靡。商军见此一触即溃,商纣王被迫火焚而死,商朝如瓦片的碎裂,泥土倒塌,迅速而无法挽救。

百川归海

【释义】表示众多的事物汇集一处,也用来比喻大势所趋,众望所归。

【典故】《淮南子·记论讯》中有记载:"百川异源,而险归于海。"

【故事】淮南王刘安爱好读书鼓琴,才思敏捷,曾召崇兵客和懂得天文、医学、历算、占卜等数千人,集体编写了一部数十万字的书《淮南子》。

《淮南子》中有一篇叫《记论训》写道:我们的祖先早先住在山洞里和水旁边,衣着非常简陋,生活十分艰苦。后来出了圣人,他们带领人们建造宫室;这样人们才从山洞里走出来,住进了可以躲避风雨寒暑的房子。圣人又教人们制造农具和兵器,用来耕作和捕杀猛兽,使人们的生活比过去有了保障。后来,圣人又制礼作乐,定出各种各样的规矩,使人们有了礼节和约束。由此可见,社会是不断发展的,人们不是老是用一个方式生活。所以对古时候的制度,如果不再适合使用,就应该废除,而对于现在的,如果适合使用,就应该发扬。以上的一切都说明,像千百条不同源头的江河,但最后都会流入大海一样,各人做的事不同,但都是为了求得更好地治理社会,过更美好的生活。

一夫当关,万夫莫开

【释义】形容地势十分险要。

【典故】《淮南子·兵略训》有记载:"一人守隘,而千人弗敢过也。"

【故事】严武在蜀中任剑南节度使兼成都尹,骄恣放肆。当时,房琯在严武手下担任刺史。此前,房琯做宰相,曾向皇帝推荐过严武。后来,房琯因得罪降官,做了严武的下属。但是,严武对他却极为倨傲。其时,杜甫在严武幕府中,任节度参军。杜甫误犯了严武父亲严挺之的讳字。严武几乎要杀他。李白得知此事,遂作《蜀道难》,为房琯和杜甫担忧。

《蜀道难》中有如下句子:"剑阁峥嵘而崔嵬,一夫当关,万夫莫开。所守或匪亲,化为狼与豺。朝避猛虎,夕避长蛇,磨牙吮血,杀人如麻。"这是对严武残暴傲慢的揭露。

后来,李白从蜀郡到京师,住在旅馆里。贺知章闻其名,去拜访李白。

看了李白的状貌姿态，贺知章大以为奇。他又请李白拿出著作来看。李白就把《蜀道难》取出来请教。贺知章读后，赞不绝口，称他为"谪仙人"。从此，李白在诗坛声名远播，被人称为"诗仙"。

和氏之璧，随侯之珠

【释义】指世上罕有的珍宝。

【典故】西汉·刘安《淮南子·览冥训》有记载："譬如隋侯之珠，和氏之璧，得之者富，失之者贫。"

【故事】春秋时，楚国人卞和在荆山见凤凰栖落青石之上。于是，他将此璞石献给楚厉王。楚厉王命令玉工辨识。玉工认为是块石头。楚厉王很生气，下令将卞和刖左足。

楚武王即位，卞和又去献宝。玉工辨识的结果依然是块石头。楚武王下令将卞和刖右足。

到楚文王时，卞和抱玉痛哭于荆山下，哭至眼泪干涸，流出血泪。楚文王得知此消息，认为很奇异。他命人剖开璞石，结果发现是一块宝玉。于是，他又令良工雕琢成璧，号称和氏璧。

这是和氏璧的故事，而随侯之珠也有一段传奇故事。

在一次出游途中，随国君主随侯看见一条受伤的大蛇在路旁痛苦万分。随侯心生恻隐，令人给蛇敷药包扎后，放归草丛。

后来，这条大蛇痊愈，衔着一颗夜明珠来到随侯住处，说："我乃龙王之子，感君救命之恩，特来报德。"

后来，这颗灵蛇之珠被称为随侯珠。

《世说新语》篇

捉刀人

【释义】指曹操。引申顶替人做事或作文的人。

【典故】《世说新语·容止》有记载:"魏王雅望非常,然床头捉刀人,此乃英雄也。"

【故事】曹操是乱世英雄,气质不凡。有一次,有匈奴使者拜见他。他想考验一下匈奴使者,让一表人才的崔季珪扮成魏王曹操,他则扮成武士,提着刀站在旁边。

会见结束后,曹操派人去问匈奴使者,对魏王的印象如何。匈奴使者说,魏王给他的印象一般,而魏王身边捉刀人气度不凡。

阿堵物

【释义】西晋的一些士族阶层人士自命清高,耻于言钱,钱被称为"阿堵物"。后人指为钱的别称,有讽刺意义。

【典故】《世说新语·规箴》记载:"夷甫晨起,见钱阁行,呼婢曰:'举却阿堵物。'"

【故事】晋朝有个叫王衍的,自命清高,一生从不谈钱,且说话都不带"钱"字。

为了逼他说出"钱"字,他妻子

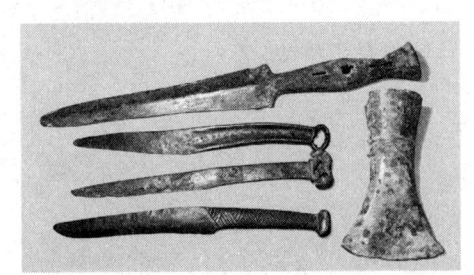

青铜刀剑

故意将钱放在房中，挡住他的路。

王衍无法避开，叫来妻子，指着钱，叫她把阿堵物拿开，硬不说"钱"字。

妻子莞尔一笑，把"阿堵物"拿走了。

东床坦腹

【释义】指女婿。

【典故】《世说新语·雅量》中有记载："闻来觅婿，咸自矜持；唯有一郎在东床上坦腹卧，如不闻。"

【故事】太傅郗鉴在京口时，派门生去送信给丞相王导，说想在他家后辈中挑个做女婿。王导告诉郗鉴的来人："你到东厢房去，随意挑选吧！"

门生到厢房看了后，回去禀告郗鉴："王家那些公子都值得夸奖，听说有人来挑女婿，个个就都拘谨起来，只有一位公子在东边床上袒胸露腹躺着，好像没有听见一样。"

郗鉴说："就是这个好！"一查访，原来这个公子是王羲之，便把女儿嫁给他了。

七步成诗

【释义】比喻有才气、文思敏捷。

【典故】《世说新语·文学》中有记载："文帝尝令东阿王七步中作诗，不成者行大法；应声便为诗曰：'煮豆持作羹，漉菽以为汁；萁在釜下燃，豆在釜中泣；本自同根生，相煎何太急！'帝深有惭色。"

【故事】曹丕继位以后，非常忌妒弟弟曹植的才能。有一次，因为一件小事，曹丕打算借机惩罚曹植，除非曹植在七步之内作一首完整而且合乎韵律的诗。

曹植明知道哥哥是故意为难他，但曹丕现在是皇帝，只能唯命是从。曹植感到异常悲愤。他走了几步，作了一首诗："煮豆持作羹，漉菽以为汁；萁在釜下燃，豆在釜中泣；本自同根生，相煎何太急！"曹丕听了这首诗，感到很惭愧，也就不再加害他，将他放了，并封爵为王。

拾人牙慧

【释义】比喻拾取别人的一言半语当作自己的话。

【典故】《世说新语·文学》有记载："殷中军云：'康伯未得我牙后慧。'"

【故事】晋康帝时，建武将军殷浩以恢复中原为己任。他率军北伐攻打后秦姚襄，失败而归，被流放到信安。他外甥韩康伯一直跟随着他。他每天都教韩康伯用兵之道。韩康伯自以为学到了殷浩军事才华的精华，经常对外夸夸其谈。殷浩对人说："康伯连我的牙慧都没有捡到。"

书空咄咄

【释义】为叹息、愤慨、惊诧的典实。

【典故】《世说新语·黜免》有记载："殷中军被废，在信安，终日恒书空作字。扬州吏民寻义逐之，窃视，唯作'咄咄怪事'四字而已。"

【故事】东晋时，扬州刺史殷浩与大将桓温不合。王羲之劝他，大敌当前，应以国事为重，搞好与同事的关系。但是，殷浩不但不听，领兵北伐，屡战屡败，最后被废为平民，流放到信安。他整天读书吟诗，在纸上写"咄咄怪事"来发泄心中的不平。

一木难支

【释义】一木难支指一根木头难以支撑整座大楼，现比喻一个人的力量过于薄弱，很难撑起大局。

【典故】南朝宋·刘义庆《世说新语·任诞》中有记载："扞和峤响曰：'元裹如北厦门，拉攞自欲坏，非一木所能支。'"

【故事】南朝宋顺帝时，萧道成把持政权。他杀害忠良，横行恣肆，有篡夺王室的企图。

大臣袁粲和刘东秘密商量准备杀死萧道成，但事机不密，被萧道成同党褚渊知道了。褚渊把此事告诉了萧道成。萧道成十分恼怒，立刻派部将戴僧静率军去攻打袁粲，并把袁粲所在的城池团团围住。

这时，袁粲对他儿子袁最说："我明知道一支木柱不能支持一座大厦的崩塌，但为了名誉义节，不得不死守下去。"

后来，戴僧静率军越墙冲进城里去了。在敌人的刀枪下，袁最勇敢地用身体去掩护父亲。袁粲对袁最说："我是个忠臣，你是个孝子，我们死而无愧啊！"很快，他们父子被乱兵杀死了。

鹤立鸡群

【释义】比喻一个人的仪表或才能在周围一群人里显得很突出。

【典故】南朝宋·刘义庆《世说新

语·容止》中有记载："有人语王戎曰：'嵇延祖卓卓如野鹤之在鸡群。'"

【故事】嵇绍是嵇康的儿子，体态魁伟，聪明英俊，在同伴中非常突出。

晋惠帝时，嵇绍当侍中。当时，皇族争权夺利，互相攻杀，史称为"八王之乱"。嵇绍对皇帝始终非常忠诚。

有一次，京城发生变乱，形势严峻。嵇绍奋不顾身奔进宫去。守卫宫门的侍卫张弓搭箭，准备射他。侍卫官望见嵇绍正气凛然的仪表，连忙阻止侍卫，并把弓上的箭抢了下来。

不久，京城又发生变乱，嵇绍跟随晋惠帝，出兵迎战于汤阳，不幸战败。当时，将士死伤逃亡无数，只有嵇绍始终保护着晋惠帝，不离左右。敌方的飞箭像雨点般射过来，嵇绍身中数箭，鲜血直流，滴在晋惠帝的御袍上。就这样，嵇绍被叛军的乱箭射死了。

事后，侍从要洗去御袍上的血迹，晋惠帝说："别洗别洗，这是嵇侍中的血啊！"嵇绍在世时，有一次，有人对王戎说："昨天在众人中见到嵇绍，气

晋惠帝司马衷

宇轩昂，如同野鹤立鸡群之中。"

一往情深

【释义】形容对人或事物有特别深的感情，指对人或对事物倾注了很深的感情，向往而不能克制。

【典故】南朝宋·刘义庆《世说新语·任诞》中有记载："桓子野每闻清歌。辄唤奈何！谢公闻之曰：'子野可谓一往有深情。'"

【故事】公元383年，前秦皇帝苻坚率九十万大军南下，攻伐东晋。桓伊率领豫州所有军队抵抗前秦军入侵。在淝水一战中，东晋军大破前秦军，稳定了东晋政权。在这一次决定历史走向的大战中，桓伊立下了引人瞩目的功勋。不久，桓伊升迁为都督江州荆州十郡、豫州四郡军事、江州刺史。

在驰骋疆场以外,桓伊还十分喜爱音乐,会作曲,善吹笛。

除了吹笛子,桓伊也非常爱听别人唱歌。每当听到优美的歌声,他都会情不自禁地击节赞叹。时任宰相谢安也十分喜爱音乐。两人见面时,他们经常谈论音乐。谢安见桓伊对音乐造诣很深,对音乐又如此痴心,便说:"桓子野(桓伊)对音乐真是一往情深啊!"

自惭形秽

【释义】因为自己在某一方面不如别人而有一种惭愧的感觉。

【典故】《世说新语·容止》中有记载:"骠骑王武子;是卫玠之舅,隽爽有风姿,见玠叹曰:'珠玉在侧,觉我形秽。'"

【故事】东晋时,骠骑将军王济相貌英俊,待人接物也很有风度。他虽然是提刀弄枪的军人,但平时读书论经,才学很好,颇有名声。

有一年,王济外甥卫玠母子前来投靠他。他一见卫玠长得眉清目秀,风度翩翩,当场就惊呆了。他对卫玠母亲说:"人家都说我的相貌漂亮过人,现在与外甥一比,就像把石块与明珠宝玉放在一起,我真是太难看了!"

过了几天,王济带着卫玠,骑着马去拜见好友。走到街上,看见卫玠的人都以为他是白玉雕成的,大家都争着围观,你挤我拥,几乎轰动了全城。

好不容易到了好友家,好友想了解一下卫玠学问是否出众,便坚持要他讲解玄理。

卫玠推辞不了,便讲了起来。讲的时间不长,听的人却没有一个不称赞他讲得精深透彻的。

人们嬉笑着说:"看来,你们三王抵不上卫家的一个儿郎啊!"王济说:"是啊,和我这外甥一起走,就像有明珠在我身旁,熠熠发光,让我觉得自己形象非常差。"

望梅止渴

【释义】比喻用空想安慰自己或他人。

【典故】南朝宋·刘义庆《世说新语·假谲》中有记载:"魏武行役,失汲道,三军皆渴,乃令曰:'前有大梅林,饶子,甘酸可以解渴。'士卒闻之,口皆出水,乘此得及前源。"

【故事】有一年夏天,曹操率军去讨伐张绣。当时,天气非常热,骄阳似火，天上一丝云彩也没有，军队在山道上行走，两边密密的树木和被阳光晒得滚烫的山石，让人透不过气来。

到中午时分，士兵的衣服都湿透了。行军的速度也慢下来，有几个体弱的士兵甚至晕倒在路边。

曹操见行军的速度越来越慢，担心贻误战机，心里很着急。可是，眼下几万人马连水都喝不上，又怎么能加快速度呢？他叫来向导，悄悄问他："这附近有没有水源？"向导摇摇头，说："泉水在山谷那一边，要绕道过去，还有很远路程。"曹操想了一下，说："不行，时间来不及。"他看了看前边那片树林，沉思了一会儿，对向导说："你什么也别说，我来想办法。"

曹操脑筋一转，办法来了。他一夹马肚子，赶到队伍前面，用马鞭指着前方，说："前面有一大片梅林，那里的梅子又大又好吃，我们快点赶路，绕过这个山丘就到梅林了！"

士兵们一听，仿佛梅子已经吃到嘴里，精神大振，步伐不由得加快了许多。

后起之秀

【释义】后辈中的优秀者。

【典故】《世说新语·赏誉》中有记载："范豫章谓王荆州：'卿风流逸望，真后来之秀。'"

【故事】王忱在少年时代就显露出才气，深受当时名士推崇。他舅父范宁是当时著名经学家，对王忱很器重。有著名文士拜访时，他总让王忱一起接待。有一次，王忱去看望范宁时，遇到了比他出名的张玄。范宁让他们交谈交谈。

张玄早听说王忱志趣不凡，也很想与他谈谈。不过，他年龄比王忱要大，希望王忱先打招呼，就端正地坐着等候。王忱见张玄这等模样，看不上眼，也默默坐着，一言不发。张玄也放不下架子主动打招呼，就这样对坐了一会儿就怏怏不乐地离去了。

事后，范宁责备王忱："张玄是吴中优秀人才，你为什么不好好与他谈谈？"王忱傲慢地说："他要真心想和我来往，完全可以来找我嘛。"范宁听到这话，反而称赞起他来："你这样风流俊逸，真是后崛起的优秀人才啊。"王忱笑着说："没有您这样的舅舅，哪来我这样的外甥？"

日近长安远

【释义】旧指向往帝都而不能达到。

【典故】《世说新语·夙惠》有记

《世说新语》篇

235

载:"因问明帝:'汝意谓长安何如日远?'答曰:'日远。不闻人从日边来,居然可知。'……更重问之,乃答曰:'日近。'"

【故事】晋明帝司马绍小时坐在晋元帝司马睿膝上玩耍。刚好有人从长安来,司马睿就问司马绍:"长安与太阳哪一个远些?"司马绍说:"没听说人从太阳上来。"

第二天,司马睿召集群臣开宴会,夸耀司马绍聪明。他当场问谁近,司马绍说:"日近,举目见日,不见长安。"

覆巢无完卵

【释义】比喻灭门大祸,无一幸免。又比喻整体毁灭,个体也不能幸存。

【典故】《世说新语·言语》中有记载:"大人,岂见覆巢之下复有完卵乎?"

【故事】东汉末年,孔融任北海相。他听说曹操率五十万大军征讨刘备与孙权,非常不满,与人议论这件事,指责曹操。御史大夫向来与孔融不合,就把孔融的话向曹操报告,还添油加醋,恶意挑拨。曹操大怒,命人逮捕孔融全家。差吏来抓孔融的时候,全家人都十分惊恐,不知所措。孔融的两个孩子一个九岁,一个八岁,他们坐在那里若无其事地嬉戏,一点害怕的样子都没有。家人叫他们赶紧逃走,但是他们却无动于衷。孔融对差吏说:"希望惩罚的只限于我自己,两个孩子能不能保全性命?"不料,两个儿子从容上前,不慌不忙地说:"父亲大人,你就不要再求情了。你难道看见过打翻的鸟巢下面还有完整的的鸟蛋吗?"一语既出,众人皆愕。最后他们从容地跟着父亲,一同被抓走赴难去了。

盲人骑瞎马

【释义】瞎子骑着瞎马。形容乱闯瞎撞,非常危险。

【典故】《世说新语·排调》中记载:"桓南郡与殷荆州语次,因共作了语……复作危语。桓曰:'矛头淅米剑头炊。'殷曰:'百岁老翁攀枯枝。'顾曰:'井上辘轳卧婴儿。'殷有一参军在坐云:'盲人骑瞎马,夜半临深池。'"

【故事】顾恺之到殷仲堪家中做客时,恒温的儿子恒玄也在。三人高兴地抽签玩文字游戏。就"危"字,他们说:"矛头淅米剑头炊"、"百岁老翁攀枯枝"、"井上辘轳卧婴儿"。仆人站在旁边插了一句话:"盲人骑瞎马,夜半临深池。"

独眼的殷仲堪听后，十分不高兴。

蒹葭倚玉树

【释义】比喻一丑一美不能相比，也用作借别人的光的客套话。

【典故】《世说新语·容止》有记载："魏螳帝使后弟毛曾与夏侯元并坐，时人谓蒹葭倚玉树。"

【故事】三国时期，魏国大臣夏侯玄很有些名望，父亲是征南大将军，叔叔是权臣曹爽的表兄弟，被曹爽提拔任征西将军，玉树临风，仪表出众。

夏侯玄很年轻的时候就博学多才，才华出众，尤其精通玄学，被誉为"四聪"之一。他和被誉为"傅粉何郎"的何晏、王弼等人开创魏晋玄学的先河，是早期的玄学领袖，据说他们三人还是中国服食药散的祖师，而且有很高的文学造诣，他所写的《乐毅论》后来被书圣王羲之所书写而传于天下。

驸马都尉毛曾相貌丑陋，令人生厌，但他希望附庸风雅，喜欢接近夏侯玄。可是，性高气傲的夏侯玄看不起他，对他很冷淡。

他们的外形也实在不相称，坐在一起，就好像秃杆的芦苇跟玉树放在一起一样，被人称为蒹葭倚玉树。毛曾就向当皇后的姐姐告状，皇后就向魏明帝进谗言，魏明帝很不高兴，就降了夏侯玄的职。

狗鼠不食汝余

【释义】形容人的品行极其卑鄙龌龊。

【典故】《世说新语·贤媛》中有记载："因不复前而叹曰：'狗鼠不食汝余，死故应尔。'至山陵，亦竟不临。"

【故事】魏武帝曹操驾崩后，他的儿子曹丕继位。可是，曹丕实在太无耻，竟然把曹操的宫人留在后宫，整日荒淫无度，结果身体健康严重受损，得了重病。卞太后前去探望，看见曹操的妃子都在侍候曹丕，觉得违背了伦常，痛心疾首，大骂曹丕："狗鼠不食汝余，死故应尔。"意思是，狗和老鼠都不吃你剩下的东西，你早就该死了。不久，曹丕果然驾崩了，卞太后竟没哭一声。

铜山西崩，洛钟东应

【释义】比喻重大事件彼此相互影响。

【典故】《世说新语·文学》："铜山西崩，灵钟应应。"

【故事】西汉时，未央宫前殿的钟无故自鸣，三天三夜都不停止。汉武帝召问王朔，王朔说可能有兵争。汉武帝不信，就问自己的亲信东方朔。东方朔说："我听说，铜是山的儿子，山是铜的母亲，以阴阳五行的观点来看，子母相感，可能是山将要崩塌，所以钟提前鸣叫起来。《周易》曰：'鸣鹤在阴，其子和之。'这说得精准极了。我认为，在五天之内就可以得到灵验。"三天后，南郡太守上书说山崩了二十多里。

簸之扬之，糠秕在前

【释义】糠秕：谷皮和瘪谷，比喻无价值的东西。形容自己不如别人。

【典故】《世说新语·排调》中有记载："簸之扬之，糠秕在前。"

【故事】东晋时，司马昱邀请王坦之和范启前去议事。范启年龄大而官位小，王坦之年龄小而官位大。他们互相谦让，让对方走前头。王坦之走在范启前，开玩笑说："簸之扬之，糠秕在前。"范启反唇相讥："淘啊汰啊，沙砾在后。"

小时了了，大未必佳

【释义】幼年聪明懂事，长大后不一定成才。

【典故】《世说新语·言语》中有记载："太中大夫东趯后至，人以其语语之。趯曰：'小时了了，大未必佳。'文举曰：'想君小小，必当了了。'"

【故事】孔融十岁时去拜见大名鼎鼎的河南太守李元礼，以李元礼亲戚的名义求见。李元礼不认识孔融。孔融则把老子与孔子的后人关系扯为亲戚。太中大夫陈韪讥笑孔融"小时了了，大未必佳"。孔融立即反唇相讥"想君小时，必当了了"。

内举不失其子，外举不失其仇

【释义】形容办事公正无私。

【典故】《世说新语·言语》中有记载："荀慈明曰：'昔者祁奚内举不失其子，外举不失其仇，以为至公。'"

【故事】春秋时，晋国贵族之间权力斗争十分激烈。范宣子赶跑了他的外孙栾盈，并杀了他的同党羊舌虎。大夫祁奚向晋侯请求告老还乡。晋侯问他谁可以接任时，他推荐了他的仇敌解狐。晋侯问谁可以担任中军尉时，祁奚推荐了自己儿子祁午。

第四卷

本卷的典故主要来自国学中的集部,其承载着中国传统文化的每个细胞,是了解传统文化细节的活源头。但由于中国数千年以来,文人作品多如牛毛,成语典故很多,因此来源非常杂。

为了方便读者学习,我们在编撰时将其分为诗词篇、散文杂记篇、戏曲评话篇和古典小说篇。

诗词篇

东方骑

【释义】 指女子的如意郎君,也泛指身份显赫者。

【典故】 汉·乐府《陌上桑》诗:"东方千余骑,夫婿居上头。"

【故事】 西汉末年,天下大乱,宦官专权。全国到处掀起一股选美之风。地方官吏到处搜罗美女,向朝廷奉送。

华山脚下西北十余里处秦员外有个女儿叫罗敷。她从小长得聪明可爱,俊俏机灵,是享誉乡里四方的美女。地方太守也知道了这事。

一天,太阳从东方升起,罗敷一大早起来,把自己打扮得漂漂亮亮的,提着工具到山峪里养蚕采桑。她一边走一边想着情郎王可,那个曾经打跑老虎,为老百姓创造一方平安的年轻人。罗敷美丽的身姿,婀娜的脚步,不知不觉地吸引了行人的目光——走路的人看着她停住了脚步,挑担的人放下担子抚着胡须专目注视,邻村的少年一见竟赶忙摘下帽子,犁地的人停下来发呆,锄地的人忘掉了锄田。

这时,太守来了,派人上去跟罗敷答话。罗敷自知来者不善,但心里

长信宫灯　西汉

一点也不害怕，大大方方迎上前去问太守有何事。太守笑着表示，你跟我走，我养活你，保你一辈子享不尽的荣华富贵。

罗敷立即表示自己早有了丈夫，并猛夸了一顿自己丈夫。其中有一句就是："东方千余骑，夫婿居上头。"

太守想不到罗敷丈夫竟如此厉害，自惭形秽，灰溜溜地在一片嘘声中跑掉了。

蠹书虫

【释义】比喻读死书的人。

【典故】唐·韩愈《杂诗》中："岂殊蠹书虫，生死文字间。"

【故事】赵括自幼学习兵法，谈论用兵打仗的事，认为天下没人比得上他。赵括曾经跟他父亲赵奢议论过用兵打仗的事，赵奢不能驳倒他，然而赵奢不说他好。赵括母亲问赵奢缘故，赵奢说："战争是以命相搏的事，赵括把它说得轻而易举。假使赵国不让他做将军也就罢了，如果一定让他担任将军，那么毁掉赵军的一定就是赵括。"

后来，秦军和赵军在长平对峙。赵王中计，启用主张进攻的赵括代替主张防守的廉颇。赵括到任后，全部更改原有的纪律和规定，撤换并重新安排军官。秦将白起得知此消息，命令秦军假装败退，寻机截断赵军运输军粮的道路，把赵军一切为二。于是，赵军军心离散。经过四十多天后，军中兵士饥饿。赵括亲自带领精锐将士上阵战斗，企图突围。秦军射死了赵括。赵军大败，几十万士兵投降于秦军。白起下令把他们全部活埋了。

抱佛脚

【释义】比喻平时没联系，临时慌忙恳求，后比喻平时没准备，临时慌忙应付。

【典故】唐·孟郊《读经》："垂老抱佛脚，教妻读《黄经》。"

【故事】有一次，王安石与客人闲谈，无意间谈到佛经，想到他在政治上屡受挫折，心生退意，脱口说："投老欲依僧。"意思就是要与寺庙里和尚做伴。

客人笑着说："急来抱佛脚。"王安石不高兴，认为客人在讥讽他。于是，客人把那两句改成了一副对联："老欲依僧，急来抱佛"。这么一改，妙趣横生，王安石也不生气了。

风木叹

【释义】比喻因父母亡故,不能奉养。指丧父母的悲伤。

【典故】宋·陆游《焚黄》诗中:"早岁已形风木叹,余生永废《蓼莪》诗。"

【故事】王裒是魏晋时营陵人,博学多能。他父亲王仪被司马昭杀害后,他隐居到他乡,以教书为业,终身不面向西坐,以表示永不做晋臣。王裒母亲活着时害怕打雷。死后,她埋葬在山林中。每当风雨天气,听到雷声,王裒就跑到母亲坟前,一边跪拜一边安慰:"裒儿在这里,母亲您不要害怕。"在教书时,他每当读到《诗经·蓼莪》时,就常常泪流满面,想起了自己的父母。

司空见惯

【释义】指某事常见,不足为奇。

【典故】唐·刘禹锡《赠李司空妓》中:"高髻云鬟新样,春风一曲杜韦娘,司空见惯浑闲事,断尽苏州刺史肠。"

【故事】刘禹锡是唐朝的著名诗人,性格豪爽,生活放荡不羁。他中了进士后,在京城做监察御史,由于讥讽权贵,受人排挤,被贬做苏州刺史。他在当苏州刺史的时候,结识了担任司空官职的李绅。两人经常相聚,谈天说地,饮酒作乐。一次,李绅邀请刘禹锡饮酒,并请了几个歌妓在席上作陪。刘禹锡喝着美酒,听着小曲,诗兴大发,奋笔疾书,作了这样的一首诗:"高髻云鬟新样,春风一曲杜韦娘,司空见惯浑闲事,断尽苏州刺史肠。"

天涯海角

【释义】形容极远的地方,或相隔极远。

【典故】唐·吕岩《绝句》中:"天涯海角人求我,行到天涯不见人。"

【故事】韩愈两岁时死了父亲,不久他母亲又去世了,是哥哥韩会和嫂嫂郑夫人把他拉扯大。韩会有一个嗣子叫老成,排行十二,小名叫十二郎,年纪比韩愈小一点。韩会四十二岁时,因受宰相元载案的牵连,被贬为韶州刺史,不到几个月就病死在韶州。那年,韩愈只有十一岁,十二郎也很小。韩愈虽然有三个哥哥,但都死得早。现在,韩家只有韩愈和他的侄子十二郎两个人相依为命,孤苦伶仃,没有一天离开过。韩愈十九岁时从宜城去了京城,在以后十年时间中,和十二郎只见过三次面。十二郎不幸年轻时就去世了,韩愈知道了这个消息,悲痛欲绝,写了一篇《祭十二郎文》,祭文中有"一在天之涯,一在地之角"的句子。

水落石出

【释义】比喻事情的真相完全显露出来。

【典故】宋·欧阳修《醉翁亭记》有记载:"野芳发而幽香,佳木秀而繁阴,风霜高洁,水落而石出者,山间之四时也。"

【故事】苏轼生性豪放,学识渊博,极富文采,因反对王安石变法,被贬谪黄州。他非常苦闷,常常到附近的景点去游览,寄情于山水之间。

十月的一个夜晚,月光分外皎洁明媚。苏轼邀请他的两个朋友,沐浴着和煦的秋风,兴致勃勃地一起在城外散步。面对美丽夜景,他们诗兴大发,谈古论今,畅叙友情,欢乐之至,将一切烦恼都抛到九霄云外。良辰美景岂能没有酒,苏轼让人取来美酒。他们来到赤壁下的长江岸边,登上小舟,泛舟游玩,饮酒作诗。只听见东流的江水发出潺潺的声响,在万籁寂静的夜晚显得特别清脆。只看见岸边千尺陡壁,峻峭如削。一座座高大的山峰屹立,悬在山峰间的月亮显得小了;江水下落,沉在江水之下的石头,露了出来。苏东坡兴致勃勃,挥笔写下了传世之作《后赤壁赋》,说:"江流有声,断岸千尺;山高月小,水落石出。曾日月之几何,而江山不可复识矣。"

巧取豪夺

【释义】旧时形容达官富豪谋取他人财物的手段。现指用各种方法谋取财物。

【典故】宋·苏轼《次韵米黻二王书跋尾》中:"怪君何处得此本,上有桓玄寒具油;巧偷豪夺古来有,一笑谁似痴虎头。"

【故事】宋朝大书法家、大画家米芾的儿子米友仁写得一手好字,又长于作画,非常喜爱古人的作品。

他有一样特殊本领,就是善于模仿古人的画。他在涟水时,曾经向人借回一幅《松牛图》描摹。后来,他把真本留下,拿摹本还给别人,那人居然没有觉察出来,拿着走了。直至过了好多日,那人才来讨还原本。

米友仁问他怎么看出来的。那人回答说："真本中的眼睛里面有牧童的影子；而你还我的这一幅却没有。"可是，米友仁模仿古人的画品，很少被人发现他的模本是假的。

后来，米友仁经常千方百计地向人借古画描摹。摹完后，他总是拿样本和真本一齐送给主人，请主人自己选择。由于他摹仿古画的技艺很精，把模本和真本摹得一模一样，主人往往把模本当成真本收回去，米友仁便因此得到了许多名贵的真本古画。

捉将官里去

【释义】指被朝廷、官府捉去。

【典故】宋·赵令畤《侯鲭录》第六卷有记载："朴言：'独臣妻有诗一首云：更休落魄贪杯酒，亦莫猖狂爱咏诗。今朝捉将官里去，这回断送老头皮。'上大笑，放还山。"

【故事】宋真宗当皇帝时，下令寻访天下隐士，选拔其中贤能的人当官，结果找到一个会作诗的杞人杨朴。但是，杨朴不想当官。宋真宗把杨朴召见到朝廷，问他会不会写诗。杨朴说不会写。宋真宗又问他，临行有没有人作诗送他。杨朴回答说："我老婆送过我一首诗：更休落魄贪杯酒，亦莫猖狂爱咏诗。今朝捉将官里去，这回断送老头皮。"

宋真宗听后哈哈大笑，明白了杨朴的心思，命令放他回家。

河东狮子吼

【释义】比喻妒悍的妻子发怒，并借以嘲笑惧内的人。

宋真宗封禅

【典故】宋·洪迈《容斋三笔·陈季常》："陈慥字季常……自称'龙丘先生'，又曰'方山子'。好宾客，喜畜声妓，然其妻柳氏绝凶妒，故东坡有诗云：'龙丘居士亦可怜，谈空说有夜不眠。忽闻河东师（狮）子吼，拄杖落手心茫然。'"

【故事】苏东坡是宋朝著名的文学家，擅长诗词，文章也写得很好，是朝中重臣，皇帝非常看重他。因为他反对变法，被皇帝贬到黄州当官。苏东坡在黄冈有个好友叫陈慥，号季常。他们两人有相同的爱好，都喜欢游山玩水，写诗作赋，谈论佛教。他们俩经常在一起饮酒，还请来一些歌女和舞女，在一边歌舞助兴。陈慥的夫人柳氏很有个性，特别爱吃醋，对陈慥的行为非常不满意，尤其不满意的地方，就是陈慥喝酒时找美女来斟酒夹菜，跳舞唱歌。有时，舞女、歌女正唱着歌、跳着舞，柳氏就来了，把美女们毫不客气地全都赶走。后来，陈慥跟苏东坡两人在喝酒的时候，就既不敢用伴舞，也不敢用伴唱了。

一天晚上，苏东坡又到陈慥家来喝酒，这次，先是没有请歌女和舞女助兴。两个人一边喝着酒，一边谈佛论道。后来，还是准备请两个美女来唱两首歌。陈慥吩咐手下人把那两个歌女找来，说："不要唱激昂的，要抒情一点的，声音不要太大。"两个歌女明白了，他原来害怕夫人柳氏听见。陈慥和苏东坡端着酒杯，听着两位歌女给他们唱歌。没想到，夫人的丫鬟听见客厅里边有唱歌的声音，赶紧向夫人禀报，夫人穿好衣服，来到客厅，把两个歌女赶跑了。次日，苏东坡写了首诗，送给陈慥。这首诗是："龙丘居士亦可怜，谈空说有夜不眠。忽闻河东狮子吼，拄杖落手心茫然。"

照葫芦画瓢

【释义】比喻照着样子模仿。

【典故】宋·魏泰《东轩笔录》第一卷有记载："太祖笑曰：'颇闻翰林草制，皆检前人旧本，改换词语，此乃俗所谓"依样画葫芦"耳，何宣力之有？'"

【故事】北宋初年，陶谷担任翰林学士，负责给皇帝起草文告，非常辛苦。他兢兢业业的，以图得到皇帝器重。陶谷想到外地出任地方官，便托人在宋太祖赵匡胤面前推荐自己。

不料，赵匡胤一听说是陶谷，便笑着说："他起草文件时总是照抄前人的旧本，只不过改头换面地编编而已。"很自然的，陶谷没有被任用。

后来，赵匡胤的话传到陶谷的耳朵里。他大失所望，心灰意懒，就写了一首诗自嘲："官职须由生处有，才能哪管用时无；堪矣翰林陶学士，年年依样画葫芦。"

不识庐山真面目

【释义】比喻认不清事物的真相和本质。

【典故】宋·苏轼《题西林壁》："横看成岭侧成峰，远近高低各不同。不识庐山真面目，只缘身在此山中。"

【故事】传说，周朝武王时期有个名叫匡俗的高人在此结庐而居，所以得名庐山，也有"匡庐"一说。

庐山三面临江，山势十分雄奇，层峦叠嶂，山清水秀，风景奇丽。由于它临江靠水，山上云雾缭绕，庐山给人清幽缥缈的感觉，使人们难以看清它的真实面貌。

苏轼有一首写庐山的《题西林壁》千年流传："横看成岭侧成峰，远近高低各不同。不识庐山真面目，只缘身在此山中。"意思是说，人们的视角不同，对庐山的印象也就不同。因为身在庐山之中，视野为庐山的峰峦叠嶂所局限，看到的只是庐山的一峰一岭一沟一壑，难以认识庐山的全貌。

山雨欲来风满楼

【释义】比喻局势将有重大变化前夕的迹象和气氛。

【典故】唐·许浑《咸阳城东楼》诗中："溪云初起日沉阁，山雨欲来风满楼。"

【故事】有一天，唐朝诗人许浑登上咸阳城东的一座高楼，凭栏远望，只看见前面烟笼芦苇，雾罩杨柳，勾起了他的漫漫乡愁。忽然，浓云从城南的蟠溪上空涌来，太阳西沉，从西城外的慈福寺阁旁沉落下去，整个城楼上满是透出凉意的狂风，一场大雨即将来临。他看到此景，便写下了一首叫《咸阳城东楼》的诗。

苏轼《题西林壁》

别有天地非人间

【释义】比喻另有一番境界，形容风景或艺术创作的境界引人入胜。

【典故】唐·李白《山中问答》诗："桃花流水窅然去，别有天地非人间。"

【故事】李白爱好剑术，轻财仗义，喜欢旅游，一生游历了祖国的大好河山，留下了许多优美的诗篇。李白曾有一段时间在碧山闲居，有人问他为什么喜欢住在山里，他就写了《山中问答》，算是解释。诗是这样写的："问余何意栖碧山，笑而不答心自闲，桃花流水窅然去，别有天地非人间。"诗人说，你没有必要问我为什么居住在碧山，其实这里景色优美，欣赏着绚烂的桃花和潺潺的流水，这里有一种别样的风景，不是人间能找到的。

现代人说的"别有天地非人间"，就是另外一种意思了。

黑云压城城欲摧

【释义】比喻恶势力一时嚣张造成的紧张局面。

【典故】唐·李贺《雁门太守行》诗中："黑云压城城欲摧，甲光向日金鳞开。"

【故事】唐朝时期，国内藩镇割据，边境也不安宁，经常战火不断，将士们英勇抗击外族入侵。李贺生活在这样一个时代，深受战争之苦。他曾经参加过许多战斗，身先士卒，作战勇敢，杀得敌人人仰马翻，狼狈逃窜。李贺是一位诗人，写了许多反映人民疾苦的诗。他在《雁门太守行》中写道："黑云压城城欲摧，甲光向日金鳞开。"这两句诗非常成功地渲染了敌军兵临城下时的紧张气氛和危急形势。

柳暗花明又一村

【释义】原形容前村的美好春光，后借喻突然出现新的好形势。

【典故】宋·陆游《游山西村》诗中："山重水复疑无路，柳暗花明又一村。"

【故事】南宋的大文学家陆游，被免职回到故乡山阴。这时候，他正值人生壮年。他在故乡闲居，只能靠读书打发日子，心里充满了愤慨不平。四月的一天，春光明媚，他百无聊赖，就独自一人到西山游览，纵情于山水之间。不知不觉，前面一座山峰拦了去路，似乎无路可走了。他继续前行，经过了一座山峰之后，眼前一亮，发现了一个绿柳成荫的美丽山村。他兴奋地写了《游山西村》诗，说道："山重水复疑无路，柳暗花明又一村。"

宰相肚里好撑船

【释义】形容人的度量大。

【典故】明·叶盛《水东日记·杨大理诗谑》中有记载："盖谚有之'宰相肚里好撑船'。"

【故事】相传，明朝时期，南京大理少卿宜兴杨公复不仅文学才华高，能作一手好诗，而且性格豪爽，胸襟宽大，特别能容忍别人。他的家童经常去玄武湖，捞取萍藻回去做猪食。当时都察院章吴思庵知道了，认为这一做法不妥，就派手下去玄武湖阻止。杨公复知道后，写了一首诗劝说都察院章吴思庵，诗中有这样一句："数点浮萍容不得，如何肚里好撑船。"

散文杂记篇

一字师

【释义】指订正一字之误读，即可为师。亦指更换诗文中一两个字的老师。

【典故】五代·王定宝《唐摭言·切磋》载："李相读《春秋》，叔孙婼之'婼'应读'敕略切'，李误为'敕晷切'，小吏言之，公大惭愧，'命小吏受北面之礼，号曰"一字师"'。"

【故事】元朝时期，萨天锡送濬天渊入朝。萨天锡赋诗一首，其中有"地湿厌闻天竺雨，月明来听景阳钟"之句，很多人都夸好。

山东一个老头儿听了，不以为然，认为应将"闻"改为"看"。萨天锡问为什么要这样改，老头儿说："唐人有林下老僧来看雨。"用"看"字，更为传闻。萨天锡心悦诚服，俯首拜老头儿为"一字师"。

应声虫

【释义】比喻自己胸无主张，随声附和他人。

【典故】唐·刘束《隋唐嘉话》中有记载："有患应声病者，问医官苏澄，……过至他药，复应如初。澄因为处方，以此药为主，其病自除。"

【故事】淮西杨勔得了一种怪病。他每说一句话，或者发一个音，肚子里就有回声似的跟着重复一遍。谁也不知道是怎么回事。他找了许多医生看，都没治好，且越来越严重，声音越来越大。

他每天都紧张不安，惶惶不可终

日。有一天,一个叫刘伯峙的人主动上门给他治病。刘伯峙告诉杨勔:"你肚子里,生长着一种虫,名叫'应声虫'。你只要把《本草》上药名,一个个依次念下去,你念一个,它必定应一声,如果你念到一个药名,它不敢应,那么,这个药便是治它的特效药。"

杨勔叫人拿来一本《本草》,一个个药名依次往下念。念到"雷丸"时,肚子里没有应声。他连服了一些雷丸,病果然痊愈了。

敲门砖

【释义】比喻骗取名利的初步工具。

【典故】宋·曾敏行《独醒杂志》卷五有记载:"一日,冲元自窗外往来,东坡问:'何为?'冲元曰:'绥来。'东坡曰:'可谓奉大福以来绥。'盖冲元登科时赋句也。冲元曰:'敲门瓦砾,公尚记忆耶!'"

【故事】古代科举考试,八股文是制定的文体。有些应考人投机取巧,先练熟八股文套路,以便在考场上应用。

如果没考中,他们就说"撞太岁",意思是没撞上好运气;如果考中了,他们就把八股文那一套程式称之为"敲门砖",意思是进了门,就可以扔掉敲门的砖头。

科举考试图

探玄珠

【释义】比喻不懂装懂,一知半解。

【典故】《叔苴子·外编》中有记载:"昔人闻赤水中有玄珠也,相与沐而探之。"

【故事】古时候,人们听说赤水产玄珠,都潜水下去摸。有人摸到螺蛳,有人摸到蚌壳,有人摸到鹅卵石,有人摸到瓦片。但他们谁也不知道玄珠是什么样的,都以为摸到的是玄珠。

象罔听后,大笑他们无知。他们联合起来围攻象罔。象罔没法,躲到了黄帝那儿，三年不敢出门。

闭门羹

【释义】拒绝客人进门的意思。

【典故】唐·冯贽《云仙杂记》卷一有记载："下列不相见，以闭门羹待之。"

【故事】古代宣城有个妓女叫史风，长得十分标致，能歌善舞，是浪荡公子和好色之徒追捧的对象。

史风应接不暇，便把前来风流快活的嫖客分等级。如果上等的客人来了，她就下楼接待，还做羹款待。而对下等客人，她不让对方进来，让对方在门外吃羹，表示不欢迎。

破天荒

【释义】指从来没有出现过的事。

【典故】宋·孙光宪《北梦琐言》第四卷中有记载："唐荆州衣冠薮泽，每岁解送举人，多不成名，号曰天荒解。刘蜕舍人以荆解及第，号为'破天荒'。"

【故事】唐宣宗时，荆州人刘蜕高中进士，在荆州十里八乡引起了轰动。因为荆州府已有五十多年没人考取进士，人们说刘蜕破了"天荒"。

为了祝贺刘蜕高中进士，荆州魏国公崔铉特地奖励他七十万钱。刘蜕不受，回信说："五十年来，自是人废；一千里外，岂曰天荒。"

名落孙山

【释义】指考试没有被录取，榜上无名。

【典故】宋·范公偁《过庭录》有记载："宋吴人孙山，滑稽才子也。赴举他郡，乡人托以子偕往。乡人子失意，山缀榜末，先归。乡人问其子得失，山曰：'解名尽处是孙山，贤郎更在孙山外。'"

【故事】宋朝的时候，在江苏有个名叫孙山的才子，能言善辩，言辞流利。

孙山前往另一个郡城去赶考举人。一个同乡让自己的儿子跟孙山一同前去赶考。

发榜了，同乡的儿子考试不中，很是失意，独自在外游玩。孙山虽然名在榜单的末尾，但也是中了，所以就先回到家乡。

同乡跑来问自己儿子的成绩如何，孙山幽了对方一默，回答说："榜单的最后是孙山，您的儿子更在孙山之后。"

气壮山河

【释义】 比喻人的豪迈之气如同高山大河。

【典故】 宋·陆游《老学庵笔记》有记载:"赵元镇丞相与谪朱崖,病亟,自书铭旌:'身骑箕,尾归天上,气作山河壮本朝。'"

【故事】 赵鼎出身贫寒,四岁就失去父亲,由母亲抚养和教育长大。他二十一岁考中进士,当官时敢于批评权贵,受到宰相吴敏赏识,被调到都城开封任职。南宋初立,宋高宗起用一批主战派大臣,赵鼎也在其中。宰相秦桧是主和派头目,劝说宋高宗与金国议和,赵鼎坚决反对,引起秦桧强烈不满。秦桧经常在宋高宗面前说赵鼎的坏话,使宋高宗对他逐渐失去信任。

宋高宗将赵鼎贬到外地去当官,一直贬谪到偏远的朱崖。赵鼎六十二岁那年患了重病。去世前,赵鼎叫儿子取来一面旌旗,在上面书写了一行字:"身骑箕,尾归天上,气作山河壮本朝。"几天后,赵鼎不治而亡。

上行下效

【释义】 上面的人怎么做,下面的人就学着怎么做。

【典故】 东汉·班固《白虎通·三教》中有记载:"教者,效也,上为之,下效之。"

【故事】 春秋时,齐景公自从宰相晏婴死后,一直没人指摘他的过失,心中感到很苦闷。

有一天,齐景公欢宴文武百官。席散以后,他们一起去射箭取乐。每当齐景公射一支箭,即使没射中靶心,文武百官都会高声喝彩:"好呀!妙呀!""真是箭法如神,举世无双。"

事后,齐景公将此事告诉了弦章。弦章对他说:"这事不能全怪那些臣子。古人有话说:'上行而后下效。'国王喜欢吃什么,群臣也跟着喜欢吃什么;国王喜欢穿什么,群臣也跟着喜欢穿什么;国王喜欢人家奉承,群臣也就常奉承大王了。"

齐景公认为弦章的话很有道理,派侍从赏给他许多珍贵东西。弦章看了摇摇头,说:"那些奉承大王的人,正是为了多得一点赏赐,如果我受了赏赐,岂不是也成为卑鄙的小人了!"他最终没接受那些赏赐。

天衣无缝

【释义】 比喻事物周密完善,找不出什么毛病。

【典故】《灵怪录·郭翰》中有记载："郭翰视其衣，并无缝，翰问之。谓曰：'天衣本非针线为也。'"

【故事】古时候，有个叫郭翰的人，既能写诗，又擅长绘画，性格诙谐，喜欢开玩笑。

一个盛夏的夜晚，他在树下乘凉，只见长天如碧，白云舒卷，明月高挂，清风徐来，满院飘香。一位仙女翩翩降临到郭翰面前。那仙女面目清秀，含情脉脉地望着他。

郭翰很有礼貌地问："小姐，您是谁？从哪来？"

仙女说："我是织女，从天上来。"

郭翰问："那你能谈谈天上的事情吗？"

仙女问："你想知道天上的什么事情？"

郭翰说："我什么都想知道。"

仙女娓娓而谈，说："天上四季如春，夏天天气不热，冬天天气不冷，一年绿树常青，花开不谢。枝头百鸟合鸣，水中游鱼可见。没有疾病，没有战争，没有赋税，总之，人间的一切苦难天上都没有。"

郭翰羡慕地说："天上真是好地方！那你为什么还跑到人间来呢？"

仙女说："亏你还是个读书人呢！庄周老先生早就说过'在栽满兰花的屋子里待久了，也闻不到香味'的话吗。天上再好，待久了，难免有些寂寞，偶尔到人间玩玩，看个新鲜。"

郭翰又问："我听说有一种药，人吃了可以长生不老，可是不知道哪里有，你知道哪有吗？"

仙女说："这种药人间没有，天上到处都是。"郭翰说："既然天上多得很，你该带点下来，让人们尝尝有多好呀。"

仙女笑呵呵地说："我带不下来呀。天上的东西，带到人间就失去了灵气。要是能带下来，秦始皇、汉武帝早就吃了成仙了。"

郭翰说："你说你是从天上来的，我怎么知道你说的是真的呢？"

仙女让郭翰看看她的衣服，与人间的衣服有什么不同。郭翰仔细看看仙女的衣服，又用手摸摸，奇怪的是仙女的衣服竟然没有一条缝。

仙女说："天衣无缝，这就是天衣与人间的衣服最大的区别。"

郭翰听了，哈哈大笑，再一瞧，仙女不见了。

天真烂漫

【释义】常用来指人心地单纯，坦

率自然，也用来比喻青少年或儿童心地单纯善良。

【典故】元·夏文彦《图绘宝鉴·五·郑思肖》中有记载："工画墨兰，尝自画一卷，长大会，高可五寸许。天真烂漫，超出物表。"

【故事】南宋灭亡后，有个姓郑的画家改名"思肖"。原来，宋朝是赵家天下，"肖"是赵的偏旁。郑思肖表示永远思念宋朝，并隐居在苏州的一所寺庙里。

在住所，郑思肖挂了一块大匾，匾上是他亲笔写的"本穴世界"。这是什么意思呢？原来，"本"由"大"、"十"两字组成，把其中的"十"字放在"穴"字中间，就成为"宋"，加上"大"就是"大宋"。他这是宣示自己仍然生活在"大宋"疆域内。

有一次，郑思肖画了两卷高五寸，长一丈多的墨兰。画上的墨兰，自然全无土根的。他还在画题上八个字："纯是君子，绝无小人。"大家欣赏了这幅画后，赞不绝口，一致夸他画得纯真自然，生气勃勃。

双管齐下

【释义】比喻做一件事两个方面同时进行或两种方法同时使用。

【典故】宋·郭若虚《图画见闻志·故事拾遗》中有记载："唐张璪员外画山水松石名重于世。尤于画松特出意象，能手握双管一时齐下，一为生枝，一为枯干，势凌风雨，气傲烟霞。"

【故事】唐朝著名画家张璪擅长画山水松石，尤其是画松树令人称绝。张璪作画有点与众不同，那就是他作画时，能左右手各握一支笔，同时在纸上作画——一支笔画苍翠的松枝，另一支笔画枯干虬枝，而且画出的松树惟妙惟肖，谁看了都会感到惊奇。

不仅如此，他还会用无笔头的秃笔绘画，用手指头画画。有人给他一块白布，他用手指蘸上颜料，左抹右涂，一会儿就作成一幅山水树木的作品，而且画得非常形象生动。

贵人多忘事

【释义】高贵者往往善忘。原指高官态度傲慢，不念旧交，后用于讽刺人健忘。

【典故】五代·王定保《唐摭言》卷二中有记载："倘也贵人多忘，国士难期，使仆一朝出其不意，与君并肩台阁，侧眼相视，公始悔而谢仆，仆安能有色于君乎？"

【故事】唐朝时，王泠然勤学苦读，吃了许多苦后才考中进士，获得做官资格。但是，朝廷没有授官职给他。他心里很不是滋味，一心想早日跻身官场。

有一天，他忽然想起曾与御史大夫高昌宇有过交往，只是高昌宇当官后把他给忘了。如果高昌宇想起了他，帮他一下，他就能很快获得官职了。于是，他提笔给高昌宇写信。信中，王泠然用了既恳求又略带威胁的口吻："如果贵人多忘事，最优秀的人也没有指望，那么万一我有一天出人意料地做了官，而且跟你地位相当或者比你高，一起坐在朝廷之上时，彼此侧眼相视，你才开始反悔而向我道歉，你想，我那会儿还能有好脸色给你吗？"

小鹿触心头

【释义】形容因为害怕而心脏急剧地跳动。

【典故】清·翟灏《通俗编·兽畜》："为帝迫困于斯，见之汗湿衣襟，若小鹿之触吾心头。"

【故事】明朝时，有个叫王杰的书生性格暴躁。

有一天，他去集市上买姜时，与卖姜人因为价格问题发生了争吵。最后，双方竟然动手打起来了。王杰一拳把卖姜人打翻在地。卖姜人当场就昏死过去。事后，王杰赶忙把卖姜人扶起来，送到家里，好酒好饭地伺候，还赔了他一匹白绢。卖姜人高兴地走了。他心头的一块石头才落下地。

一会儿，有个船夫跑来说，卖姜人死在船上了。王杰听了，就像小鹿儿在心头乱撞。

小巫见大巫

【释义】比喻相形之下，一个远远比不上另一个。

【典故】汉·陈琳《答张纮书》中有记载："今景兴在此，足下与子布在彼，所谓小巫见大巫，神气尽矣。"

【故事】三国时，陈琳和张纮是同乡好友，都很有才华。然而，陈琳在魏国做官，张纮在东吴做孙权的谋士。虽然他们各事其主，但相互仰慕，经常有书信来往，探讨写作。张纮特别喜欢枏榴枕，还专门作了一篇赋赞美它。陈琳远在千里之外，见到赋后，赞赏不已。

有一次，陈琳宴请宾客时，特地拿出那篇文章，让大家传阅、欣赏，并啧啧称赞说："这篇文章写得多么脱俗清新呀！你们知道吗？这是我的同乡张纮写的。"

过了不久，陈琳写了《武库赋》和《应机论》，张纮阅读后，不由得击掌叫好，并马上写了一封信给陈琳，称赞说，陈琳文辞清新、见解独到，超过了他的水平，他要好好地学习。

陈琳见信后感慨极了，复信给张纮，说："我生活在北方，消息闭塞，与天下的文人学士交往很少，没见过什么大世面。我只知道这里能写文章的人不多，所以我在这儿容易冒尖，得到了大家过分的称赞，其实我的才学并没有那么好，只是你太夸奖我了。我和你及张昭两人相比，差距很大，就好像小巫遇见大巫，我都没法施展巫术了。"

一蟹不如一蟹

【释义】比喻一个不如一个，越来越差。

【典故】宋·苏轼《艾子杂说》中有记载："艾子行于海上，初见蟛蜞，继见螃蟹及彭越，形皆相似而体愈小，因叹曰：'何一蟹不如一蟹也？'"

【故事】传说，古代有个叫艾子的人到海边游玩时，遇到一种非常奇怪的动物，长了多条又圆又扁的腿。

他从没有见过这种动物，就好奇地问附近的居民，那是什么东西。人家告诉他那是螃蟹。他点点头。

过了一会儿，他又看见另一种不同颜色的类似动物，就问旁边人，那是什么动物。人家回答说，那也是螃蟹，只不过品种不同而已。

艾子仔细比较两只螃蟹后，叹了口气，说："为什么一蟹不如一蟹呢？"

一不做二不休

【释义】指事情既然做了开头，就索性做到底。

【典故】唐·赵元一《奉天录》第四卷中有记载："光晟临死而言曰：'传语后人，第一莫作，第二莫休。'"

【故事】公元755年，唐朝节度使安禄山起兵叛乱。在与叛军交战中，唐朝大将王思礼坐骑被箭射中倒下。在危急时刻，一个名叫张光晟的骑兵把马让给他，使他脱险。

叛乱平定后，王思礼升了官。他不忘张光晟的救命之恩，和张光晟结为兄弟，并一再向朝廷保举。张光晟的官也越做越大。

公元783年，长安发生军事政变，唐德宗外逃，叛兵推立太尉朱泚为帝。

张光晟以为唐朝气数已尽,便依附了朱泚,做了他手下的节度使。后来,朱泚还封张光晟为宰相。叛军数次作战失利后,朱泚将五千精兵交给张光晟,命他驻扎在九曲一带抵御唐军。

张光晟见朱泚大势已去,便暗中派人与唐军将领李晟取得联系,希望归降朝廷。李晟表示欢迎,同时指挥军队猛攻长安。张光晟作为内应,劝朱泚赶快离开长安,并亲自护送他出城。待朱泚逃远后,张光晟再返回长安,率领残部向李晟投降。李晟答应奏告朝廷,减免他叛变投敌的罪行。张光晟对李晟感激涕零。

此后,李晟每次举行宴会,总要邀请张光晟参加,并且奉为上宾。宾客们对此非常反感,有的当众发作,表示不愿与反贼同席,李晟见众怒难犯,只得将张光晟看管起来,等待朝廷发落。不久,唐德宗颁下诏书,处死叛逆张光晟。

临死时,张光晟悲哀地说:"把我的话传给后世的人:第一叛逆的事不要做,第二做了就不要罢休!"

一动不如一静

【释义】没有把握或无益的事,还是不做为好。比喻多一事不如少一事。

【典故】宋·张端义《贵耳集》卷上:"孝守幸天竺及灵隐,有僧辉相随。见飞来峰,问辉曰:'既是飞来,如何不飞去?'对曰:'一动不如一静。'"

【故事】南宋时,宋孝宗到西湖游玩。那天,风和日丽,宋孝宗玩得十分开心,不知不觉就来到飞来峰下。宋孝宗问陪同他游玩的僧端和尚,飞来峰是怎么来的。僧端告诉宋孝宗,当年印度僧人曾来考证过,说它是从西天灵鹫山飞来的一块灵石。宋孝宗问,为什么它不再飞走呢?僧端非常巧妙地回答道:"谚语不是有'一动不如一静'吗?"宋孝宗认为言之有理。

醉翁之意不在酒

【释义】原是作者在亭子里真意不在喝酒,而在于欣赏山里的风景。后用来表示本意不在此而在别的方面。

【典故】宋·欧阳修《醉翁亭记》中:"醉翁之意不在酒,在乎山水之间也。"

【故事】北宋大文学家欧阳修因为得罪了皇帝,被贬到滁州当太守。滁州县城西南方有座风景秀丽的琅琊山。他在山下酿泉边修了一个亭子。欧阳修的心情非常苦闷,经常邀请朋友到

醉翁亭

那里一起喝酒，经常喝得酩酊大醉。后来，他给这个亭子取名"醉翁亭"。他还写了一篇《醉翁亭记》，说："醉翁之意不在酒，在乎山水之间也。山水之乐，得之心而寓之酒也。"

不敢越雷池一步

【释义】比喻不敢超越一定的范围和界限。

【典故】晋·庾亮《报温峤书》："吾忧西陲，过于历阳，足下无过雷池一步也。"

【故事】东晋时，世族权贵之间为争权夺利经常发生战争。其中，护军将军庾亮的声势最大。庾亮是晋成帝宠臣，掌握着朝廷大权。凡是朝廷大事，晋成帝都要听取他的意见，然后再做决定。对此，镇守历阳的苏峻将军十分不满，对人愤愤不平地说："我久经沙场，屡建战功，庾亮凭什么青云直上？"他命令部下讨伐庾亮。

驻守在雷池附近的都督温峤一听说庾亮受围就立刻发兵救援。温峤得知苏峻反叛后，立即号召部下将士，秣马厉兵，打算从水路进入建康，护卫都城。

庾亮派人给温峤送信，说："吾忧西陲过于历阳，足下无过雷池一步也。"

上梁不正下梁歪

【释义】比喻在上的人行为不正，下面的人也跟着做坏事。

【典故】晋·杨泉《物理论》："上不正，下参差。"

【故事】这个故事来自于元杂剧《陈州粜米》。

宋朝时，陈州大旱三年，田里颗

粒无收，百姓没有吃的，饿死了许多人。朝廷派刘衙内的儿子刘得中和女婿黄金吾到陈州放粮赈灾。

这两个人狼狈为奸，贪得无厌，其贪婪程度，比起刘衙内来，有过之而无不及。他们不顾老百姓死活，哄抬粮价，中饱私囊，还在秤上做手脚，小斗放粮，大秤收银，卖出的粮食缺斤少两，却多收银两，还在粮食里掺沙。

老百姓愤恨不已，又没有办法，抨击刘衙内等人说："上梁不正下梁歪。"

戏曲评话篇

半瓶醋

【释义】比喻对某种知识或某种技术只略知一二的人。

【典故】《古今杂剧·无名氏〈司马相如题桥记〉》中有记载:"如今那街上常人,粗读几句书,咬文嚼字,人叫他做半瓶醋。"

【故事】有个人将一个装满醋的瓶子和一个装半瓶醋的瓶子挂在骡车边,去赶市集。

骡车一走动,半瓶醋就高兴极了,开始唱起歌来。

半瓶醋的歌虽然唱得不好,可兴致一来,就唱个不停,愈唱愈高兴。

当然,爱显示的人,光是自弹自唱总是不满足的,他们需要有听众,半瓶醋唱了半天,得意地问满瓶醋:

"嘿!朋友!我唱得怎么样啊?"

满瓶醋依然一言不发。

"喂!我在叫你啦!你说话啊!"半瓶醋说。

满瓶醋依然没有说话。

半瓶醋不屑地说:"真是笨呀!自己不会唱歌,又不懂欣赏别人唱歌!"

半瓶醋又继续唱,这时,骡车经过了一个小山坡,半瓶醋停止唱歌,开始跳起舞来,为了表示自己的舞技高超,甚至还翻筋斗。

"哇!太好了!"半瓶醋大声叫道,又问满瓶醋,"嘿!你会跳舞吗?你看我跳得美不美?"

满瓶醋还是一言不发。

半瓶醋长叹一口气:"哎呀!真是没办法,不懂唱歌也就罢了,连跳舞也不懂得欣赏,你的人生又有什么意义呢?"

就这样,一路上半瓶醋又跳又唱,甚至因为它激动了,把瓶塞都冲掉了,不但泼洒在地上,瓶里还进了许多尘土。

满瓶醋沉默不语。

到了市集,农民把两瓶醋拿下来,他看见了半瓶醋:"糟糕!怎么瓶塞掉了,只剩一点点醋,又进了尘土,干脆倒掉罢!"

于是,他把半瓶醋倒在地上,正要被尘土吸干时,半瓶醋还猛力地跳了几下,大声向满瓶醋呼救:"嘿!兄弟,救救我呀!"

满瓶醋终于说话了:"作为醋,只要做好调味料的事情就完成了生命的意义,唱歌跳舞的事应该留给别人做呀!"

半瓶醋说不出话来,消失在尘土中。

苦肉计

【释义】故意伤害自己的肉体以骗取敌方信任的计策。

【典故】元·关汉卿《单刀会》第一折中记载:"亏杀那苦肉计黄盖添粮草。"

【故事】杨坚以隋代周,当上皇帝后,封杨广为晋王。杨广早就觊觎皇位,一心想当太子。他找安州总管宇文述商议如何夺取皇位。宇文述告诉杨广,独孤皇后妒心重,可采用苦肉计,博得她同情,才可能成功。

杨广依计而行。在赴扬州上任之前,他向皇后告辞,装作诚惶诚恐的样子,伏地流涕地说:"我生来就愚蠢,不识忌讳,只知道亲恩难报,经常过来向您请安。可太子却散布谣言,说我想篡夺皇位,处心积虑地谋害我,我不知道该怎么办。"说着,他号啕大哭。

独孤皇后安慰了他一番,叫他安心去上任,非密诏不可进京,她自有安排。

从此,独孤皇后不断在皇帝面前说太子的坏话。在皇后鼓动下,皇帝废了太子,另立杨广。

南柯一梦

【释义】形容一场大梦,或比喻一场空欢喜。

【典故】元·郑廷玉《金凤钗》楔子中有记载:"看荣华眨眼般疾,更疾如南柯一梦。"

【故事】隋末唐初时,有个叫淳于棼的人,家住在广陵。过生日的那天,亲友都来给淳于棼祝寿。淳于棼非常高兴，和亲友们频频举杯，不知不觉就醉了。他家的院中有一棵根深叶茂的大槐树，盛夏之夜，月明星稀，树影婆娑，晚风习习，非常舒畅。亲友散尽后，他带着几分酒意，坐在槐树下歇凉，酣然入睡。

梦中，他到了大槐安国，正赶上京城会试。他抖擞精神，参加考试，考了个第一名。紧接着殿试，考了个状元。皇帝见他举止高雅，相貌堂堂，就把公主许配给他为妻，招他为驸马郎。婚后，夫妻感情十分美满。他享尽了荣华富贵。不久，皇帝派他担任南河郡太守，一待就是二十年。他经常巡行各县，整肃吏治，郡内政治清明，老百姓安居乐业，深受老百姓的爱戴。皇帝又赏给他不少金银珠宝。

有一年，敌兵入侵，大槐安国的将军率军迎敌，几次都被敌兵打得溃不成军。皇帝立即下令，让淳于棼统率全国精锐与敌军决战。淳于棼接到圣旨后，不敢耽搁，立即率军出征。但他对兵法一无所知，与敌兵刚一接触，立刻一败涂地，手下兵马被杀得丢盔解甲，东逃西散，淳于棼差点被俘。皇帝震怒，把淳于棼撤掉职务，遣送回家。淳于棼气得大叫一声，从梦中惊醒，但见月上枝头，繁星闪烁。此时他才知道，所谓南河郡，不过是槐树下巴掌大的那块地方。

三生有幸

【释义】比喻有特别的缘分，结识良师益友时说的客气话。

【典故】元·吴昌龄《东坡梦》第一折中有记载："久闻老师父大名，今日得睹尊颜，三生有幸。"

【故事】唐朝和尚圆泽的佛学造诣很高深。他与李源关系非常好。

有一天，他们一同去旅行，途中遇到一个孕妇在河边汲水。圆泽指着孕妇，悲哀地对李源说："她怀孕已经有三年了，就等待我去投胎，做她儿子。可是，我一直避着，还是没逃得了。三天之后，你到她家去看看。她会生下一个孩子，如果婴儿对你笑一笑，就是我了。我们就用一笑作为凭证吧！再过十二年，中秋月夜，我在杭州天竺寺等你，那时我们再相会。"

当天夜里，圆泽去世，而那个孕妇也生了一个儿子。

第三天，李源找到那个孕妇家，婴儿看见他，果然对他笑了一笑。

等到第十二年后的中秋月夜，李源按照以前的约定，来到天竺寺。刚到寺门口，他就看到一个牧童坐在牛背上唱歌："三生石上旧情魂，赏月吟风不要论，惭愧情人远相访，此身虽异性常存。"李源知道，那就是他的老朋友圆泽和尚。

天罗地网

【释义】比喻包围得非常严密，无处可逃。

【典故】元曲选·李寿卿《伍员吹箫》有记载："若不是华建来说就里，白破了这厮谎，险些儿被赚入天罗地网。"

【故事】元代人李寿卿创作了一个杂剧，名叫《伍员吹箫》，说的是春秋时吴国大夫伍员一段曲折经历的故事：

费无极深得楚平王宠信，想尽办法讨好楚平王。有一天，费无极奉命到秦国去给太子华建迎接新娘，见新娘非常漂亮，便怂恿楚平王自己纳为妃子。昏庸好色的楚平王竟然笑纳。

伍奢是太子华建的老师，为人刚正不阿。费无极怕伍奢今后帮助太子惩罚他，就怂恿平王诱杀了伍奢及其长子。后来，费无极还怂恿楚平王把太子华建送到城外去把守边疆，又派人去杀害他。

公子华建得到风声，连夜逃跑，将伍奢以及长子被费无极陷害致死的消息告诉了镇守樊城的伍奢次子伍员，

瓷器　元

并说费无极已派费得雄即将赶到樊城来骗伍员回去，然后杀掉。

伍员得知此消息，非常痛恨费无极，决定采取措施对付赶来的费得雄。

过了几天，费得雄来到樊城，谎称楚平王因伍员屡立战功，要重加赏赐，请伍员立刻启程回朝，接受赏赐。

伍员故意问他父兄是否安康，费得雄装模作样地说伍家兴旺得很。伍员勃然大怒，一把抓住费得雄的衣襟，痛斥："你们这伙坏蛋，把我全家杀绝，还无耻地说我伍家兴旺！"

费得雄以为伍员不可能知道这件事的详情，便要求伍员举出证人。伍员愤怒地说："如果不是公子华建来到这里说明内情，道破你这个坏蛋的谎言，我险些被你骗进天罗地网！"费得雄无话可说。伍员痛打了他一顿，弃官而走。

伍员逃到吴国，得到吴王重用。后来，他率领吴军攻入楚国，为父兄

报了仇。

礼轻人意重

【释义】 礼物虽然很轻，但情意却很深厚。

【典故】 元·李致远《还牢末》中有记载："兄弟，拜义如亲，礼轻义重，笑纳为幸。"

【故事】 唐朝国力强盛，四海膜拜。贞观年间，相传西域回纥国为了表示对大唐的友好，派使臣带了一批珍奇异宝去拜见唐王，这位使臣的名字叫缅伯高。

在这批珍奇的贡物中，有一只非常罕见的白天鹅，它是回纥国献给唐王最珍贵的礼物。别的物品只要小心看管好就行了，这天鹅可是大不相同。不用说，使臣缅伯高最担心的也是这只白天鹅，万一有个三长两短，他就无法向国王交代了。所以，一路上，他亲自给白天鹅喂水喂食，一刻也不敢怠慢。

由于天气炎热，白天鹅在笼中非常难受，不时地伸长脖子，张着嘴巴，吃力地喘息着。缅伯高为这只白天鹅感到难受，想它好好的，本可以在天上翱翔，现在却在笼子里，真是受罪！正好，前面是沔阳河，河水清澈。缅伯高走到河边，便打开笼子，把白天鹅带到水边让它喝了个痛快。谁知白天鹅喝足了水，振翅一飞，"扑喇喇"一声就飞上了天！缅伯高急得向前一扑，只拔下几根羽毛。白天鹅展翅高飞，一会儿就无影无踪了。

缅伯高手里只捧着几根雪白的鹅毛，直愣愣地发呆，脑子里来来回回地想着一个问题："拿什么去见唐太宗呢？回去又怎么向国王交差？"，他觉得既没法跟唐太宗交代，也没法回去向国王复命，让他好是犯愁了一会儿。

他考虑了好一阵子，终于想出了一条计策。他拿出一块洁白的绸子，小心翼翼地把鹅毛包好，又在绸子上题了一首诗，然后继续东行。缅伯高带着其他的珍宝和那几根鹅毛，披星戴月，不辞旅途劳顿，不久就到了长安。

唐太宗接见了缅伯高，缅伯高献上了其他奇珍异宝，也献上鹅毛和自己写的诗。诗写的是："天鹅贡唐朝，山重路更遥。沔阳河失宝，回纥情难抛。上奉唐天子，请罪缅伯高，物轻人意重，千里送鹅毛！"

唐太宗问清楚事情的原委后，非但没有怪罪他，反而觉得缅伯高忠诚老实，不辱使命，就重重地赏赐了他。

一马不跨两鞍

【释义】 一匹马不能套两个马鞍。比喻一女不嫁二夫。

【典故】 元·关汉卿《窦娥冤》第二折中有记载:"我一马不跨两鞍。想男儿在时,曾两年匹配,却叫我改嫁别人,其实做不得。"

【故事】 元朝时期,有个书生叫孟志刚,家贫如洗。死后,妻子衣氏嘱咐木匠把棺木做大一些,说一马不跨两鞍,死后要与丈夫同棺共穴。她没有孩子,就把家里所有物品都送给了邻居。祭奠完丈夫后,她睡进棺材,不吃不喝。

过了几天,人们发现不见衣氏的动静,到她家里找不到她的人,最后发现她已经死在丈夫的棺木里了。

赔了夫人又折兵

【释义】 比喻想占便宜,反而受到双重损失。

【典故】 元·无名氏《隔江斗智》第二折中有记载:"周瑜周瑜,休夸妙计安天下,只教你赔了夫人又折兵。"

【故事】 孙权想取回荆州,采纳周瑜"假招亲扣人质"之计,派人告诉刘备,想把妹妹嫁给他。诸葛亮识破了这一计谋,安排赵云陪伴前往。

公元209年10月,刘备带着赵云、孙乾一起去吴国娶亲。刚到吴国境内,赵云就命令随行五百士兵,大张旗鼓宣扬刘皇叔要与孙公主即将成亲。一时间,这一消息传遍整个东吴。

赵云准备了丰厚礼品,让刘备主动拜访乔国老。乔国老有两个女婿,一个是孙权的哥哥孙策,一个是周瑜。刘备登门拜访,告诉乔国老自己要与郡主成亲。乔国老立即赶到都城去见孙权的母亲吴国太,责备她不信任自己。吴国太非常吃惊,忙派人把孙权叫来质问。孙权只好说出实情。

吴国太一听更加恼火,大骂孙权和周瑜糊涂,没本事取荆州,只会使用美人计,祸害自己的女儿。乔国老建议,不如顺水推舟,将郡主嫁给刘备。孙权无奈,只得答应。

在吴国太和乔国老的安排下,刘备与郡主孙尚香举行了盛大的婚礼。周瑜闻听此事,懊恼不已,又心生一计,要孙权把刘备在宫中软禁起来,提供锦衣美食、音乐歌女,软化刘备志向,让他贪恋享乐,丧失大志。然后,东吴伺机夺回荆州。

刘备在东吴,享受荣华富贵,果

然乐而忘返，沉迷酒色之中。

有一天，赵云谎报军情，告诉刘备，军师诸葛亮来报，曹操率领五十万精兵杀向荆州，请刘备马上回荆州。刘备带着孙夫人，以到江边祭祖为名，和赵云所带五百士兵，瞒着孙权，悄悄返回荆州。

孙权得知消息，立即下令阻拦。周瑜亲率水军追杀时，刘备等人已经弃船上岸，乘马疾行。而关羽也率军前来接应。刘备士兵大声喊："周郎妙计安天下，赔了夫人又折兵！"

周瑜恼羞成怒，大叫一声，一口鲜血喷了出来，立时昏倒在地。

古典小说篇

空城计

【释义】指在危急处境下，掩饰空虚，骗过对方的高明策略。

【典故】明·罗贯中《三国演义》第九十五回中有记载："'如魏兵到时，不可擅动，吾自有计。'孔明乃披鹤氅，戴纶巾，手摇羽扇，引二小童携琴一张，于城上敌楼前，凭栏而坐，焚香操琴，高声昂曲。"

【故事】诸葛亮北伐时，派马谡驻守街亭。魏国统帅司马懿率军一举攻下街亭，乘胜直逼西城。

形势危急，诸葛亮战，无兵迎敌，撤退，又来不及。在这种危急状况下，他心生一计，决定从声势上吓住司马懿，使他不敢进城。

诸葛亮令人大开城门，然后在城楼上从容弹琴。司马懿怀疑城中设有伏兵，怕中埋伏，不敢攻城，率兵慌慌退去。诸葛亮趁机率城中军民撤走了。

中山狼

【释义】比喻恩将仇报，忘恩负义的人。

【典故】清·曹雪芹《红楼梦》第五回中有记载："子系中山狼，得志便猖狂。"

【故事】春秋时某天，东郭先生在路上遇到一只逃命的中山狼。晋国大夫赵简子正在后面追赶中山狼。中山狼对东郭先生说："先生，让我躲进你的口袋吧！如果躲过这场灾难，我会报答你的。"东郭先生同意了，让狼躲进了他的口袋。中山狼得救后，恩将仇报，从布袋里出来后，却要咬死他。

东郭先生在一位农民帮助下，才得以保全性命。

贱骨头

【释义】指不自尊、不知羞耻或不知好歹的人。

【典故】清·曹雪芹《红楼梦》第六十九回："人太生娇俏了，可知心就嫉妒。凤丫头倒好意待他，他倒这样争风吃醋的。可是个贱骨头。"

【故事】贾琏私自娶了尤二姐做妾。王熙凤将她接回荣国府。正准备想办法来算计尤二姐时，贾赦将身边丫头秋桐赏给贾琏为妾。秋桐眼中容不下尤二姐，到贾母那里告状。贾母没有核实就感慨地说："凤丫头倒好意待她，她倒这样争风吃醋，真是个贱骨头。"

曹雪芹像

弄巧成拙

【释义】想耍巧妙的手段，结果反而坏了事。

【典故】宋朝·黄庭坚《拙轩颂》："弄巧成拙，为蛇画足。"

【故事】北宋画家孙知微擅长人物画。有一次，他受成都寿宁寺的委托，画了一幅《九耀星君图》。还没有着色时，他就应朋友之邀去饮酒。行前，他特意嘱咐弟子，帮他完成着色这最后一道工序。

孙知微走后，弟子们围住画，反复观看老师用笔的技巧和总体构图的高妙，互相交流心得。画面上人物栩栩如生，衣带飘飘，宛然仙姿。他们啧啧称赞。一个叫童仁益的弟子却不以为然。他说："水暖星君身边的童子神态很传神，只是他手中的水晶瓶好像少了点东西。"众弟子说："没发现少什么啊！"童仁益说："老师每次画瓶子，总要在瓶中画一枝花，这次却没有。也许是他急于出门，来不及画好，我们还是画好了再着色吧！"于是，童仁益在瓶口认认真真地画了一枝艳丽的红莲花。

孙知微从朋友家回来后，发现童子

手中的瓶子生出一朵莲花，又气又笑，说："这是谁干的蠢事，若仅仅是画蛇添足倒还罢了，这简直是弄巧成拙。童子手中的瓶子是水暖星君用来降服水怪的镇妖瓶，你们给添上了莲花，把宝瓶变成普通装花的瓶，岂不成为天大笑话。"说罢，他把画撕了个粉碎。

万死不辞

【释义】虽然有一万次死也不推辞，表示愿意拼死效劳。

【典故】《三国演义》第八回记载："蝉曰：'近见大人两眉愁锁，必有国家大事，又不敢问。今晚又见行坐不安，因此兴叹，不想为大人窥见。倘有用妾之处，万死不辞！'"

【故事】东汉末年，董卓率军进京控制了朝政。他骄横跋扈，出入宫廷用皇帝仪仗，并让弟弟、侄子统率禁军，将董氏宗族子弟封为列侯。此外，他还征二十五万民夫为自己修筑住所，从民间选来八百名美女安置在其住所内。

见董卓如此嚣张，司徒王允为汉王室担心，又无法除掉董卓，心中十分烦恼。有一天夜里，王允到后花园散心时，遇到家中的歌妓貂蝉在牡丹亭畔长吁短叹。

王允问缘故时，貂蝉说："承蒙大人恩惠抚养，为我训习歌舞，并以礼相待。我虽然粉身碎骨，也不能报答万一。近来见大人双眉紧锁，知道必定是为国事操心，所以心中忧伤，但不敢询问。今晚又见大人行坐不安，因此也长吁短叹起来，想不到被大人发现。如果大人有用我的地方，我一定效力，虽万死也决不推辞。"

王允听了貂蝉的话，忽然灵机一动，计上心来，马上朝貂蝉跪下，纳头便拜。貂蝉慌忙扶起王允时，他老泪纵横："眼下朝廷危如累卵，贼臣董卓将要篡位，朝中文武无计可施。董卓有一个义子吕布，骁勇异常，天下无有敌手。方才听了你的话，我想出一条'连环计'来，先把你许配给吕布，然后再暗中献给董卓。你去离间他们父子两人，让他们因为想得到你而互相仇恨，最后挑拨吕布去杀死董卓。如此方能除掉大害，为国效忠。不知你意下如何？"

貂蝉很爽快地答应了。随后，王允和貂蝉共同谋划，实现了"连环计"，借助吕布的手除掉了董卓。

顾前不顾后

【释义】形容做事或考虑事不仔细周到。

【典故】清·曹雪芹《红楼梦》第三十一回中有记载："明日你自己当家立业，难道也是这么顾前不顾后的？"

【故事】这一年端阳节，贾府还是照例大摆筵席，蒲艾簪门，虎符系臂。全家老少齐聚一堂，热闹非凡。

宝玉头天做错了事，心里有些不安，所以话也格外少。宝钗生宝玉的气，也不愿多说话。生性喜静不喜动的黛玉以为宝玉是因为头一天说话冲撞了宝钗而后悔呢，之后又因此想到了聚散离合的事，想到只要筵散花谢，虽有万种悲伤，也就无可如何了，不觉伤心。

几个人各怀心事，所以筵席早早散了。筵席散后，宝玉发现黛玉不见了，就四处寻找。好不容易找到了黛玉，可是，黛玉心情不好，一个人闷闷不乐，对宝玉也冷冰冰的。

宝玉觉得无趣，无精打采地回到怡红院。晴雯忙过来，给贾宝玉换衣服，一不小心，失手把扇子掉到地上摔坏了。宝玉心里正憋气呢，就骂晴雯道："明日你自己当家立业，难道也是这么顾前不顾后的？"口齿伶俐的晴雯也不肯示弱，袭人忙过来解围。

不打不相识

【释义】表示经过交手，互相了解，更加投合。

【典故】《水浒全传》第三十八回中有记载："戴宗道：'你两个今番却做个至交的弟兄。常言道，不打不成相识。'"

【故事】宋江因犯案被发配到江州时，与戴宗结成了好朋友。一天两人一起进城，到一家酒店里喝酒。

才饮得两三杯，他们又遇到李逵。三人就换了一家酒店，到江边的琵琶亭酒馆喝酒。

吃喝间，宋江打发酒保去做几碗新鲜鱼烧的汤来醒酒，正巧酒馆里没有新鲜鱼，于是李逵自告奋勇，要去渔船上要两尾鱼来。戴宗知道他脾气不好，怕他惹事，就叫酒保去取，但李逵坚持自己去。

李逵走到江边，要渔人给他鱼。渔人说，主人不来，他们不敢开舱。李逵急了，便跳上一只船，顺手把竹笆篾一拔，由于竹笆篾是没有底的，鱼全跑了。

李逵一连放跑了好几条船上的鱼，惹怒了几十个渔夫。大家七手八脚地拿竹篙来打李逵。李逵与他们对打起来。

渔人张顺赶来了，与李逵交起手来。两人从船上打到江岸，又从江岸打到江里。张顺水性极好，把李逵拖到水里，死死地按在水中，李逵被呛得晕头转向，连声叫苦。

这时，宋江与戴宗跑来，让张顺放了李逵。互相介绍之后，他们四人成为好朋友。

李逵说："你呛得我好苦呀！"张顺笑道："你也打得我好苦呀！"

戴宗说："你们两个今天可做好兄弟了。常言道，不打一场不会相识。"

几个人听了，都笑了起来。

有眼不识泰山

【释义】比喻见闻太窄，认不出地位高或本领大的人。

【典故】明·施耐庵《水浒全传》第二回中有记载："师父如此高强，必是个教头。小儿有眼不识泰山。"

【故事】宋朝时，高俅发迹之前，曾经是市面上的一个小流氓，欺男霸女，为非作歹。有一次，高俅欺负老百姓时，遇到东京禁军拳棒教头王进的父亲王升，被王升棒打一顿，怀恨在心。

想不到，十年后，高俅官至殿帅府太尉，直接管辖王进。王升已经去世。高俅为报一棒之仇，就把王进抓来痛打一顿。

王进认出高俅，知道东京不是久留之地，就连夜携全家逃到史家庄。

最初，史进没有认出王进，对王进并不热情，还是他的父亲会识人，让史进拜王进为师。史进自称有眼不识泰山，很高兴地拜王进为师。

挂羊头卖狗肉

【释义】比喻以好的名义做幌子，实际上名不副实或做坏事。

【典故】宋·释惟白《续传灯录》第三十一卷中有记载："悬羊头，卖狗肉，知它有甚凭据。"

【故事】春秋有一段时期，齐国女人流行穿男装，给官府的管理带来了许多麻烦。于是，齐灵公下了一道命令：如果女人穿男装，只要被发现，就一律剥光衣服示众，还要惩罚她家里的男人。

尽管这样严厉处罚，但每当官兵上街巡逻时，那些穿着男装的女人顶多是惊叫着跑开，女人穿男装的现象丝毫没有得到改变。

齐灵公很烦恼，不知道如何处理这件事。最后，晏婴给他讲了挂羊头卖狗肉的故事，齐灵公恍然大悟。原来，在齐国的后宫里，上至皇后、齐灵公的宠妃，下至嬷嬷宫女，都盛行穿男装，所以影响了老百姓。齐灵公下令，宫廷里的女人一律不准穿男装。

从此，齐国终于不再有女人穿着男装到处乱晃的现象了。

强龙不压地头蛇

【释义】比喻实力强大者也难对付当地的势力。

【典故】明·吴承恩《西游记》第四十五回中有记载："你也忒自重了，更不让我远乡之僧也罢，这正是强龙不压地头蛇。"

【故事】一天，唐僧师徒四人西行取经，来到车迟国，准备倒换关文，继续西行。一个妖怪化成道士，来到车迟国，当了国师。他不允许国王放唐僧师徒四人西行。车迟国多日没有下雨了，许多老百姓积聚在门外，要求国师求雨。假国师提出，他与唐僧打赌求雨，如果唐僧赢了，就放他们走。孙悟空出来应战。虎力大仙当仁不让，要求自己先来求雨。孙悟空认为，强龙不压地头蛇，就让他先求雨，然后自己暗中买通雨神，一滴雨都不下，使虎力大仙一败涂地。

三天打鱼，两天晒网

【释义】比喻对学习、工作没有恒心，经常中断，不能长期坚持。

【典故】清·曹雪芹《红楼梦》第九回中有记载："因此也假说来上学，不过是三日打鱼，两日晒网，白送些束修礼物与贾代儒。"

【故事】宝钗的哥哥薛蟠是一个纨绔子弟，花花公子，成天游手好闲，不务正业。

他随着母亲、妹妹从老家来到贾府住下，听姨妈说到贾府有一所家学，学校里有许多年轻人，就产生了兴趣，吵着要上学。

他的母亲以为儿子真的求上进了，很高兴地送他去上学。其实，他只不过借着上学的名，动起了歪心思，只为满足他的断袖之癖，与几个狐朋狗友鬼混而已。上学三日打鱼，两日晒网，根本就学不到什么知识，却结交了几个不三不四的朋友，在一起干了不少坏事。